KB152675

혼밥생활자의 책장

아주 오랫동안 나에게 올 문장들

혼밥생활자의 책장

김다은 지음

나무의철학

어쩔 수 없나 봅니다. 봄이 오니 좋습니다. 겨울에 자라나는 생명들에겐 겨울도 시작이었을 테지만, 어쩌겠습니까, 그래도 봄바람이 지줄대며 코 밑을 간지럽히니 절로 마음에 힘이 생기는 걸 말입니다. 말하자면 뿌리채소의 계절이 가고 이제 잎채소의 계절이 시작되는 것입니다. 단단하게 아물었던 것이 다시금 보드랍고 푸릇한 것이 되는 것입니다. 땅 아래의 것들이 세상 밖으로 그 말간 얼굴을 꺼내곤 숨 쉬는 것입니다.

이런 봄을 네 번째 맞이합니다. 팟캐스트 〈혼밥생활자의 책장〉의 네 번째 봄입니다. 혼자 살기 시작한 이래 강산이 변할 만큼 시간이 지났지만 혼자 '잘' 살고 있나 묻게 된 것은 오래지 않았습니다. '혼자이기 때문에'라는 말로 사실은 중요한 것들을 사소하게 취급하며 때워왔다는 것도 그맘때 알았습니다. 관찰자의 시선으로 혼자인 나를, 혼자인 어떤 이들을 지켜보자니 우리에게 '우리의 말'이 필요하다는 생각이 들었습니다. 자유롭지만 고독한, 다채롭지만 불안한 삶의 풍경과 고민들을 우리의 언어로 세상 밖에 꺼내 보이고 싶었습니다. 우리가 과정 중에 있다는 것을, 하지만 나아질 수 있다는 것을 증명하고 싶었기 때문입니다. 그렇게 시작된 것이 〈혼밥생활자의 책장〉입니다. 여전히 분투하고 있습니다. 아마 이것은 끝이 없겠지요. 하지만 기댈 곳이 하나 생긴 느낌입니다. 뒷배가 있어 든든하다고 할까요.

책 친구들과 함께 읽고 청취자들과 더불어 나누며 뒤적이고 뒤척인 시간이 짧지 않습니다. 그 시간 동안 우리 마음의 땅 그 안에서, 깊은 저 아래에서 자라고 있던 많은 생각들이 이제 활자라는 새순으로 자라나 세상으로 나왔습니다. 종이 위에 푸른 잎이 자음과 모음이 되어 만발합니다. 그것들은 사락, 하는 종이 넘기는 소리와 함께 간밤에 몸을 떨며 자랐습니다. 그러니 이 책을 조그만 정원이라고 불러도 괜찮지 않을까요? 아마추어 정원사가 가꾼 탓에 땅 위로 얼굴을 내민, 종이 위에 잉크로 새겨진 글자들이 예쁘진 않습니다. 그래도 정이 갑니다. 사실 노지에서 구르며 자랐습니다. 농약은 일부러 안 쳤습니다. 그래도 이것들이 냉이며 쑥이며 달래처럼 고유의 맛과 계절의 기운을 담아 먹음직스럽게 혼밥생활자의 끼니로 올라가면 좋겠습니다. 맛있는 밥이란 참 든든한 것이니까요.

방송의 내용으로 글 작업을 해보자는 제안을 받고 고민이 되었습니다. 한 번쯤 방송으로 흘러간 말들을 정리해야겠다는 생각을 하기는 했었지만 굳이 나무를 희생시키면서 할 일인가 하는 생각이 제일 먼저 들었습니다. 사실 저는 전적이 있습니다. 고백하건대 "이 책 참 문제다. 굳이 이런 이야길 쓰려고 나무를 벨 필요가 있었겠느냐. 저자와 출판사는 되돌아봐야 한다"는 말도 방송에서 몇 번 했습니다. 남이 이 비슷한 소리를 하면 아주 속 시원하다는 듯이 물개박수를 치며 동조했던 저입니다. 제게도 최소한의 양심이 있는 탓에 욕망과 민망 사이에서 자꾸 식은땀이 흘렀습니다. 게다가 공갈빵. 그놈의 공갈빵이 자꾸 떠올라 '흠' 하는 소리가 절로 입 밖으로 새어 나왔습니다. 여러분은 공갈빵을 아십니까? 나름 맛이 나쁘지 않은 중국식 꿀빵입니다. 하지만 그 이름만 들어도 알 수 있죠. 이것은 겉보기엔 커다랗지만 막상 겉면을 뜯어보면 속이 텅 비어 있는 우스꽝스러운 빵입니다. 내 안에 머무는 말들은 그저 한 줌 손안에 들어울 만큼 작은데 비어 있는 종이가 너무 크면 어쩌겠습니까? 주워들은 말들로, 주책맞은 말들로 그저 떠벌리기 위해 떠벌릴 것을 생각하면 아찔합니다. 공갈빵이야 애교지, 공갈 사기쯤 되면 범법입니다.

하지만 결국은 이렇게 되었습니다. 생각들을 말하고 말았습니다. 심지어 글로 적어버리고 말았습니다. 이렇게 흔적을 남기고 말았습니다. 방송에선 그토록 뻔뻔하게 말인지 된장인지 모를 막말의 산 무덤을 쌓아놓고, 이제 와 몸 둘 바 몰라 합니다. 이게 다 나무 때문입니다. 이왕 이렇게 된 거, 좋습니다. 더 솔직하게 말해보겠습니다.

사실은 겸손한 말이 아닌 자랑하는 말을, 수줍은 말이 아닌 선동하는 말을, 정중한 말이 아닌 어린아이의 말을 하고 싶었습니다. 이제는 작은 씨앗이 아닌 그 어떤 존재가 되고 싶었습니다. 초여름 산책길에 맡게 되는 아카시아 향기 같은 것이라면 얼마나 근사하겠습니까. 저무는 겨울과 순진한 봄을 잇는 매화 같은 것이라면 얼마나 애틋하겠습니까. 물론 이런 것들이 아니어도 좋습니다. 말과 말을 잇는 접속사, 비난이 아닌 감탄에 쓰이는 느낌표, 끝을 아는 마침표가 되어가는 것도 좋습니다. 그 자체로도 완전한 하나의 기호이지만, 어떤 단어나 어떤 문장과 함께할 때 더 많은 가능성을 품게 되는 것들입니다. 그렇게 있어야 할 어떤 자리에 머물며 무성하게 자라나는 나날을 꿈꿉니다. 비를 맞고 볕을 쪼이고 윙윙대고 물결칩니다. 뿌리내리고 뻗어 나가고 피어나고 맞닿습니다. 그렇게 저마다 작은 세계를 만들어갑니다.

그러고 보니 제가 처음으로 만들었던 작은 세계, 저만의 아지트였던 것이 떠오릅니다. 어릴 때 베개들을 쌓아서 비밀기지를 만들곤 했습니다. 옷장을 등 뒤에 두고 집에 있는 베개란 베개는 다 꺼내서 옆면과 윗면을 만들어 솜으로 된 요새를 만드는 겁니다. 모두의 눈에 보이건만 그 베개 성城안에 들어가 눈만 빼꼼히 내밀고 있으면 마치 톰 소여의 오두막에 꼭꼭 숨은 것처럼 혼자 즐거웠습니다. 세상을 염탐하는 것입니다. 저무는 해의 그림자가 천장에 스며드는 것을 지켜봅니다. 노을에겐 비밀입니다. 일상의 시간이 발가락을 꼼지락거리며 큰 하품 하는 것을 곁눈질합니다. 낮잠에겐 비밀입니다. 비밀기지 안에 있을 때는 '초라한'이라거나 '비참한' 같은 수식어는 붙지 않습니다. 신나는 기다림, 설레는 혼자됨, 장난기 넘치는 조용함(쉿!)이 있을 뿐입니다.

〈혼밥생활자의 책장〉에 있었으면 하는 것은 그런 것들입니다. 사실, 이 방송은 또 다른 혼밥생활자들을 마냥 기다리는 것이 목적입니다. 이곳이 비어 있는 당신의 작은 아지트가 되면 좋겠다고 생각합니다. 마음이 자꾸만 넘어지는 날에는 책 한 권 들고 쉬러 와도 좋겠습니다. 어떤 즐거운 날엔 당신의 웃음을 이곳저곳에 걸어놓고 가도 좋겠습니다. 누군가 당신을 아무런 목적 없이 기다리고 있으니 용맹하고 대범하게 모험을 나서도 된다고 북돋고 싶습니다. 저 역시 그런 응원이 필요하기 때문입니다. 혼자됨을 헤아리려는 이들의 생활 기법이 할머니의 레시피처럼 쌓이고, 자신에 대한 고민 끝에 함께 사는 삶을 가꾸고, 진실을 찾고 용기 있게 말할 줄 아는 이들이 더 많이 마주치고 서로의 존재를 느끼며 힘을 얻길 바랍니다.

정원을 가꾸는 사람에게는 바로 지금이 앞으로 다가올 봄에 해야 할 많은 일 중에 무엇을 해야 할지 생각할 시기다. … 초원에는 노란 꽃들이 즐거우면서도 수줍은 듯 풀숲에 빼꼼히 모습을 드러낸 채 피어있다. 생명에 대한 용기를 가진 꽃이다. 그것들은 마치 어린아이의 눈처럼 고요하면서도 기대로 가득 차 세계를 바라보고 있다.

_헤르만 헤세, 《정원에서 보내는 시간》

"고요하면서도 기대로 가득 차 세계를 바라보는" 사람들에게 언제나 말 걸고 싶었습니다. 세상에 나오게 된 이 생각의 타래들이 가볍고 자유롭게 그들에게 가닿기를 바라봅니다. 이제 나는 기다립니다. 소매에 봄을 묻힌 사람들의 발걸음 소리가 들려오기를…. 마냥 즐겁게 기다립니다.

2장.

3장.

1장

———

아주 오랫동안 나에게 올 문장들

———

기꺼이
세계와
불화하라

—

함께 사는 고양이가 다쳤다.

봉변. 응급실. 초조한 기다림. 수술. 봉합. 다시 기다림.

평소엔 몹시도 쿨한 우리 관계이지만 이런 순간에 그게 다
무슨 소용인가! 친밀한 타자他者가 눈앞에서 고통을 참아내는 모
습을 보고 있자니 자괴감이 머리끝까지 차올랐다. 팔 년째 함께
살고 있는 동거묘, 티거. 나는 이 친구를 '김티거'라고 부른다.
똥고집에 독고다이. 이 집안의 피가 흐르는 게 분명했다. 티거
가 만든 자신만의 완고한 원칙들은 이 동물을 보살핌 받는 존재
가 아니라 스스로를 지키는 존재로 느끼게 한다. 이 친구의 성
장을 보면서 나는 내가 이 동물의 소유권자가 아님을 인정하지

않을 수 없었다. 한 공간을 나눠 쓰고 있기에 우리는 이 집에 똑같은 지분을 가지고 있었으며 내가 너에게 양해를 구하듯 너 역시 나에게 양해를 구한다는 것이 우리가 여전히 서로를 사랑할 수 있는 전제였다.

수술을 마치고 처음 수의사에게 물은 것은 "어느 정도의 고통을 느끼나요?"였다. 자신의 꼬리를 남의 것 대하듯 가지고 논다거나 뒤에 달린 길쭉한 생명체를 스스로 통제하지 못하는 것처럼 보일 때가 종종 있었다. 그러니까, 혹시 '덜' 고통스러울 수도 있지 않을까 하는 작은 기대였다. 수의사의 답은 이러했다. "수면마취 상태에서 수술을 했기 때문에 깨어났을 때 자신의 몸에 무슨 일이 생겼는지 알진 못합니다. 인지하지 못하기 때문에 그만큼 덜 아플 수도 있고요. 하지만 통증의 수준에 대해서 명확하게 알려줄 수 있는 것은 없습니다."

하지만 티거의 행동을 통해 꽤나 강렬한 아픔을 느낀다는 것은 자명해 보였다. 자신의 짧아진 꼬리를 보며 '대체 무슨 일이 생긴거지?'라는 듯 깊은 사색에 빠져 있었고, 엄습하는 날카로운 통증과 응급실에서의 끔찍한 대우에 대해서는 전략적 인내로 받아들이는 것처럼 보였다. 나는 티거의 주위를 맴돌았다. 함께 있을 때 일어난 사고라는 점에서 나의 부주의에 대해 참회

할 수밖에 없었다. 그리하여 이 글은 아픈 동물과 간병인의 교감에 대한 기록이 '될 뻔'하였다.

그리고 또 다른, 함께 사는 고양이가 모든 것을 지켜보고 있었다. 끈끈한 애정. 빈틈없는 각별함. 물아일체의 소속감. 아프다는 이유로 정당화된 차별.

그렇다. 나는 두 마리의 고양이와 함께 살고 있다. 두 살이 된 동이는 덩치는 크지만 순한 성격이다. 사람 곁을 떠나지 않으려는 성향의 순박한 기질. 자신이 부재했던 육 년간의 시간을 공유하는 두 존재에 대해, 아픈 티거가 모든 것의 우선순위가 되고 나의 그런 행동이 정당화되는 상황을 지켜보며 동이는 무슨 생각을 했을까? 아예 인지조차 못했던 동이의 시선을 깨달은 것은 그 아이의 조용한 서성거림 때문이었다. 자신의 차례를 묵묵히 기다리고 있다는 것을 나는 며칠이 지난 후에야 알아차렸다.

동이와 나는 좀 묘한 관계로 데면데면하달까? 동이는 나보다는 티거를 따랐고 둘째 고양이라 그런지 나 역시 많이 챙기질 못했다. 그래서였을까. 동이는 아닌 척, 담담한 척 쓸쓸함을 숨기는 것이 버릇이 된 것 같기도 했다. 밝고 환한 세계 옆에서 그것에 속하지 못한 채 이 모든 것을 바라보는 고독이 동이의 몫이었다. 하지만 내가 이를 깨닫고 난 이후에는 동이의 마음을 상상하는 데 오랜 시간이 필요하지 않았다. 나를 관통한 이후 단 한 번도 내게서 떠나지 않았던 것. 습격하듯 나를 깨우는 마음의 그늘. 그것의 이름은 고독이요, 세상과 불화하며 바깥으로 던져진 모든 이의 벗이었다.

> 벤은 오남매 중 셋째였다. 동생들은 동생들끼리, 누나들은 누나들끼리 죽이 잘 맞았지만 벤은 그 틈에서 늘 외톨이였다. 벤은 친구가 되어 줄 어른스럽고 영리한 동물을 원했다. 요즘 들어 아무리 생각해봐도 결론은 단 하나, 바로 개였다. 벤은 개를 갖고 싶었다.
>
> _필리파 피어스, 《아주 작은 개 치키티토》

어린이책 《아주 작은 개 치키티토》에는 벤이라는 소년이 등장한다. 내향적 성격의 벤은 보르조이, 블러드 하운드, 울프 하운드 같이 용맹하고 커다란 개를 원했다. 도서관에 가서 개에 대한 책들을 보며 제일 크고, 멋진 놈을 골라 상상의 나래를 펴곤 했다. 동급생 친구를 사귄다거나 어머니의 관심을 기대하기보다 씩씩하고 용감한 개를 원한다는 것이 흥미롭다. 이런 벤은 아마 동이처럼, 자주 이런 느낌을 받았을 것이다. 그러니까 아마도… '그들의 세계에 나는 초대받지 못했다'는 느낌. 세계와 한 덩어리로 뭉쳐져 있다가 '나'라는 정체성으로 슬쩍 분리되는 느낌. 그리고 세계 밖에서 밀려나 불현듯 홀로 된 무안함.

나도 어릴 때의 몇 순간들이 기억난다. 처음에 그것은 기이함이었다. 무언가 잘못을 저질렀다. 나는 방 안에 있었고 어머니는 주방에서 저녁 식사를 준비하고 있었다. 맛있는 된장찌개 냄새와 도마 위로 야채가 통통 썰리는 소리가 집 안을 채웠다. 하지만 어릴 때 으레 그러하듯 야단을 맞는다는 것은 거의 죽음에 가까운 절망 아니던가! 두려움에 떨고 있는데 텔레비전에선 미스코리아 대회가 방송되고 있었다. 두려움에 사색이 된 나와 달리 미스코리아 후보들은 환하고 아름답게 웃고 있었고 주방에선 기가 막히게 평화롭고 아늑한 식사가 준비되고 있었다. 여러 세계가 한 순간에 공존하고 있었다. 나의 슬픔은 안중에도 없는 그들의 기쁨, 그들의 평화, 그들의 규칙을 바라보며 나는 중첩적으로 쌓인 세계의 한 꺼풀이 실수로 말려 올라간 것을 보았다. 그때 느꼈던 그 기이한 외로움과 서러운 쓸쓸함. 그때가 아마 '자아'라는 뾰족한 송곳이 처음으로 고개를 내민 순간이 아닐까 생각해본다. 그리고 이 통증은 혼자인 시간에는 왕

왕 예고 없이 나를 엄습했고, 하고 있으며, 앞으로도 할 것이다.

외톨이 벤 역시, 그리고 혼자 잠드는 동이 역시 따뜻한 빛의 세계에 가려진 어둡고 축축한 그늘 한 자락을 이불 삼아 그 아래에서 조용히 휴식을 취하곤 했을 것이다. 그러니 말하지 않아도 내 마음을 알아주는 누군가를 원하는 것은 당연하지 않은가? 요동치는 불안한 세계 속에서 영원처럼 단단하게 연결된 그 무엇. 벤 역시 이러한 존재를 격렬하게 갈망한다. 그리고 그 갈망의 끝에 벤은 단 하나의 유일한 존재를 얻게 된다. 바로 눈을 감으면 보이는 개, '치키티토'다.

> 벤이 원하는 것은 정말로 그것뿐이었다. 혼자서 조용하고 평화
> 롭게 있는 것. 그래서 마음 놓고 눈을 감고 치키티토를 만나는
> 것뿐이었다.
>
> _《아주 작은 개 치키티토》

치키티토는 마치 분신처럼 벤과 함께한다. 벤은 이제 낮이고 밤이고 눈을 감고 치키티토를 만나려 한다. 수업시간에도 멍하니 정신을 놓고 있고, 주말에는 시끄러운 동생들을 피해 길거리를 지하철을 헤매며 혼자만의 시간을 가지려 한다.

벤과 치키티토는 안개에 휘감겨 자신들만의 세계로 들어갔다.

벤과 치키티토가 그 세계의 주인이었고, 서로의 주인이었다.

_《아주 작은 개 치키티토》

하지만 치키티토는 너무나 완벽하게 벤을 충족시켜주는 존재이기 때문에 오히려 벤을 위험하게 한다. 어빙 고프먼은 자신의 책《수용소》에서 이렇게 말한다. "자아는 무언가에 대항하여 형성된다." 거부하고 대항하기 위해서는 많은 논리가 필요하다. 먼저는 나 자신을 설득해야 하기 때문이다. 쉽지 않은 길을 기어코 선택하게 하는 요소들이 그 사람만의 날카로운 엣지edge가 된다. 그리하여 나는 수락하고 소유하고 내 것으로 포섭하는 힘이 아닌 거부하고 저항하며 과감히 선언하는 불복종의 힘을 사랑한다.

현재 나의 좌표가 궁금하다면 내가 무엇에 저항하고 있는지를 살피면 된다. 바로 이러한 이유로 벤에게 치키티토는 위험한 존재다. 그것은 세상과 대립하고 갈등하며 빚어지는 나의 잠재력을 차단하고 오히려 끝없이 하나의 마음으로 수렴하게 만든다. 내 작은 친구와 나만의 긴밀한 우정, 그 폐쇄된 정원 안에서는 무엇도 성장할 기회를 갖지 못하기 때문이다.

이 책의 또 다른 흥미로운 점은 주인공 벤이 마냥 착하기만

한, 어른들이 원하는 어린이의 모습이 아니라는 점이다. 물론 저자는 벤에 대해 "성격도 재주도 별나지 않은, 그저 평범한 아이"라고 표현한다. 하지만 차갑고 냉정한 벤. 고독과 외로움에 대해 잘 알지만 누군가를 똑같은 상태에 빠지게 만드는 벤이 이 책에 등장한다.

> "너, 이제 가! 가 버려!"
>
> 이제 아무도 이름을 불러 주지 않아 이름 없는 개가 되어 버린 그 갈색 개는 옆으로 살짝 비켜서더니 털썩 주저앉았다. … 벤은 그 갈색 개가 제 귀에 익은 이름을 들으면 쪼르르 달려오리라는 것을 알고 있었다. 하지만 벤은 그 이름을 부르지 않았다.
>
> _《아주 작은 개 치키티토》

마치 내가 동이에게 그랬듯, 벤 역시 할아버지에게 받은 개, 브라운을 차갑게 외면하고 밀어낸다. 벤은 교통사고 이후 영영 사라져버린 치키티토에 대한 그리움을 여전히 품고 있었고 그 끝에 마침내 할아버지네 개가 낳은 새끼 강아지를 얻게 된다. 하지만 작고 용감한 개가 아닌 짙은 갈색 털에 크고 겁 많은 브라운을 보고 실망한다. 시골이 아닌 도시로 오게 된 브라운에게 벤은 자신의 이름을 불러줄 유일한 존재다. 하지만 벤은 일말의

미안함도 없이 이제 그만 가버리라고, 가족들에게 보여주기도 부끄럽다며 낯선 도시에서 이 개를 버리려 한다.

책 속에서 벤이 거듭 직면하는 것은 '내가 원하는 것을 나는 가질 수 없다'는 사실이다. 치키티토가 그려진 액자는 쓰레기가 되어 밟히고 완전히 망가진 채 사라진다. 제대로 가져보지도 못한 채 잃는다. 그토록 열망했던 상상 속의 개, 치키티토를 브라운을 통해서라도 그 흔적을 찾고 싶었지만 탐탁지 않은 브라운을 보며 벤은 도리어 '나는 절대로 치키티토를 가질 수 없다'는 것만 다시금 확인할 뿐이다. 사람들이 집으로 돌아가는 그 넓고 쓸쓸한 공원을 브라운과 멀찍이 떨어져 걸으며, 벤은 이 변하지 않는 사실 앞에서 무릎을 꿇고 고개를 파묻은 채 눈물을 흘린다.

왜 나는 가지지 못하는가? 나 역시 내게 묻는다. 매끄러운 처세술, 여유 있는 미소, 자랑스러운 인간관계. 혹은 이런 것도 있다. 가족과의 주말 외식, 귀가 후 연인의 환대, 완벽한 내 편. 사람들이 말하는, 삶을 풍요롭게 해주는 그 많은 요소들 말이다.

누군가가 보기에는 "그것 없이 살다니 당신은 행복하지 않을 것이다"라고 판단할 만한 것들이 나열된다. 그중 일부라도 가지면 더 행복할 것이라고 확신하며 사람들은 더 좋은 일자리를, 결혼을, 아이를, 정상가족을 꿈꾸는지 모르겠다. 하지만 나는 될 수 있는 한 오래, 가능한 치열하게 세상과 불화하며 살아가길 원한다. 그 불안한 긴장감 안에서 내가 아무것도 가지지 않은 채 이 세상에 태어나 타인들의 호의에 기대어 살아가고 있음을 기억한다. 그리하여 왜 살아야 하는지, 무엇 때문에 계속 살아가고 있는지를 생각한다. 어떤 삶을 살든 생生의 진실이 잠깐 얼굴을 비추는 그 순간들을 확인하며 가고 싶다.

결국 벤은 브라운을 어떻게 받아들일까?

팟캐스트 〈혼밥생활자의 책장〉을 제작하며 여러 책을 읽었지만 나는 이 책을 그중 백미로 꼽는다. 특히 이야기의 제일 끝에, 한 쪽도 채 되지 않는 장면에서 벌어지는 사건은 말로 설명하기 힘든 여운을 남긴다. 해줄 수 있다면 이 책을 동이에게 읽어주고 싶다. 그리고 너를 외롭게 두었음을 인정하고 사과하며 다시는 그러지 않으리라 약속하고 싶다. 절망의 언어로 가득한 이 시대에 벤이 마지막으로 결핍 가득한 브라운(자신)을 받아들이는 모습은 그 자체로 희망이 된다.

"브라운!"

"컹컹!"

어둠 속에서 힘찬 대답이 들려 왔다. 브라운이 땅거미 속을 힘

껏 달려오고 있었다. 브라운이 벤에게 뛰어들며 몹시도 애타게

짖어 댔다. 벤은 허리를 굽혀 브라운을 꼭 끌어안았다.

_《아주 작은 개 치키티토》

소로에게는
월든이,
나에게는
인왕산이

    가끔 내 취향이 너무 아재스럽나, 하는 생각이 들 때가 있다. 텔레비전보단 라디오를 좋아하고, 모바일 뉴스는 조금만 봐도 피곤한 까닭에 아직도 종이신문을 구독한다. 파스타보다는 청국장에, 원피스보다는 아웃도어 의류에 흥분. 하지만 단연 아재 취향의 절정은 주말이 되면 '동네 뒷산 좀 다녀올까' 하며 어슬렁어슬렁 뒷짐 지고 나서는 모양새 아닐까 싶다.

    나는 잠들기 전에 '내일 산에 갈 수 있다면…' 하는 상상을 한다. 그러고는 떠올린다.

    '그럴 수 있다면 얼마나 행복할까?'

그렇다. 빈손으로 무작정 찾아가도 되는, 머리보다 몸이 먼저 이끄는, 나는 동네 뒷산이 좋다.

　톰 소여에게 오두막집이 있고 소로에게 월든 호수가 있었듯 나에게는 인왕산이 있다. 집 앞에 오는 272번 버스를 타고 사직단에서 내려, 도로를 따라 올라가면 작은 등산로가 나온다. 한번은 인왕산이 초행이라는 아저씨에게 길을 알려주다 정상까지 함께 오른 적이 있다. 하산까지 함께 하곤 아저씨의 간식까지 나눠먹고 헤어졌더랬다. 또래의 회사동료들과 새해맞이 산행을 하기도 하고, 소개팅남과 운동복 차림으로 만나 함께 산을 오른 적도 있다. 하지만 이 산에 왔던 팔할은 언제나 혼자였다. 때로는 터벅터벅, 때로는 룰루랄라. 인왕산 곳곳에 나의 지문과 발자국이 있어 나는 그곳을 내 마음의 고향처럼 좋아한다. 사실상 이 산은 이미 나의 친구이다.

　으레 그렇듯 인왕산도 재미난 이야깃거리를 가진 산이다. 조선의 궁궐터를 두고 무학대사와 정도전이 갈등을 빚었다. 무학은 자신의 주장이 관철되지 않자 이백 년 후 도성이 큰 화를 당할 것이라고 주장했는데, 바로 그 이백 년 후에 임진왜란으로 경복궁 등 궁궐들이 모두 불타는 참변이 일어났다. 신묘하고 주술적인 스토리는 이뿐이 아니다. 호랑이가 자주 출몰해 '사람

잡아먹는' 산으로도 유명했고 김신조사건으로 삼십 년 가까이 일반인에게 입산이 허락되지 않기도 했으니…. 서울의 중심인 종로에 있음에도 단절과 고립, 적요로 대변됨 직한 독특한 공간인 셈이다. 하지만 멋들어진 바위들이 우뚝 솟은 산새를 보고 있자면, "거참, 잘생겼다!"는 말이 절로 나온다. 멀리서 보면 당당하고 아름답지만 가까이서 보면 인간의 편의에 의해 처량하게 훼손된 곳. 그곳엔 도시인에게 자신을 허락한 자연의 모순적인 운명도 깃들어 있다.

> 최근 들어 가끔 나는 내가 아이 때 했던 것처럼 이 세상을 자세히 살피고 탐험하는 일이 여전히 가능할지 궁금해진다. 그때처럼 다시 자연을 만나기를 간절히 바란다. 상쾌하고 맑고 영원한 마법에 싸인 세상. 이제는 그저 이따금씩 떠오르는 그 생생함을 다시 맛볼 수 있을까?
>
> _베른트 하인리히, 《베른트 하인리히, 홀로 숲으로 가다》

얼마 전, 새로운 계획을 하나 세우게 되었다. 십 년쯤 후에는 전기도, 수도도 없는 산 속 오두막집에서 얼마쯤 살아보리라는 것이다. 목표를 정해놓고 보니 미리 준비할 것이 하나둘 떠올랐다. 어디서 살 것인지부터(얼마나 깊은 숲이어야 하는가? 마을은 어느 정도 거리에 있어야 하는가?) 어느 범위까지 자립할 것인지 까지(어느 정도의 식료품을 마을의 마트에서 사고, 외부기술자에게 는 어느 선까지 도움을 요청할 것인가?). 세세하지만 중요한 것들을 정해야 한다. 연장의 사용법을 익히고 식용 식물을 구분하는 지식도 갖춰야 할 테다. 이미 산골에서 자급자족하며 살고 있는 이들과 공동체를 찾아가 물어보고 싶은 것도 많다. 지금껏 아파트에서 살아온 내가, 텃밭은커녕 화분도 제대로 기르지 못하는 내가 손바닥만 한 나방과 빨간 발을 가진 지네를 이웃 삼아, 상상 이상의 불편을 감수하고서라도 이런 삶을 살아보고 싶은 것은 왜일까?

이런 결심에 영향을 준 아저씨들이 있다. 대담한 상상력과 통찰력을 가진, 이제 소개할 두 아저씨의 모습이 바로 내가 살고 싶은 미래다.

첫 번째 '산 아저씨'는 생물학자 베른트 하인리히다. 동식물을 관찰한 저서들로 이미 전 세계적인 명성을 가진 장거리 마라토너. 맵시벌에 미친 아버지 밑에서 자연을 벗 삼아 자란 그는 일여 년간 미국 북동쪽 메인주의 통나무집에서 살았다. 내가 읽은 그의 첫 책은 고집불통 박물학자인 아버지에 대해 쓴 《아버지의 오래된 숲》이다. 그 인연으로 비교적 근래 출간된 《베른트 하인리히, 홀로 숲으로 가다》도 읽게 되었는데, 앞서의 책으로 어린 시절 그가 경험해온 것을 이미 알고 있던 나로서는 연구실이 아닌 숲으로 들어간 그의 선택이 너무도 당연하게 느껴졌다. 그리고 그 '당연하게 이해되는' 심정이 나로 하여금 '그래, 역시. 나도 산으로!'라는 결심에 쐐기를 박게 했다.

또 다른 '산 아저씨'는 베른트 하인리히보다 백이십여 년 전에 태어나 유명하다 못해 저서들이 고전의 반열에 오른, 우리에게 너무나도 친숙한 미국의 철학자, 헨리 데이비드 소로이다.

고요한 겨울밤이 지나고 날이 밝아 눈을 뜨면 나는 간밤에 '언제, 어디서, 무엇을, 어떻게?'와 같은 어떤 질문을 받고서 답을 찾지 못해 애를 먹는 꿈을 꾸었다는 느낌이 들었다. 그러나 모든 생명의 안식처인 자연이 동트고 있었고, 자연은 아무것도 묻지 않고 평온하고 만족스러운 표정으로 나의 넓은 창문을 들여다보았다. 자연과 여명, 질문의 해답은 내가 깨어나기를 기다리고 있었다.

_헨리 데이비드 소로, 《월든》

숲은 자연이 직접 쓴 교과서다. 삶에 대해 알고 싶다면 나는 기꺼이 이 교과서를 펼칠 것을 권한다. 그래서 나는 이것을 알고 실천한 두 '산 아저씨'들의 안목과 용기에 적극적으로 감동받고 그들을 닮고 싶어 설렌다. 윙윙거리는 곤충의 군무, 찟찟하는 새들의 지저귐, 바람이 불면 파도처럼 몸을 흔드는 나뭇잎의 소란. 때때로 나는 바람 부는 산 속에 있을 때 이곳이 바다가 아닐까 상상한다. 새의 깃털 무늬, 풍뎅이의 껍질, 나무 기둥의 거친 틈새…. 자연은 가장 완벽하고 아름다운 것을 언제나 우리에게 보여준다. 볼 준비만 되어 있다면 누구나 볼 수 있다.

볼 준비란 무엇인가? 아마 모바일과 음악을 잠시 끄고, 나를 감싸는 자연의 모양새를 그대로 받아들이는 것이리라. 이어폰을 꽂고 숲을 걷는다면 우리는 그 세계의 십 퍼센트밖에 만나지 못하는 것이다. 모바일로 영상을 보며 그 세계로 들어간다 해도 다를 바 없다. 북적거림과 소란, 여백 없는 수다와 번쩍이는 네온사인에 익숙한 우리들에게 단조로운 색깔과 고요함은 낯설고 어색한 것일지 모르겠다.

하지만 대개의 사람들은 알고 있을 것이다. 도시의 화려함과 바쁜 일상이 나의 공허함을 채워준다고 생각하지만 사실 바로 이런 것들이야말로 우리를 소외시키고 외롭게 만든다는 것을. 도리어 적극적으로 자연의 시간으로 들어가 조금씩 그 느리고 조용한 시간을 받아들이다 보면, 이내 허전함이 기분 좋은 침묵으로 충만한 여백으로 다가옴을 느낄 수 있다. 끊임없이 나를 드러내지 않아도 숲은 저마다의 울퉁불퉁한 '꼴'을 그대로 받아들인다. 그리고 그렇게 숲으로 스며드는 순간 비로소 내 안의 뒤엉킨 냉소와 무질서한 분노는 조금씩 유순해진다.

> 호수에서 큰 소리로 웃는 아비새나 월든 호수 자체가 외롭지 않듯 나도 외롭지 않다. 초원에 자라는 한 그루의 현삼이나 민들레, 콩잎이나 괭이밥, 쇠등에나 뒤영벌이 외롭지 않듯 나도 외롭지 않다.
>
> _〈월든〉

'있는 그대로 괜찮다'는 다독임에서 우리는 인간 본연의 모습인 '홀로됨'이 외로움이나 비참함이 아님을 깨닫게 된다. 자연 속에 존재하는 모든 생명은 모두가 혼자서 자신의 시간을 받아들이고 자신의 세계를 다양한 빛깔로 채워나가기 때문이다. 그리고 이곳에서는 때때로 예상치 못한 즐거운 사건들이 벌어지기도 하는데 하루는 인왕산을 무대 삼아 누비는 아주 멋진 이웃을 만난 적이 있다. 그날의 유쾌한 만남을 되새기면 슬쩍 입꼬리가 올라간다.

인왕산에는 들개가 산다. 그날도 혼자 산에 올랐다 내려오는데 수성동 계곡 쪽에서 배를 곯아 엉덩이 살이 쏙 빠진, 털도 제멋대로 자란 들개 한 마리를 만났다. 이전에도 본 적 있는 녀석이었다. 배가 고프리라, 뒤꽁무니를 따라가 가방을 뒤적여 삶은 계란 하나를 기어코 발치에 굴려주었다. 하지만 누런 들개는 풀숲의 계란을 보곤 "웃기고 있네" 하는 듯 콧방귀를 끼며 제 구역으로 무심하고 도도하게 걸어갔다. 하긴, 비굴할 이유가 없다. 거저로 누구 덕 보겠다고 했던가? 더 가지려 욕심내지 않으니 그 발걸음이 저렇게나 가볍다. 염리동에 있는 초원서점에서 작사 수업을 듣던 때라 나는 들개에 관한 노래를 만들기도 했다. 나 역시 그렇게 살고 싶다. 10년 후엔 어느 숲 속 오두막집에서.

인왕산
들개

작사 김다은 | 작곡 김다은 이성혁(초원음악교실 선생님)

아주 멋진 개가 있지

구겨진 누런 털 홀쭉한 엉덩이

무일푼 뚜벅이 무모한 사춘기

인왕산 알지? 내 나와바리지

들개는 가벼워 발걸음도 몸짓도

심각하지 않아도 즐길 줄 알아 보여

똥폼 잡지 않아 인상도 쓰지 않아

허튼 것에 진지해도, 좋아서 그런 걸

멋지잖아 돈키호테. 뭐가 어때 돈워리 yeah

어깨 펴고 손 허리에. 바람 불면 떠돌이네

걸친 건 자유 걷는 건 여유 와썹 하우아유

아주 멋진 개가 있지

누가 봐도 무일푼 밥값은 하니?

근본 없는 잡종 제멋대로 난 독종

달빛을 맞으며 책만 뒤적여

들개는 무심해 풀꽃들만 좋아해

타박타박 걸으면서 꽃향기를 맡곤 하네

똥폼 잡지 않아 젠체도 하지 않아

허튼 것에 진지해도, 좋아서 그런 걸

멋지잖아 돈키호테. 뭐가 어때 돈워리 yeah

어깨 펴고 손 허리에. 바람 불면 떠돌이네

걸친 건 자유 걷는 건 여유 와썹 하우아유

아주 멋진 개가 있지

그래,
다시
시작해보자

—

감정이란 성장하는 생물이다. 그래서 이것을 표현하는 데 설명보다 묘사가 적절할 때가 있다. 예컨대 누군가에게 "당신의 생각을 좀 더 정확히 설명해달라"고 요구할 때, 나는 잡초가 무성한 흙길을 떠올린다. 그리고 다음과 같이 이야기하는 것이다. "당신의 집에 가고 싶은데 너무 길게 자란 잡초 때문에 어디가 길인지 알 수 없다. 그러니 집 앞을 조금만 정리해달라. 조금만 더 정확한 언어로 비질해달라. 내가 당신에게 너무 늦게 도달하지 않을 수 있도록."

바쁜 일들에 밀려 나 자신을 돌보는 것조차 귀찮고 번거로울 땐, 문 밖에 세워둔 나 자신을 상상한다. 집 안은 밝고 환하다. 하지만 누구도 문을 열어주진 않는다. 집주인인 나 자신도 창밖의 나를 보지 못한다. 낯선 얼굴들이 들어갔다 나온다. 날은 저물고 사위는 어두워지는데 나는 여전히 집 밖을 서성이고, 주저한다. 이제 밤이다. 나는 엄습하는 추위에 옷깃을 여민다. 언제까지 나는 나를 문 밖에 세워둘 것인가?

그중 잊을 수 없는 선명한 이미지가 하나 있다. 아침에 눈을 뜬다. 침대에서 몸을 일으킨다. 내가 어떤 상태인지는 중요하지 않다. 고요한 집 안을 서성이다 인기척을 느낀다. 오늘도 왔다. 현관문을 연다. 왔구나, 너. 결국 오늘도. 말릴 새도 없이 그것은 내 등 뒤에 올라탄다. 나는 이것을 '오늘 하루'라고 부른다. 다시 또 하루가 시작되고 만 것이다. 살아내야만 하는 것이다.

혹자는 사춘기냐고 질색할지도 모르지만, (당신의 그 소름, 이해한다) 이것은 내가 우울감에 빠져 있던 때의, 바로 그때의 이미지다. 우울증에 관한 많은 책들이 있지만 그중 우울증 교과서라고 할 만한 《한낮의 우울》에도 우울감에 잠식된 자신을 묘사한 탁월한 비유가 있다. 저자는 성인이 된 어느 날 자신이 어릴 적에 동생과 놀곤 하던 위풍당당한 떡갈나무를 찾아간다. 그런데 이십 년 사이 그 나무가 거대한 덩굴식물에 온통 뒤덮여 있는 것을 본다. 중증 우울증을 막 벗어난 그는 나무를 친친 감고 있는 족쇄 같은 덩굴을 보며 자신을 정복했던 우울증에 대해서 생각한다. 그것은 마치 기생식물처럼 점차 기괴한 생명력으로 내 안에서 세를 넓혀갔고 어느 순간 저자는 '내가 나의 것이 아니라 우울증의 것인 듯한' 기분에 빠져들게 된다.

우울증이란 무엇인가? 의학적 정의는 여기선 잠시 접어두자. 그것을 한 문장으로 정의 내릴 수 있다고 해도 우울증에 빠져 허우적거릴 때의 마음을 표현하기에는 역부족이리라. 아주 적확한 단어로 설명된다고 해도 어차피 그 심연의 좌표를 표시하기에는 턱없이 무용하리라. 말 그대로 우울이란 생물은 어느 순간 내 일상에 스며들어 시나브로 나를 친친 감는다. 그리고 그 끝에 마주하게 되는 것은 무단침입자의 사려 깊은 퇴각이 아닌 나의 확실한 패배 인정이다. 우리가 분명하게 말할 수 있게 되는 것은 내가 한때 중증 우울증을 겪은 적이 있다는 사실, 혹은 내가 지금 그것을 겪고 있는지의 여부밖에 없다.

이것이 무엇을 말하는지 안다면, 아마 당신은 단순한 우울감을 넘어선, 조금은 커다란 우울의 문가에서 그 안을 들여다본 적이 있는 사람일 것이다. 그것은 매우 명확하고 압도적이며 지울 수 없는 흔적을 내 가슴 안에 남긴다.

우울한 사람들이 많은 요즘이다. 아니, 절대량이 늘었다고 말하긴 어려울지 모르겠다. '우울증'이라는 진단의 역사가 길지 않으니 말이다. 어쨌건 국내에도 이것을 다룬 대중서들이 활발하게 출간되어 많은 사람들의 호응을 이끌고 있다. 텀블벅 펀딩으로 제작된 《우울증이 있는 우리들을 위한 칭찬책》, 우울에 관한 수기집인 《아무것도 할 수 있는》, 기분부전장애와 불안장애를 겪던 저자가 정신과 상담의와 나눈 대화를 엮은 《죽고 싶지만 떡볶이는 먹고 싶어》(이하 죽고 싶지만 떡볶이) 등의 책들이 출간되어 관심을 모았다. 심지어 《죽고 싶지만 떡볶이》의 경우엔 칠 주간 모 대형 서점의 베스트셀러 1위 자리를 차지했으니 이 열풍에는 이유가 있으리라.

이런 책을 통해 공감과 위로를 구하는 사람들이 많아지는 한편엔 한국의 독특한 '흥 문화'가 있지 않을까 짐작도 해본다. 어깨동무하고 술집을 나오는 떠들썩한 무리들, 즐거움을 과시하며 "2차는 노래방으로!"를 외치는 유쾌한 떼거리. 그런 유의 사교성과 인간관계를 가져야 좀 더 훌륭한 사회인으로 인정받는 것 같은 묘한 분위기랄까? 조금만 말없이 앉아 있어도 "여긴 왜 이렇게 초상집 같냐"라거나 "왜 이렇게 우울한 분위기냐, 술이 부족한가보다" 하며 즐겁기를 강요받은 적 없는가? 그러다 보니 조용히 혼자만의 시간을 갖거나 사색에 빠져 말없이 있는 것조차 다소 불행하고 비참한 시간으로, 스스로도 '이것은 비정상적이고 좋지 않은 상태, 탈출해야 될 상태'라고 생각하게 되었는지 모르겠다. '분명 더 즐거워야 하는데. 분명 더 행복해야 하는데' 하는 식의 명령에 길들여져 내면의 속도와 타인과의 거리에 대한 자기만의 기준이 부정확해진 사회라고 왕왕 생각한다.

3S 정책이 유효했던 것은 그때 그 시절만은 아닐 것이다. 우리 사회를 가득 채운 쾌락과 오락과 유흥에의 명령, 더 가질수록 더 즐거울 수 있다는 자본의 유혹, 모두가 모두의 연예인이 되고 있는 과시와 인증의 시대. 이런 시대에 우울과 침묵, 혼자됨에 대한 몰이해는 당연한 것 아닐까? 아이러니하게도 우울에 대한 무지가 우리를 더 우울하게 만들기도 한다. 알지 못하기 때문에, 공론의 장에서 숙의되지 못했기 때문에 우리 모두가 그것 앞에서 더 나약한 것이다.

우리는 단기성과를 내도록 교육받은 세대다. 시험, 취업 면접, 마감, 호봉. 걱정 없고, 도덕을 초월하고, 세계시민의식이 있고, 플러그에 접속된plugged-in 황금세대에 익숙한 세대다. … 우리가 몸에 익힌 그 모든 근대성과 기술은, 작은 아이를 품위 있는 작은 사람으로 변화시키는 데 필요한 길고도 고된 수고에 직면해서는 별로 도움이 안 된다.

_마크 라이스-옥슬리, 《마흔통》

우울한 내면을 드러내는 평범한 저자들의 책은 왜 그렇게 인기 있을까? 다양한 분석들이 있다. 첫째, 라이프 스타일의 변화다. 예전 같았으면 같이 사는 손위 형제에게 "나 요즘 이상해. 고민이 있어" 하며 묻고 위로받기도 했을 텐데, 혼자 사는 사람들이 워낙 많아져 허심탄회한 고민상담 한번 하려면 참 쉽지 않다는 것이다. 그러니 마치 가상의 누군가와 상담을 나누는 마음으로 그런 책들을 읽는다는 주장이다. 상반된 분석도 있다. 손위 사람은 무슨. 놀라울 만큼 사회 변화속도가 빠르다 보니, 고민의 내용도 그에 대한 답도 세대 격차가 확연한 요즘이다. 나와 고작 몇 년의 나이 차에도 인식의 차이, 가치관의 차이가 상당해 그들의 조언을 듣다 보면, '이것은 흘러간 옛 노래인가. 어느 시절 얘기를 하고 있나, 이 사람 뭐지?' 하는 생각에 도로 빠져든다. 동의가 돼서가 아니라 그저 민망할까봐 형식적으로 "네네" 하고는 그냥 인스타그램을 켠다. 그러다 보니 내 마음 같은 제목의 책들이 반가워 뒤적이기도 하고, 나와 같은 평범한 이들과 활자를 통해 나누는 대화에서 '그래, 괜찮아. 다들 그렇네' 하며 위로받기도 하는 것이다. 싫든 좋든, 신인류 시대에 살아남기 위한 책의 생존법이란 이런 것일지도 모르겠다.

우울증에 걸린 채 출판사와 계약을 하고, 집필을 하는 사람은 없을 것이다. 우울증에 관한 저자의 경험담은 모두 조금은 일상을 회복한 이후에 당시를 회고하며 쓴 글이다. 그래서일까? 한없이 아팠던 이들의 글을 읽을 때면 나는 빗방울이 똑똑 떨어지며 빈 잔을 채우듯, 작은 슬픔이 방울방울 내 가슴 속에 번지는 것을 느낀다. 절박함과 눈물 그리고 무너짐. 내 상상력이 도달할 수 없는 영역이지만 그 시간만큼은 완전한 침몰이라는 것을 나 역시 조금은 알고 있기 때문이다. 비록 죽고 싶어도 떡볶이가 먹고 싶었던 적은 없지만 나 역시 나의 경험담을 적어보려 한다.

먼저 "혼자 있는 사람은 더 우울한가?"라는 질문으로 이야기를 시작하고 싶다. 이 질문에 대한 나의 답은 "그렇진 않다"이다. 함께여서 더 외로운 순간은 넘쳐난다. 함께여서 더 슬픈 순간도 넘쳐난다. 오히려 '함께'인 것이 우울과 괴로움의 원인이 되기도 한다. 누군가와 함께한다는 것은 서로의 에너지가 공명하는 파장 안에 함께 머무는 것을 말한다. 내가 상대로부터 힘을 얻기도 하지만 동시에 나 역시 내 에너지의 일부를 계속해서 흘려보내는 것이다. 침묵 속에서 내적인 에너지를 모으는 것이 아니라 지속적으로 에너지를 방출하게 되는 상황이다. 너무 많이 연결되어 있어서 도리어 내가 고갈되는 경험을 안 해본 사람은 없으리라.

전기 코드가 가득 꽂힌 콘센트를 떠올려 보라. 그것은 언제 터질지 모르는 잠재적 위험요소다. 내 가장 친밀한 친구인 '나'는 내가 혼자 있는 시간에 나를 방문하고 나와 마주 앉는다. '나'라는 좋은 친구와 건강한 관계를 맺는 것이 내면의 힘을 키우는 방법이기에 그저 혼자라는 조건만으로 더 쉽게 우울에 빠진다고 생각진 않는다. 하지만 혼자인 사람들이 특정 위험군에 속해 있을 순 있을 것이다. 예컨대 우울의 늪에 빠진 채 한없이 오래 숨어들어갈 수 있다는 점에서, 그저 모바일 전원을 끄는 것만으로 세상과 차단될 수 있다는 점에서 그러하다.

그때의 나는 아무것도 할 수 없었다. 텔레비전을 켜놓는 것도 힘들었다. 그들의 즐거움과 기쁨, 밝은 빛을 도저히 감당할 수 없었다. 하지만 나 혼자인 집안에 가득 찬 침묵을 감당하는 것 역시 두려웠다. 그래서 낮은 볼륨으로 라디오를 켰다. 먼 북소리 같은 라디오 디제이의 목소리를 들으며 선잠에 들기를 반복했다. 몇 시인지, 얼마나 시간이 흘렀는지는 신경 쓰지 않았다. 누워서 잠들거나 눈물이 흐르는 것을 감당하거나 나 자신에게 닥친, 내가 제어할 수 없는 깊은 늪 같은 '이것'을 두 손 놓고 바라보았다. 아마 이 정도가 내가 할 수 있는 전부였던 것 같다. 그때 확인한 것은 누구에게도 발견되지 않은 채 이대로, 이 생활을 계속할 수도 있겠다는 막연함이었다. 그저 '잠깐 잠수 탄다'고만 해놓으면 그 누구와도 연결되지 않은 채 아주 오랫동안 침묵할 수 있으리란 사실이 점멸하듯 머릿속에 떠올랐다 가라앉았다. 나는 덩그러니 그렇게 혼자일 것이었다.

　　며칠 후 억지로 카페에 나를 불러낸 친구와 마주 앉았을 때, 그 친구의 표정을 잊을 수 없다. 얼굴이 너무 상한 나를 보고 친구는 놀라움 속에서 나를 연민했다. 그 친구의 미간이, 눈동자가, 벌어진 입이 "어떡해"라고 말하고 있었지만 나는 애써 웃을 수도, "괜찮다"고 노련하게 꾸밀 수도 없었다. 그렇게 힘든 며칠을 보내고, 어쩔 수 없이 출근을 해야 했던 나는 몸을 추스르며 마음을 다잡았다. 고통을 가방에 넣고 자전거에 올랐다. 눈 감고도 갈 수 있을 만큼 친숙한 길을 따라 성산대교로 향했다. (이것이 당시 내가 중증 우울증이 아니었다는 명확한 증거다. 자전거를 탈 수 있었다니!) 그리고, 바로 그 다리를 건너며 나는 아주 중요한 무언가를 알게 되었다. 다리에 올랐을 때와 다리에서 내려올 때. 그러니까 그 다리의 시작과 끝이, 사실 이 이야기의 시작과 끝이기도 하다. 너무나 흔한 비유이지만 이것보다 더 정확한 말을 아직 찾지 못하겠다. "밑바닥을 치면 결국 튀어 올라온다."

흘러내리는 눈물을 굳이 닦을 이유조차 없었다. 그것은 아주 굵은 실처럼 계속 이어내려 흘렀다. 상당히 어릴 때, 오빠가 어머니에게 심하게 야단맞는 것을 보고 옆에서 큰 소리로 울었던 기억이 있다. 그 다리 위에서 나는 그때의 어린아이처럼 울음을 터트렸다. 빠르게 내달리는 자동차 소리가 내 입에서 터져 나오는 모든 소리를 집어삼켜서 안심되었다. 자전거 바퀴는 빠른 속도로 회전했다. 며칠 동안 떠올랐던 '모든 것을 관두고 싶다'는 생각이 나를 사로잡았다. 모든 것을 끝내버릴 수 있다면, 스위치를 내려 전원을 끊어버릴 수 있다면, 이쯤에서 커튼을 내리고 막을 끝낼 수 있다면. 하지만 다리가 끝나갈 때쯤 울음은 잦아들었고 폭풍처럼 휘몰아치던 감정도 서서히 힘을 잃어갔다. 눈물이 바닥났고 내가 떨어질 수 있는 가장 바닥까지 떨어진 것이다. 그제야 나는 나를 '친친 감고 있던' 거대한 덩굴과 고요하게 마주했다. 우리 둘뿐이었다. 돛단배를 뒤집을 듯 맹렬하던 파도가 멈추자 비로소 내 눈앞에 나를 구할 그 무엇이 모습을 드러냈다.

내가 마주한 것은 나라는 사람의 진실이었다. 나는 결코 나 자신이 무너지도록 둘 수 없었다. 결국 나는 어떻게든 나 자신을 구하고 마는 사람이라는 사실이 내 목덜미를 낚아채며 나를 건져 올렸다. 그 누구도 내게서 빼앗아갈 수 없는, 오로지 나만의 것인 이 진실이 나를 구한 것이다. 그리하여 혼잣말하듯 나는 중얼거렸다. "이것이 나구나. 나는, 강한 사람이구나. 나는 나를 포기할 수 없구나."

누구나 아프다. 하지만 차곡차곡 쌓인 슬픔의 흔적들 덕분에 우리는 더 깊이 인간을 이해하게 된다. 공감의 다른 말은 아픔의 연결, 슬픔의 공유일 것이다. 때로는 신열에 들떠 더욱더 아플 때도 있다. 그 혼미한 정신 가운데서 각자가 마주할 자신이 어떤 모습일지는 알 수 없다. 하지만 그렇게 만나게 되는 나 자신은, 결국 '나'를 버리지 않을 것이다. 깊고 뜨겁게 새 숨을 불어넣으며 어떻게든 나를 살리려 할 것이다.

얼마 전, 최대환 신부의 《당신이 내게 말하려 했던 것들》을 읽었다. 그중 정치철학자 한나 아렌트에 관한 글이 마음에 와닿았다. 독일 태생인 한나 아렌트는 나치 전범인 아이히만의 재판을 참관하며 '악의 평범성'이라는 개념을 제시해 우리에게 잘 알려져 있다. 한나 아렌트는 또 다른 저작 《전체주의의 기원》에서도 전체주의로 상징되는 강제 수용소가 얼마나 인간성을 파괴하고 말살하는지 주목했다. 처참하고 비극적인 인간의 한계를 보며 한나 아렌트는 마지막에 어떤 말을 사람들에게 남겼을까?

"그러나 역사에서 모든 종말은 반드시 새로운 시작을 포함하고 있다는 진리도 그대로 유효하다. 이 시작은 끝이 줄 수 있는 약속이며 유일한 메시지이다. 시작은 그것이 역사적 사건이 되기 전에 인간이 가진 최상의 능력이다. 정치적으로 시작은 인간의 자유와 동일한 것이다. 시작이 있기 위해 인간이 창조되었다"라고 아우구스티누스는 말했다. 새로운 탄생이 이 시작을 보장한다. 실제로 모든 인간이 시작이다.

_한나 아렌트, 《전체주의의 기원》

모든 인간이 시작이라는 이 말이 얼마나 큰 희망이 되는지 모른다. 내가 다시 시작할 수 있다고 누군가 확언해주는 이 말이 정말로 큰 힘이 될 때가 있다. 모든 나약함과 불완전함에도 불구하고 우리에게는 그러한 위대함이, 아름답고 찬란한 것이 있다. 깊은 슬픔에 빠져 있는 누군가가 있다면 그저 이 말을 나누고 싶다.

당신은 반드시 다시 일어설 것이다.
당신은 시작하기 위해 창조되었기 때문이다.

어미라는
순한 짐승을
배웅하며

—

소설《딸에 대하여》의 마지막 장면은 장례식장이다. 화자는 딸과 딸의 동성 파트너를 돈 때문에 집에 들이고 불편한 동거를 하게 되는 요양보호사다. 힘들 때 기댈 건 가족뿐인데 합법적인 가족이 될 수도 아이를 낳아 함께 기를 수도 없는 딸의 연애를 보며 그녀는 부아가 치민다. 그런 그녀가 요양시설에서 돌보는 젠은 지금은 치매로 정신이 오락가락하지만 젊은 시절엔 아이들의 인권을 위해 전 세계를 누비던 유명한 활동가였다. 하지만 지금은 누구 하나 찾아오는 이 없는, 그저 먹고 싸고 잠자는 것밖에 하지 않는 노인네가 되었다. 그런 젠의 장례식장이다.

장례식장의 풍경은 한국 사회의 가족문화를 가장 집약적으로 보여준다. 그런 점에서 담담하고 짧은 스토리로 "가족이 뭔데?"라고 묻는 이 소설의 마지막 장면이 장례식장이라는 것은 꽤 적절하고 의미심장하다.

어미의 태 안에서 태어나지 않는 사람은 없다. 자라면서 부모가 함께 하느냐 아니냐와 상관없이 누구나 어머니가 있고, 그렇기 때문에 모든 생의 시작은 혼자가 아니라 함께이다. 하지만 삶의 마지막 순간에 내가 어디에서 누구와 어떤 감정을 느끼며 죽음을 맞이하게 될지는 철저하게 개별적이다. 알 수 없기에, 오롯이 내 노력에 의해 좌우된다고 생각하기에 고독사 같은 단어는 아찔한 두려움이다. 그 때문에 결국 가족이란 종신보험이 필요하다고들 생각한다. 자녀란 부모를 양분 삼아 자라는 지상의 씨앗이다. 씨앗이 새순이 되고 어느덧 울창하게 자라 큰 그늘막이 되어 줄 것이다. 그렇게 이어달리기를 하듯 세대의 순환이 일어난다. 삶과 죽음이 한 겹씩 맞닿으며 이어진다. 그 정점에 있는 것이 바로 한국의 장례식장인 것이다.

얼마 전 외할머니가 돌아가셨다. 어머니는 칠 남매 중 넷째 딸로 내게는 많은 이모와 한 명의 삼촌이 있다. 외가와 친가는 놀라울 만큼 분위기가 다른데 외가는 북적이고 정 많은 (그런 만큼 말 많고 탈도 많다) 특징이 있다면 친가는 상대적으로 좀 차갑고 사무적인, 그러니까 도시의 핵가족 같은 분위기를 띤다. 일반화할 순 없겠지만 내 또래의 친구들을 보면 친가보다 외가를 더 편하게 생각하곤 하던데 어쩌면 우리 세대가 아버지와 맺는 관계가 친가와의 관계에, 어머니와 맺는 관계가 외가와의 관계에 투영되기 때문인지도 모르겠다. 내가 나고 자라는 동안에도 내 고향 대구에는 가부장적인 문화가 굳건히 자리 잡고 있었다. 무뚝뚝한 아버지와 그렇지 않은 어머니. 그 사이에서 자란 내 또래의 후예들은 자신의 부모세대와 닮은 듯 다른 듯 자라나 어느덧 기성세대가 되어가고 있다.

당연하게도 외할머니 장례식장은 북적였다. 많은 딸, 많은 사위, 많은 손자손녀. 그 뿐이랴. 자녀들을 낳고 키우고 독립시키고 자신이 죽음을 맞을 때까지 시골 어촌의 한동네에서 산 외할머니의 빈소엔 동네 사람들도, 이모와 삼촌의 친구들도 왁자지껄 모여들었다. 나는 그 분주하고 요란한 장례식 풍경을 이방인의 시선으로 바라보았다. 어머니와 이모들이 분주히 손님들을 맞고 육개장을 입에 넣다가도 눈시울이 붉어지고 그렇게 서로를 위로하는 것을 보았다.

밤이 내려앉고 모두가 떠나자 가장 따뜻한 방에 저마다 자기 새끼들을 옆구리에 끼고 이리저리 다닥다닥 붙어 잠드는 것을 보았다. 온갖 뜨겁고 차갑고 슬프고 반가운 것들이 뒤섞인 그 공간에서 나는 간간이 내가 맞이할 미래의 어느 시점, 부모님의 장례식장에 대해서 상상했다. 동시에 내가 감당해야 할 혼자라는 무게에 대해서도 생각했다. '나는 결혼을 해야 되는 걸까?' 이미 고민이 끝났다고 생각한 이 질문이 불현듯 나를 낚아챘다. 사람들이 떠나고 텅 빈 밤의 빈소가 무척이나 넓게 느껴졌다. 이것보다 훨씬 어둡고 더 광활한 우주에서 언젠가 나는 혼자가 될 것이다.

혼자가 아니라니. 넌 혼자야. 네가 뭐가 있니? 남편이 있니. 자식이 있니? 친구나 동료는 다 떠나 버리고 말아. 공부도 많이 한 애가 왜 이렇게 철없는 소리만 골라서 하고 있어. …

왜 남편이나 자식만 가족이 되는 건데? 엄마, 레인은 내 가족이야. 친구가 아니고. 지난 7년 동안 우리는 정말 가족처럼 지냈어. 가족이 뭔데? 힘이 되고 곁에 있고 그런 거 아냐?

_김혜진, 《딸에 대하여》

나의 어머니는 마치 소년 같다. 어머니를 생각하면 막 목욕을 마치고 나와 발그레해진 볼로 웃던 모습이 떠오른다. 헤어드라이어로 대충 말린 머리가 강아지털처럼 폭신해보였는데 어린 나를 향해 환하게 웃던 그 모습을 아마 나는 죽을 때까지 잊지 못할 것이다. 마트 계산대에서 그녀의 품에 푹 안긴 채 빙글빙글 돌던 것도 기억난다. 글쎄, 내가 몇 살 때쯤이었을까? 아마 초등학교 저학년 무렵이었을 것이다. 그런 우리를 보고 주위에 있던 사람들이 "참 사이좋은 엄마랑 딸"이라고 했고, 그마저도 상관하지 않고 우리는 장난을 쳤다.

그리고 이런 기억도 떠오른다. 불같은 성격의 어머니가 무섭게 화내던 모습, 꽤나 심하게 반항했던 사춘기의 나를 어르던 모습, 결국 뺨 한 대를 때리던 것까지. 그녀의 불완전함을 인정하며 내가 이해받길 원하는 만큼 그녀를 이해하리라 생각했던 저물녘 둑길 위의 나. (생각해보면 참 조숙했다…) 어머니와 연관된 이러한 시간들을 하나씩 떠올리면 마치 오래 사랑한 연인을 기억하듯 내 안의 감정이 뜨겁게 출렁인다. 그 때문에 때로는 나까지 출렁인다. 그래서 근래 부쩍 자주 아픈 어머니를 보며 나는 초조하다.

그런 우리지만 나의 결혼 여부(?)를 두고 몇 번의 격렬한 언쟁이 있었다. 꽤 심각한 종류의 것이었는지 모른다. 논쟁 끝에 우리는 각자 눈물을 흘리기도 했고 단단히 침묵했으며, 매우 실망했다 말하며 송곳 같은 말로 서로에게 상처를 주었다. 정치적으로도 꽤 진보적인 어머니가, 그렇다고 결혼을 장밋빛 미래로 가는 엘리베이터라고 생각지도 않을 어머니가 그토록 줄기차게 누군가와의 법적 결합을 권하는 것을 이해하기 어려웠다. 나는 여성의 독립과 진정한 행복의 의미, 나아가 대안 공동체를 통한 미래 비전까지 제시하며 논리적이고 합리적인 주장을 펼친다고 펼쳐보았으나 설득은 요원했다.

　그렇게 몇 번의 임전무퇴, 배수지진의 싸움 끝에 비로소 알게 된 것은 나에 대한 어머니의 연민이었다. 홀로 쓸쓸히 나이 들어 갈 당신의 딸. 세월이 주름이 돼 병들어 갈 중년의(혹은 노년의) 딸. 어머니는 그런 내 모습을 상상만 해도 마음이 아려 견딜 수 없는 것이다. 당신마저 없는 땅에서 내가 홀로 서 있는 모습을 생각하면 당신은 심장이 터질 듯 애잔한 것이다. 어머니가 아는 세계에서 여자 혼자 나이 들어가는 삶은 그런 쓸쓸한 감정들로 가득 차는 것인지 모른다. 그렇다면 나의 세계에서는? 분명 수월치는 않을 것이다. 하지만 비슷한 미래를 그려나가는 그녀들이 있어 지독히 쓸쓸하거나 외롭기만 하리라곤 생각하지 않는다. 어떤 미래는 이미 내 눈앞에서 만들어져가고 있기 때문이다. 어쩌면 나의 삶은 그녀의 꿈과 끝내 화해하지 못한 채 결정적인 순간을 맞이할 것이고 우리는 멍들 것이다. 내가 어머니를 사랑하고 어머니가 나를 사랑하는 만큼 더욱 아플 것임을 예감해, 때때로 나는 먼저 미안하고 미리 슬프다.

내가 어떤 삶을 살아갈 것인지는 앞으로 내가 무엇을 증명할 것인지의 문제다. 덜 외롭게 사는 것이 아니라 내가 꿈꾸는 삶의 밑그림이 될 수 있다면 그것으로 충분하다. 하지만 언어가 되지 못한 어떤 진실들이, 마음 깊은 곳에 자리 잡은 까마득한 불안들이 고장 난 가로등처럼 껌뻑이며 명멸한다. 그것은 이방인에게 길을 안내하기에는 무용하다. 그 탓에 현재 우리는 잠깐의 휴전을 선포한 채 십자로에 서 있다. 자, 다음은 어떤 신호에 불이 켜질 것인가? 누가 핸들을 꺾을 차례인가? 누가 어디로 나아가게 될 것인가?

> 딸애는 내 삶 속에서 생겨났다. 내 삶 속에서 태어나서 한동안은 조건 없는 호의와 보살핌 속에서 자라난 존재. 그러나 이제는 나와 아무 상관없다는 듯 굴고 있다. … 딸애가 말하지 않지만 내가 아는 것들, 내가 모른 척하는 것들. 그런 것들이 딸애와 나 사이로 고요히, 시퍼렇게 흐르는 것을 난 매일 본다.
>
> _《딸에 대하여》

소설의 제목은 《딸에 대하여》이지만 어쩌면 《엄마에 대하여》라고 바꿔 읽는 게 더 맞을지도 모르겠다. 소설 속에는 몇 명의 여자들이 나오는데 다들 조금씩 비틀어져 있거나 구부러져 있다. 화자 역시 그렇다. 남편의 유일한 유산인 찌그러진 집에서 살면서 그녀 역시 어딘가 찌그러져 버린 걸까? 나쁜 사람이란 뜻이 아니다. 상처받은 사람이란 뜻이다.

동성애자라는 이유로 부당해고를 당한 동료의 복직을 위해 딸은 길가에서 소리를 치며 서명을 받고 있다. 강의는커녕 "교문 앞에 거지꼴을 하고 서서 시간을 허비"하고 있다. 젊음이 영원한 것처럼 사는 딸애를 보며 화자는 속이 탄다. 딸애는 아무래도 공부를 너무 많이 한 것 같다. 그래서 세상과 갈등하는 법, 고개를 쳐들고 싸우는 법까지 배우고 만 것이다. 화자는 결국 내뱉는다. 젊었을 땐 누구나 한 번씩 실수를 하는 거라고, 네 엄마인 내가 아니면 누가 이런 말을 해주겠느냐고. 지금이라도 적당한 사람 만나서 결혼하고 애도 낳으라고.

엄마, 여기 봐. 이걸 보라고. 이 말들이 바로 나야. 성 소수자, 동성애자, 레즈비언. 여기 이 말들이 바로 나라고. 이게 그냥 나야. 사람들이 이런 식으로 나를 부른다고, 그래서 가족이고 일이고 뭐고 아무것도 못 하게 만들어 버린다고. 이게 내 잘못이야? 내 잘못이냐고.

_《딸에 대하여》

찬란하고 건강한 젊은 시절은 순간이다. 늙고 병들어 쓰레기통에 처박히듯 버려진다. 사람으로 사는 것이 아니라 늙고 병든 젠처럼 수면제에 취해 죽음만을 기다리며 시설에 보내진다. 화자는 시설에서 일하며 그런 죽음을 너무나 많이 보았다. '어쩌면 나도, 딸애도 길고 긴 삶의 끝에 처박히다시피 하며 죽음을 기다리는 벌을 받게 될까?'라고 생각한다. 이럴 때 우리는 무엇을 어떻게 해야 하는가? 최악의 두려움이 나를 짓누를 때, 불확실한 두려움이 나를 서서히 압도할 때 말이다. 내가 아는 방법은 하나다. 미래의 불의를 피하고 싶다면 우선 여기서 "아니"라고 하는 것.

그래도 이건 아니잖아. 다 알잖아. 어쩜. 이럴 수는 없어.

_《딸에 대하여》

"이럴 수는 없어." 이 말은 변화를 일으키는 스위치다.

화자는 젠을 집으로 데려온다. 찌그러진 집에서 네 여자는 아주 짧게 동거한다.

나와 딸애, 내가 데려온 젠과 딸애가 데려온 그 애가 머무르는 집 안에 선선한 바람이 새어 든다. 종일 내가 한 것은 젠의 곁에서 다시금 저녁이 오기를 기다린 것뿐이다. 고요한 저녁이 오고 거짓말처럼 아무 일도 없이 하루가 지난다.

_《딸에 대하여》

그렇게 시작된 동거가 오래지 않은 어느 완벽한 토요일 오후. 케이크를 사오고 그 옆에 과일을 놓고 좁은 주방을 오가며 식사를 준비를 하던 그 오후에 젠은 숨을 거둔다. 자신이 할 수 있는 최선의 용기로 젠을 세상에서 배웅한 화자는 자신과 딸의 죽음을 앞당겨 배웅한 것 같기도 하다.

사실 이것 말고 우리가 타인에게 무엇을 할 수 있겠는가? 딸이 선택한 삶이 너무 힘들지 않기를, 모쪼록 좋은 사람을 많이 만나며 울기보다는 많이 웃기를 기도하는 수밖에. 어미인 화자가 젠의 존엄을 지키기 위해 병원장의 협박과 편리한 비겁함에 맞서며 앞으로 나아간 것. 결단한 것. 바로 어머니의 그 용기가 언젠가 그녀의 딸을 살릴 것이다. 딸을 바꾸려 하기보다 딸을 위하여 타인을 구하는 것이 어쩌면 사랑하는 아이의 '다행'을 위해 어미가 할 수 있는 유일한 최선일지 모른다. 어미의 손이 닿지 않는 어느 시간, 공간에 살게 되더라도 화자가 젠을 보듬었듯 누군가 딸아이를 보듬어 줄 것을 믿어보는 것이다.

깊은 밤. 젠의 옆에 누워 화자는 말한다. 사실 저 아이들은 친구 사이가 아니라고. 하지만 그다음 말은 차마 내뱉지 못한다. 화자는 자신이 감당해야 하는 것들이 무섭고 두렵다. 딸과 레인의 관계. 이 아이들이 살아갈 세계. 이 아이들에 의해 내가 감당해야 할 세간의 조롱. 겨우 지키고 있는 나의 자존심, 사회적 위치 같은 것들이 딸에겐 아무것도 아니란 말인가? 하지만 이 두려움을 누구와 나눌 수도 없다. 온몸이 떨리고 무릎이 꺾이기 직전인데 이 세상 누구에게도 자신의 곤란을 말할 수 없다. 그렇다고 딸을 완전하게 원망할 수도 없다. 제발 나를 위해 달라져주길 애원했지만 그 아이는 자신은 달라질 수 없다고 말한다.

이제 나는 홀로 남겨졌다. 세상으로부터 고립된 것 같다. 그래서 낮은 숨을 쉬는 젠의 옆에서 화자는 슬픈 짐승처럼 몸을 웅크리고 중얼거린다. "어르신이라면 뭐라고 했을까요? 어떻게 했을까요?" 젠은 말이 없다. 젠은 아무런 말이 없다. 그저 화자의 작은 속삭임만이 공기를 낮게 흔들었을 뿐이다. 깊은 밤은 새까만 망토처럼 화자를 뒤덮고 있다. 그런데 젠과 이렇게 마주

누워 있자니 묘한 안도감이 든다. 젠이 마치 대답이라도 해준 것처럼 어떤 평온함이 잠을 부른다.

> 그러나 또 한편으로 그런 말을 할 때 나는 어떤 위로를 받는 것도 같다. 그 순간에는 이 모든 일들이 아주 멀리 있는 일이 아니고 내가 그 모든 일의 한가운데 서 있다는 것을 깨닫게 된다. 그럼에도 내가 무너지지도, 쓰러지지도 않았다는 것을 알게 된다.
>
> _《딸에 대하여》

몸이
커질수록
세계는
작아졌다

—

    개와의 산책은 처음이었다. 그것은 미안하면서도 멋진 일
이었는데, 내게는 사소한 이 행위가 어떤 존재에게는 하루 종일
혹은 며칠간 간절히 기다려온 순간이라는 점에서 그랬다. 곰순
이란 이름을 가진 그 아이는 덩치는 컸지만 너무 움직이지 못한
탓에 근력이 쇠했다. 조금 걷다 멈추기를 반복했고 숨소리도 거
칠었다. 고작 몇 미터, 윗마을 농로를 조금 걸어 나왔을 뿐이었
지만 '앞으로 가겠다. 저 멀리 가겠다'는 곰순이의 의지가 느껴
졌다. 자유를 외치기엔 너무 짧은 산책길이었는데도 곰순이는
그저 한발 한발 나아가는 데 의미가 있는 듯 느린 발걸음을 옮
겼다. 걷다가 멈추면 나도 쪼그려 앉아 개의 얼굴을 봤다. 나는
안중에도 없었다. 곰순이의 눈은 저 앞, 어딘가를 향해 있었다.

풀에 얼굴을 파묻기도 했다. 차가워진 가을바람이 거친 털 사이를 파고들면 고개를 들고 가만히 눈을 감기도 했다. 곰순이는 한 순간도 놓치고 싶지 않은지 자꾸만 무언가를 움켜쥐는 것처럼 보였다.

곰순이의 비극은 못생기고 크다는 데 있었다. 아니, 크기 때문에 못생긴 것인가? 이 시골개에게는 주인이 없다. 아니, 주인이 있었지만 키우기 힘들어진 사정에 내 친구의 공동체에 개가 맡겨졌다. 모두의 개였기 때문에 누구의 개도 아닌 채로, 너무 크기 때문에 묶여 있어야 할 만큼 위험한 채로 거의 하루 종일 한자리에 있었다. 눈에 띄지 않는 세계의 한구석에서 곰순이는 무슨 생각을 하고 있을까? 매우 편안하다고 생각할 수도 있고 매우 불편하다고 생각할 수도 있다. 그리고 아무것도 생각하지 않을 수도 있다.

몸이 커질수록 세계는 작아졌다.

_록산 게이, 《헝거》

록산 게이의 말이 귓가에 울렸다. 너무 크기 때문에 자유를 잃은 그 존재를 보며 나도 내 안에 존재하는, 아무리 채워도 채워질 생각을 하지 않는 큰 '비어 있음'에 대해 생각했다. 때로는 그것이 나를 압도해 나 역시 곰순이처럼 줄에 매여 한 발자국도 앞으로 나아가지 못한다고 생각한다. 자, 그럼 록산 게이의 이 야기를 들어보자. 그녀 역시 제법 '큰' 무엇을 소유하고 있다.

그녀는 어릴 때 겪은 평생 잊을 수 없는 사건으로 자신의 몸을 튼튼한 요새, 누구에게도 성적인 존재가 되지 않는 무성적 물질로 만들고자 하여 '먹었다'. 오직 먹는 것밖에 할 수 있는 것이 없어서 먹고 먹고 먹었다. 소녀는 어른이 되었고 백구십 센티미터의 키에 어느 곳에서든 눈에 띄는 체격의 소유자가 되었다. 어떤 날은 외로워서, 어떤 날은 자신이 만든 몸에서 벗어나지 못한다는 지독한 자기혐오 때문에 먹었는데 그리하여 친구에게 이런 말을 하는 사람이 되었다.

나 같은 사람은 공공장소에서 그런 음식 먹는 거 아니야.

_《헝거》

친구는 비행기를 타고 떠나는 록산 게이의 손에 그저 감자 칩 하나를 쥐어주려 했을 뿐이었다. 록산 게이는 이 말을 하며 "그것은 내가 누군가에게 한 말 중에서 가장 솔직한 말이었다" 고 표현한다. 몸이 크기에 그녀는 타인의 눈에 지나치게 잘 띠었고 "네 몸이 왜 그렇게 되었는지 안다"고 말하는 수많은 사람들 틈에서 자유를 잃고 전시되었다. 록산 게이는 자신의 몸을 범죄현장 혹은 스스로 가둬버린 우리^{cage}로 묘사한다.

> 기운이 좀 있는 날에는, 투쟁심을 발휘하여 세상이 나의 외모에 반응하는 방식을 바꾸고 싶다고 생각하기도 한다. 이성적으로 생각해보면 진짜 문제는 내 몸이 아니라는 것을 알고 있기 때문이다. 그러나 기운이 없는 날에는, 내 인격, 즉 나라는 사람의 본질과 내 몸을 어떻게 분리해야 하는지 잊어버린다. 이 세상의 잔인함으로부터 나를 어떻게 지켜내야 하는지를 까맣게 잊어버린다.
>
> _《헝거》

나는 이 책에서 묘사되는 자신의 큰 몸에 대한 분열적 태도가 좋았다. 다이어트 프로그램을 보며 그것의 해악성과 가학성을 가열차게 비난하지만 한편으론 그 성공담의 신화가 되고 싶은 억누를 수 없는 욕망을 느낀다. 그런 비극과 희극 사이를 오가는 록산 게이의 필력에 빠져 들며 책을 읽었다. 하지만 책 후반부에 접어들면서 《헝거》라는 책 제목이 단순히 먹을 것에 대한 허기가 아닌, 보다 근원적인 결핍과 욕망에 대한 비유라는 것을 알 수 있었다.

마침 그맘때 함께 읽으면 좋을 또 다른 책을 소개 받았다. 거식증 환자에서 알코올 중독자가 됐던 캐롤라인 냅의《드링킹, 그 치명적 유혹》이다. 그녀는 이렇게 말한다.

나는 술을 마시기 시작하면 멈추는 방법을 모른다. 온몸에 강렬한 결핍감이 들어차서 그만 마셔야겠다는 생각 같은 것은 들지 않는다. 내 친구 빌은 알코올 중독이 질병이라는 생각을 좀처럼 이해하지 못하는, 그래서 굳은 의지만 있으면 술 따위야 얼마든지 조절할 수 있다고 믿는 어머니에게 이런 식으로 말했다고 한다.

"어머니, 다음에 설사가 찾아오면 그걸 한번 조절해보세요."

거칠지만 의미 있는 비유다.

_캐롤라인 냅, 《드링킹, 그 치명적 유혹》

그녀 역시 헝거였다. 내면의 결핍을 채우기 위하여 한 여성은 음식을 몸속에 채워 넣고, 또 다른 여성은 술을 채워 넣었다.

알코올, 게임, 쇼핑, 밀가루, SNS….

크게 공통점이 없어 보이지만 뒤에 '중독'이란 단어를 붙이면 하나의 연결고리가 보인다. 얼마나 빠져들었는가, 즉 "어디까지 잃더라도 그것을 놓지 못하는가?"라는 질문이 중요하다. 주위 친구들에게 중독된 것이 있는지 물어보았더니 대부분 없다고 했다. "너에겐 있느냐?"고 묻기에 "있지만 말하기 어렵다"고 했다. 이런 질문을 받기도 했다. "매일 저녁 맥주 한 캔을 마시는 것과 가끔 폭음을 하는 것 중 어느 것이 중독에 가까울까?"

내 생각에 빈도나 주량은 크게 중요하지 않다. 자신이 그것으로부터 얼마나 자유롭지 못한지가 중요하다. 아침에 눈을 뜬 이후부터 오후에 일을 하면서까지 그날 저녁에 마실 맥주 한 캔에 내가 얼마나 골몰하며 집착하고 있는가? 그것에 얼마나 허기져 있는가? 자기 삶을 다른 것으로 얼마만큼 '대신' 살고 있는지에 따라 다를 것이다.

사실 나는 무언가에 중독된 사람들의 이야기를 좋아한다. 그들에게는 삶의 불꽃이라는 것이, 즉 위험하고 불안하다 해도 기쁨과 슬픔, 환희와 분노가 터져 나오는 삶다운 삶이라는 것이 존재한다고 생각하기 때문이다. 불행한 자신을 어떻게든 회생시키려 버둥거리기도 하고, 무엇이 나인지 알 수 없어 갈지자로

흐릿한 세계들을 오가기도 하며 이 경계인들은 지독히 고독하다. 하지만 나 역시 그들처럼, 내가 제어할 수 없는 무언가가 내 안에 있고 그것이 나를 비참하게 만들고 있다는 것을 알게 되었을 때는 식은땀이 났다.

나 역시 내 안의 큰 비어 있음을 채우기 위해 내가 아닌 것에 빠져들어 혼미하게 나를 잃어버리는 시간들을 경험한다. '사태'가 끝난 이후 엄습하는 죄책감과 자기부정은 예쁜 포장지에 하나로 묶인 선물세트이다. 나 역시 록산 게이가 먹음으로써 허기를 채우듯, 캐롤라인 냅이 철저히 굶거나 술을 들이부어 허기를 채우듯 내 안의 빈 곳을 채우려 한다. 때로는 아주 집요하게 그것에 빠져들어 흥청망청 나를 놓고 싶다. 일상을 붙잡고 있는 나와 그 끝에 매달린 나 사이에 있는 것이 튼튼한 동아줄이 아니라 가느다란 실인 것 같다고 느껴지기도 한다.

오늘만이야. 오늘은 너무 힘들었어. 하루만. 너무 힘들었잖아.

_《드링킹. 그 치명적 유혹》

왜 이렇게 힘든 하루가 많은지. 그러다 어느 순간에 이것은 매일, 매 순간이 되어 버린다. 대개의 중독자들은 거짓말쟁이다. 그들은 "그것이 나에게 필요하다고" 거짓말을 할 온갖 방법과 핑계거리를 기어코 찾아내 (없으면 천연덕스럽게 만들어내며) 중독을 부드럽고 완곡한 긍정으로 탈바꿈시킨다. 그러고는 그것은 자기혐오가 아닌 자기애로써 택하는 것이라고 잘도 스스로를 속인다. 하지만 문제는 그것이 거짓임을 알아차릴 수밖에 없다는 데 있다. 머리가 깨질 것 같은 숙취와 함께 잠에서 깬다. 거울 속에 비친 엉망진창인 사람을 본다. '이게 나인가?' 내게도 낯선 내 모습에 결국 흔들리고 무너질 수밖에 없는 것이다.

중요한 것은 내가 나를 어떻게 대하는가와 관련 있다. 그날 하루의 컨디션이, 오직 '내가 내 마음에 드는가?'로 좌우되기도 한다. 어떤 날은 아침부터 기분이 별로다. 때로는 아침에 눈을 떠 침실 문을 열고 나가는 것이 두렵다. 저 문 밖에서 나는 또 굴복하고 말 것임을 알기 때문이다. 회사에서 마주친 동료의 무성의한 인사에 '나를 무시하는군. 내가 그런 인간이라서 그렇겠지' 하며 자조한다. 그만큼 마음의 구멍이 커져 현실에서 되도록 멀리 떨어지고 싶어진다. 현실을 회피하기 위하여, 혹은 나 자신을 즐겁게 하기 위하여 다시 또 '그것'을 찾는다. 잠깐 망설이지만 이내 마법의 문장을 떠올린다.

"오늘만이야. 오늘은 너무 힘들었어. 하루만. 너무 힘들었잖아."

나는 나에게 좀 더 잘하고 싶다. 내가 더 가치 있는 사람이라고 믿고 싶고, 혼자 있는 시간에 '그것'을 앞에 두고 '할까 말까, 내가 결국 굴복할 것인가 이겨낼 것인가'를 고민하는 데 너무 많은 시간을 쓰지 않는 사람이 되고 싶다. 내가 나의 교도관이자 파수꾼이고 죄인이자 가해자인 이 쳇바퀴에서 벗어나고 싶다. 대신 단단한 나의 내면을 아낌없이 칭찬하는 이가 되고 싶다. 연인에게 "내 어떤 면이 좋아?"라고 물었을 때 그 친구가 "네가 하는 이야기, 그게 되게 재미있어"라고 답한 것이 기억난다. 나는 상대의 대답이 '나의 불안정함'일 거라 예상했다. 나는 내가 재미있는 이야기를 할 줄 아는 사람이라는 것은 알지 못하고 내가 불안정하게 흔들리는 약한 사람이란 생각만 한다. 내가 눈앞의 절벽이 아닌 등 뒤의 평온한 대지를 볼 수 있는, 몸을 돌려 눈을 뜰 수 있는 사람이 되길 바란다.

내가 곰순이에 관한 글을 쓰게 될 거라곤 생각하지 못했다. 시골에 사는 친구 집에 놀러갔을 때, 화장실을 가기 위해 앞마당을 나섰고 멀찍이 곰순이가 보였다. 주로 누워 있는 모습만 봤는데 그 아침엔 몸을 일으켜 서 있었다. 그러고는 목줄을 한 상태로 한자리를 빙글빙글 돌았다. 아주 작은, 자신의 얼굴 크기밖에 되지 않는 작은 원을 그리며 한 바퀴를 돌 때마다 목줄을 넘기 위해 다리 한쪽을 올렸다 내렸다 했다. 한 바퀴, 두 바퀴, 세 바퀴…. 카운터기를 누르는 것 같은 그 행동을 나는 가만히 바라보았다. 저게 몇 번째 원일까? 두 손으로 꼽을 수 있는 정도일 수도 있지만 수백 번, 수천 번 그린 원일지도 몰랐다.

나 역시 수백 번, 수천 번의 제자리걸음을 하고 있다. 끝이 어디인지 알 수 없는 깊은 웅덩이들이 단단한 줄이 되어 나를 붙잡고 있는 것 같다. 발걸음을 옮기고 있으니 앞으로 나아가고 있는 것이라 생각하며 몇 개월, 아니 몇 년을 지나왔다. '다음에 기분이 좋아지면, 오늘은 어차피 망했으니 내일이 되면…'이라는 말로 나는 나의 허기로부터 벗어나지 못한 채 같은 자리를 맴돌고 있다. 그러는 동안 나 자신에게 너무 오랫동안 상처를 줬다.

나는 이제 곰순이에 대하여 생각한다. 곰순이가 제자리에서 맴돌지 않길 바란다. 그 아이가 원하는 것은 그것이 아니기 때문이다. 친구에게 곰순이와 또 산책을 나가도 되는지 물어보았다. 큰 몸을 가진 개 한 마리와 큰 우물을 가진 한 사람이 논밭길을 같은 속도로 걸었다. 커다란 두 개의 '비어 있음'이다.

밤의 사람들은
밤을 닮아 있다

—

　잠든 사람의 얼굴은 묘하다. '얼굴'이라는 대단히 구체적인 공간이 아무 경계 없이 무방비하게 펼쳐 있어 그렇다. 그 모습은 방문과 창문을 활짝 열어놓은 집을 연상시키기도 한다. 그 얼굴을 가만히 보고 있자면 아직 앳된 아이의 흔적도 어딘가 숨어 있다. '이 사람은 지금 어떤 곳을 탐험하고 있을까? 인간이 정복하지 못한 마지막 대륙인 꿈의 언저리, 그 어디쯤을 헤매고 있을까?' 그곳이 어디든 이 사람은 지금 아주 작은 점으로 끝없이 수렴하고 있을 것이다. 우주를 담고 있는 아주 아주 작은 점이 되어 더없이 자유로울 것이다.

　사진작가 오레오(조정민)의 전시 "거대한 잠The Grandeur Of Sleep"

이 이태원에 있는 사진 전시 공간 시티카메라에서 열렸다. 잠에 빠져든 사람들의 모습을 찍은 사십여 장의 사진을 보다 보니 나 역시 깊고 달콤한 수면에 빠져들고 싶어졌다. 붓과 물감이 탁자 위에 있는 작업실에서, 편안한 소파에서, 길 위에서…. 눈을 감고 잠에 빠져든 이들은 지금 여기가 아닌 저 멀리 그 너머로 여행을 떠난 사람들 같다. 하지만 무거운 배낭도 구글맵도 항공 티켓도 필요 없다. 가벼우면 가벼울수록 멀리 떠날 수 있는 것이 이 여행의 가장 큰 매력이기 때문이다.

이후 한 조간신문에 이 전시회가 소개된 것을 보았다. 신문에는 전시 사진 몇 장이 나와 있어 나는 반가운 마음으로 그것을 오려 침대 머리맡에 붙여 놓았다. 나는 잠들기 전, 언제나 먼저 여행을 떠난 이들과 인사를 나눈다. 그들의 편안한 무표정은 포근한 이불처럼 언제나 흡족하다.

사실 나는 머리만 대면 잠이 든다. 나 역시 고뇌에 쌓여 뒤척이며 밤을 지새우는 그런 이미지를 가져보고 싶지만, 워낙 비위도 좋은 데다 잠귀도 어두워 길바닥만 아니라면 어디서든 잘 잔다. 특유의 능청스러운 성격이 이런 데서 드러나나, 하는 생각이 들 정도다. 차에 타기만 하면 잠이 드는 것도 차멀미의 일종이라던데 내 생각에 나는 이 부류(이기까지 하)다. 때로는 국도

나 도심 운전을 하다가도 쏟아지는 잠을 감당하기 어려워 제 뺨을 때려야 할 때도 있다. 이런 내게 우등 고속버스는 최고의 호텔이다.

그러니 내게 불면의 고통이란 매우 생소한 것일뿐더러 타인의 것으로만 여겨지는 무엇이다. 친밀한 관계를 맺었던 사람들 중 불면증 하면 떠오르는 사람은 두 명 정도인데 한 명은 어머니, 다른 한 명은 연인인 듯 연인 아닌 연인 같은 관계를 맺었던 대학 때의 한 친구이다.

나는 잠도 잘 자는 주제에 새벽형 인간이라 가끔은 이유도 없이 일찍 일어난다. 고향집에 있을 때 대여섯 시에 일어나 할 일 없이 거실에 나가면 종종 어머니는 하얗게 밤을 새운 채, 거실 소파에 우두커니 앉아 아침을 맞고 있었다. 나와 다른 특유의 인내심으로 그녀는 불면의 고통을 크게 드러내진 않았다. 하지만 가끔은 잔뜩 찌푸린 얼굴로 낮잠을 청하곤 했다. 마치 잠과 싸우고 있는 듯한, 전장의 한복판에서 요새를 방어하는 고단함이 느껴지는 얼굴이었다. 잠을 자고 있지만 현실에 발을 디딘 채 무언가를 감당해내고 있는 듯 보이기도 했다. 어머니에게 그 사실을 말했더니 깜짝 놀라며 "내가?"라고 반문했다. 그녀는 자신이 그저 매우 평온한 얼굴을 하고 있었으리라 생각했던 것이다. 나는 어머니에게 "오만상 찌푸리고 있었다"고 말해주었다.

　대학 때의 친구는 수면제를 달고 살았다. 그것은 곧 내성과의 악전고투를 의미했다. 카페라테가 진통제인 양 언제나 그것을 즐겨 마셨는데 라테처럼 옅은 갈색 머리가 언제나 이마를 덮고 있던 모습이 눈에 선하다.

　'고요한 깨어 있음'이라는 시간이 있다. 밤과 밤 사이에 존재하는 기묘한 시간이다. 전깃불이 도입되기 전의 서유럽국가 사람들은 우리처럼 밤 열한 시에 자서 아침 일곱 시에 일어나는 생활을 하지 않았다고 한다. 이들은 해가 지면 자고 해가 뜨면 일어났지만, 밤새도록 잘 거라고 생각하지는 않았다. 대신 첫 번째 잠과 두 번째 잠 사이에 한 시간여의 '고요한 깨어 있음'의 시간이 있었고, 이렇게 한밤중에 깨어나는 것을 상식이라고 여겼다. 아마도 저녁 식사 후 하루를 정리하며 잠자리에 들어 새벽 두세 시 무렵에 깼으리라. 그 시간에 그들은 파트너와 대화를 하거나 섹스를 하거나 취미생활을 하고, 심지어 친구를 만나기도 했다고 한다. 책《눕기의 기술》에도 이와 관련한 내용이 언급된다.

　기계와 정규 근무시간이 하루의 리듬을 규정하기 전까지 하루

일과는 여러 번의 휴식과 수면 시간으로 구성되었고, 자정이 지난 다음에도 어느 정도 깨어 있는 시간이 있었다고 한다. 도중에 잠이 끊기지 않도록 한꺼번에 죽 몰아서 자는 소위 '모노블록monobloc' 형태의 수면은 현대의 노동 분업 사회로 인해 탄생한 상대적으로 새로운 습관이다.

_베른트 브루너, 《눕기의 기술》

새삼 '정상적인 수면'이라는 것이 무엇인지 되묻게 된다. 24시간을 시각화할 때 우리는 대개 시계 모양을 본뜬 둥근 것을 떠올린다. 만약 그것이 갓 만든 따끈따끈한 애플파이라면, 시간과 시간 사이에 '공간'으로 존재하는 순간은 파이 조각을 자를 때 흘러내리는 끈적한 잼일 것이다. 그리고 대개는 손에 묻은 그 잼을, 진짜 파이보다 더 맛있게 쪽쪽, 빨아먹는다. 이 달고 근사한 시간은 밤의 선물이다.

만약 우리 모두가 이런 시간을 과거의 그들처럼 당연하게 받아들인다면 당신은 잠에서 깬 새벽 두 시에 무엇을 하겠는가? 밤 덕후(?)인 《잃어버린 밤을 찾아서》의 저자 폴 보가드는 어두운 집, 호수 또는 마당의 정적과 고독을 음미하겠다고 한다. 당신은 어떤가? 24시간 편의점에 가서 야식을 사 먹겠다거나 카페에 가서 못 마친 회사 잔업을 하겠다고 말하진 말아주시

라. 그 밤은 덤으로 받은 선물이니 진짜 당신이 원하는 것을 하자. 밤은 모든 생물이 낮의 가면을 벗고 자신 안에 존재하는 신비와 야생성, 타락과 본성을 공작의 깃털처럼 뽐내는 시간 아니던가! 그래서 나는 밤을 표현하는 이런 문장들을 좋아한다.

> 밤이 대지 위에서 코를 골고 몸을 뒤척이며 사나운 꿈이 된다. 밝은 곳에서는 두려움에 떨며 몸을 숨겼던 수상쩍고 애매하고 불분명한 형태의 욕망과 생각이 이제는 형상을 갖추고 고요한 꿈의 집 속으로 도둑처럼 슬그머니 들어간다. 그리고 문을 열고 창문 밖을 내다보더니 자기 모습을 절반쯤 드러낸다.
>
> _트린 주안 투안, 《마우나케아의 어떤 밤》

너무 환한 빛은 엄격한 도덕률처럼 우리를 제압한다. 하지만 빛이 사라진 어둠은 거대한 장막이다. 내 눈에도 내가 보이지 않으니 나의 일부가 내가 아닌 것만 같아 더 나답다. 나 역시 어둠을 틈타 자유로운 상상을 해본다. 도둑이 되어 누군가의 마음을 훔치는 일. 심장을 떼어와 입 맞추고 셔츠 안에 따뜻하게 품는 일. 몽환적인 음악에 맞춰 신발을 내려다보며 흐느적흐느적 춤추는 일. 지독하게 많은 의미를 담은 눈으로 상대를 찬미하는 일. 빼놓을 수 없는 '술, 딱 한 잔만!' 그리고 가장 사랑하는 시간인 우정과 진리와 미래를 말하며 고양되는 일. 그래, 여름밤이라면 영원히 돌아오지 않을 것처럼 마냥 걷는 것도 좋겠다.

하지만 때로는 그 시간이 지독하게 고독할 것이다. 이루지 못한 오랜 꿈. 헤어진 옛 연인. 주워 담지 못할 말들. 눈물 자국처럼 선명하게 그어진 마음의 상처. 나를 보던 당신의 눈. 그리고 커다랗고 텅 빈 외로움과 자기 연민.

그래서 나는 이성복의 시를 오래 중얼거렸다.

> 이렇게 또 헛된 희망은 밤이 되면 젖은 빨래처럼 나부끼고 머리털이 곤두서도록 잠은 오지 않는다. 머리맡에는 히말라야 기슭에서 건너온 진흙으로 된 부처, 그리고 대서양 에트레타 바닷가에서 주워온 해골 닮은 돌, 오, 살을 떠낸 물고기 뼈 같은 잠, 너무 가벼워 내 눈엔 앉지 않는다.
>
> _이성복, 《호랑가시나무의 기억》

퍼덕이며 나부끼는 희망 때문에 어떤 밤엔 오래 들뜨고 많이 설레고 작게 소원했다. 어떤 꿈들은 너무 절실했던가? 그 '바람'의 계곡이 너무 깊고 험해서 길을 잃은 잠이 도통 내게 도달하지 못했다. 앙상하게 마른 잠들이 마침내 침대 맡에 도착해 나를 부르려 할 땐 여지없이 아침이 먼저 지난밤의 흔적을 지워버리곤 했다.

에드워드 호퍼의 〈밤을 지새우는 사람들〉을 보고 있던 두 남녀가 대화를 한다. 한 사람은 사립탐정, 다른 한 사람은 탐정의 의뢰인이 찾는 표적이다. 호퍼의 그림에는 네 사람이 등장한다. 술집에 혼자 앉아 있는 남자, 그다지 행복해 보이지 않는 커플, 그리고 카운터 뒤에서 일하는 남자.

여자가 묻는다. "어느 쪽이세요?"

남자가 잘 모르겠다고 답하곤 다시 여자에게 같은 질문을 한다. "당신은 어느 쪽인가요?"

"저야 당연히 혼자 있는 사람이죠." 그녀가 말했다.

"저 여잔 따분해 보여요. 자기 손톱을 들여다보고 있잖아요. 난 절대 따분해하지 않아요. 그러니까 혼자 있는 사람이에요."

그리고 여자는 다시 남자에게 묻는다.

"무슨 이야기일까요?"

여자는 "왜 저러고 있는 걸까요?" 혹은 "저 사람들은 뭐 하는 사람들일까요?"라고 묻지 않고, 그들 안에 숨은 '이야기'가 무엇인지 묻는다. 밤의 사람들은 밤을 닮아 있다. 밤은 깊고 어두우며 나약한 이야기를 가진 이들이 범람하는 시간이다. 그들은 저마다 자기 방 침대에서, 책상 앞에서, 술집에서, 작업실에서 자기 안에 존재하는 신비한 이야기와 마주한다. 밤의 사람들은 알고 있다. 거대한 침묵으로 대화하는 법을. 오늘 고른 음악으로 내게 말을 거는 법을. 지금, 이곳을 넘어서 우주와 영원을 상상하는 법을. 그리고 혼자 이 밤을 새우는 이들을 이해하는 법을.

24시간 잠들지 않는 심야영업 도시에서 그래도 매일 밤 야간비행을 떠나는 고독한 유목민들에게 안녕을 전한다. 그들의 유영이 일으킨 잔물결에 밤기운이 출렁인다. 고양이 입을 닮은 초승달이 빙긋 웃는다. 그대, 오늘은 어디로 날고 있는가?

혼밥생활자들에게
채식이란

—

    자취생에게 계란이란 단순히 닭의 알이 아니다. 마땅한 반찬이 없을 때 쓸 수 있는 가성비 갑의 치트키이자 무치거나 볶는 등의 요리 실력을 갖추지 못해도 최소의 맛을 보장하는 밥상계의 보험이다. 때로는 계란찜이라는 고급스러운 메뉴로 내 혀에 사치스러운 부드러움까지 제공하니, 널리 인간을 이롭게 하는 홍익인간의 가치를 이보다 더 잘 실현하는 식재료가 있을까 싶다.

    나 역시 냉장고에 계란만은 떨어지지 않도록 늘 챙겨놓았다. 부족한 단백질을 보충한다는 이유로, 간식 겸 가벼운 도시락 반찬으로 편하단 이유로. 그렇다. 자취생에게 계란은 닭의 알, 그 이상이 분명하다. 하지만 선택의 순간이 왔다. 냉장고에 남아 있던 마지막 계란을 먹었다. 마트에 갔다. 자, 보험을 갱신할 것인가 말 것인가!

'일단, 내 돈 주고 사 먹지는 말자.'

고민하던 나는 계란을 포기하고 건나물을 집어 들었다. 연인에게 이런 문자를 보낸 기분이다. "우리 당분간 각자 시간을 좀 갖자." 하지만 뒷맛이 쓰디쓰다. 머리로는 헤어져야 한다는 것을 알지만 마음은 그러지 못한다. 그럼에도 불구하고, 헤어지리라. 자꾸 생각나고 안부가 궁금하겠지만. 그래서 어떤 날은 술 마시고 전화하고 문자를 보낼지도 모르겠지만. 그렇지만 헤어지리라 다짐한다. 그렇다. 이 글은 이제 막 실연에 첫 발을 디딘, 아 아니, 채식에 첫 발을 디딘 어리바리한 페스코(세미 채식주의자)의 이야기다.

지난 2018년 11월, 장흥에서 하루 비건 축제 〈김밥 한 줄 햄, 계란 빼고요!〉가 열렸다. 그곳에 소개된 '하루 비건 선언문'은 이렇게 시작한다. "비건이란 유령이 장흥을 배회하고 있다." 섹시한 문장이다. 내친 김에 마지막 문장도 소개한다.

단지 우리는 기도하는 마음으로 기억하는 마음으로 하루 동안 비건이 될 것이다.

우리 모두 하루 비건이 되어보자.

내 마음속엔 늘 숙제처럼 나를 압박하는 두 가지 과제가 있다. 그중 하나가 채식이다. 채식은 붉은 고기를 삼 개월간 먹지 않은 것이 최대의 이력이다. 이후에도 늘 '해야지, 해야지. 공장식 축사는 최악이고 동물들도 고통을 느끼고 지구를 파괴하는 짓이라고!'라는 생각은 골백번도 더 했지만 매번 마음속에 불같은 전쟁만 일어날 뿐 나는 참으로 쉽게 항복했다. '내일 다시'라는 이름의 하얀 수건을 팔락거리며 다양한 핑계를 찾았는데 그중 가장 높은 자기합리화 레벨을 자랑하는 것은 '직장인'이란 핑계였다.

"정말이지 직장생활을 하는 것만으로도 나는 너무 피곤하고 힘들어. 오늘도 얼마나 스트레스를 받았는데! 내가 먹는 것까지 마음대로 못해? 맛있는 거 한 입 먹고 스트레스도 좀 풀고 해야지. 왜 이렇게 나를 옥죄어야 하는 거야? 이런 강박관념이야말로 신자유주의의 자기계발 논리에 세뇌된 결과 아닐까?! (응 맞아 맞아. 그러니까 먹자!)"

너무 코흘리개 같은 유치한 핑계인가? 누군가는 그게 지금 변명이냐고, 아주 너는 양아치라고 말할지도 모르겠다. 그렇다면 다른 핑계도 많다. "사실 나는 고기가 잘 맞는 체질이야. 탄수화물이야말로 건강의 적이잖아? 차라리 단백질을 먹는 게 낫지. 회식은 어떻게 해? 사회생활에 너무 어려움을 줘서 도통 안되겠어." 밝히자면 이런 유의 이유를 한 열댓 개는 더 말할 수 있을 것이다. 거 참. 회피엔 이리도 부지런하다.

이렇게 장점이 많은 것(채식)을 안 하는 사람들에게 오히려 묻고 싶다. 대체 왜 안하시냐고. 지금까지는 시시한 대답밖에 듣지 못했다. 바빠서, 게을러서, 그냥, 맛있어서… 유치원생 같은 일차적인 얘기는 그만 듣고 싶다.

_김한민, 《아무튼 비건》

그토록 어렵게만 보이던 것이, 어떤 때엔 너무나 자연스럽게 이루어질 때가 있다. 운동을 하면 안다. 내가 아는 나만의 한계. 9할은 그 한계를 넘어서지 못한다. 그런데 삼십 번쯤 하다 보면, 백 번쯤 하다 보면, 천 번쯤 그것을 하다 보면 어느 순간 된다. 되어져 버린다. 그것을 계속 하기만 하면 한 달이든 일 년이든 삼 년이든 어느 순간 1할 이상의 확률로 그것을 해낼 수 있게 되고 마침내 '이 맛에 한다!'고 까지 생각하는 순간마저 온다.

모든 것을 뒤엎듯 찾아오는 변화도 있지만 이렇듯 느리고 수줍게, 천천히 다가오는 변화도 있다. 어떤 질문에 대해 답을 찾는 것도 마찬가지다. 그 질문을 놓치지 않고 집요하게 붙잡고 있으면 누군가와의 우연한 만남으로든 연극 속 대사를 통해서든 무심코 펼친 책에서든 그 답은 1할의 가능성으로 어느 순간 내 눈앞에 나타난다. 실제로 나 역시 마음속에 품어온 오래된 고민의 답을 책에서 구했던 적이 있다.

"내가 고기를 먹지 않을 수 있을까?"라는 질문 역시 마찬가지였다. 결의나 다짐, 신념으로는 내가 해낼 수 없다는 것을 이미 알고 있었다. 억압하는 것으로는 반작용으로 튀어 오르는 저항감, 도리어 불붙는 죄책감을 이길 수 없었다. 하지만 그 질문을 포기하지 못하고 어슬렁거린 끝에 이제 나는 한 걸음 더 내딛을 수 있게 되었다. 그 마지막 퍼즐을 맞춰준 것은 하나의 문장 그리고 한 권의 책이었다.

이쯤에서 나는 누군가에게 채식을 억지로 권하고자 하는 마음이 없다는 것을 밝힌다. 나 역시 쉽지 않았기 때문이다. 저마다 자신을 둘러싼 맥락과 녹록지 않은 이유가 있다. '무엇을 먹을 것인가'는 무척이나 정치적인 행위다. 마음이 동하지 않는

데 억지로 할 수 있겠는가! '고기 없는 월요일, 하루 비건.' 어떤 사람들은 이런 유연한 접근이 도리어 그 자신에게 혼란을 주어 좋지 않다고도 하지만, 글쎄. 이에 대한 내 입장은 "마음대로 하라"이다. 너무 냉소적이고 소극적인가? 사실 지금 내가 타인에게 기대하는 건 좀 다르다. 채식은 바라지도 않는다. 그냥 내가 뭘 먹든 한마디 거들며 귀찮게 하지나 말았으면 좋겠다(어쩌면 그것만으로도, 자신이 직접 채식을 하지 않으면서도 채식인 확산에 기여하는 방법일지 모르겠다).

아이러니컬하게도, 음식은 개인 취향일 뿐이라고 주장하는 사람들이 오히려 식탁 위의 개인주의를 곧잘 침해한다. 채식하는 사람들에게 시비 거는 장면을 얼마나 자주 목격하는지 모른다. 절대 그냥 놔두거나 넘어가는 법이 없이, 아무도 묻지 않았는데 어김없이 사견이나 소감을 피력하거나, 핀잔을 주거나, 무지에서 비롯된 무례한 농담을 하거나, 잘못된 정보를 들이대며 충고를 하려고 한다.

_《아무튼 비건》

"채식을 시작했다고? 그럼 이제 관두면 되겠네. 채식을 시작했다고? 내가 항정살 사줄게. 가자." 그렇다. 여전히 이런 말들을 하는 사람들이 있다. 채밍아웃이란 표현을 왜들 쓰는지 이해가 된다. 가끔은 이런 사나운 생각이 들기도 한다. '이봐, 상황이 여기까지 이르렀는데도 여전히 육식을 하는 당신이야말로 그 이유를 설명해야 하는 거 아니야?'

　당연하게도 혼밥생활자들에게 채식이란 쉽지 않다. 사실 제대로 된 식食의 행위도 어려운데 채식이 웬말인가? 심지어 채식을 하고 오히려 건강이 나빠지는 경우도 있다. 선택할 수 있는 음식의 종류가 매우 한정적이라 맨날 빵이나 샐러드 같은 간편식으로만 먹게 되는 경우다. 요즘은 소포장 야채와 채소들을 마트에서 사는 게 용이해졌지만 재료에 대한 접근성보다 더 중요한 것은 요리를 하는 습관이다.
　요리하는 것 자체가 어색하고 낯선 일인가구가 참으로 많다. 여전히 살림이 아닌 자취로 생활을 규정하며 객客처럼 떠도는 우리네 독립생활자들의 형편, 충분히 이해한다. 게다가 대부분의 편의식에는 고기가 많이 들어가 있다. 사실 채소보다 더 싸게 취급되는 것이 고기, 특히 가공육이다. 편의점을 채운 그 다양한 육식의 풍경을 떠올려 보라. 동시에 편의점을 젖줄 삼아 그곳을 오가는 일인가구의 뒤통수도 떠올려 보자. 사실 햄을 구워먹는 것과 가지무침을 해먹는 것은 요리의 급수가 완전히 다르게 느껴지지 않는가? 그러니 아무리 인터넷 레시피에 의존해 음식을 할 수 있다고 하더라도 혼밥생활자가 채식을 유지한다는 것, 자기 밥상에 그렇게 애를 쏟는다는 것은 엄마 없는 지붕 아래 참 쉽지 않다.

한 가지 더 이야기하자면 야채, 나물 등에 대한 요즘 세대들의 무지는 꽤 심각한 수준이다. 그러니까 대체 이 재료로 무얼 해먹을 수 있는 건지, 이 채소가 땅에서 나는 건지 나무에 열리는 것인지조차 헷갈리는 때도 많다. (제철을 잊은 건 말할 필요도 없으니 제외하겠다.) 더덕이나 우엉을 누군가 당신 손에 쥐어준다면? 당신은 어떤 생각을 가장 먼저 하겠는가? (내가 정말 좋아하는 식재료들이다!) 그나마 두부, 당근, 파프리카, 양상추 정도가 심리적 장벽이 낮다고 봐야겠다. 그러니 혼밥생활자들에게 있어 건강하게 채식 생활을 지속하는 것은 상당한 도전이고 모험이다. 게다가 채식을 하다가 몇 달 후 그만두면 얼마나 많은 야유를 받는가! (잠깐 쉬었다가 다시 하고, 그렇게 쉬는 기간을 줄여나갈 수 있는 것인데도 이를 두고 "역시! 얼마나 가나 했다!"라며 깐족거리는 이들이, 꼭 있다.)

그래서 이렇게 해보려 한다. 고기를 줄이거나 채식과 친해지고 싶은 혼밥생활자들에게 간단한 제안을 해보려 한다. 오래 채식을 한 지인에게 조언을 구하고, 관련 서적과 개인적인 경험을 참고삼았다.

처음엔 허용된 메뉴 중 좋아하는 것들을 충분히 즐기자.

계란이나 우유는 먹는 채식을 하고 있다면 역시 빵에 가장 먼저 손이 갈 것이다. 나는 빵보다는 떡순이. 한 일주일 마음껏 떡을 먹었다. 하지만 어느 순간, 이 음식이 내 컨디션이나 감정에 어떤 영향을 끼치는지 관찰할 수 있게 되는데 그리고 나면 조금씩 그 양을 조절할 수 있게 된다. 물론 들쑥날쑥하겠지만 아주 조금씩이라도 나은 선택을 하도록 자신을 응원하자.

괜찮은 반찬가게를 찾아 내가 어떤 식재료를 좋아하는지, 어떤 맛을 즐기는지 알아가자.

비빌 언덕을 하나 마련해두는 셈이다. 채식을 막 시작했을 땐 일부러 도시락을 쌌다. 그러려니 반찬 만들 시간이 절대적으로 부족해 밥 말고 김치밖에 없는 아쉬운 상황도 생겼다. '아무거나 먹어도 상관없다' 생각하지 말고 조금만 부지런하게 움직여 다양한 채식 음식을 맛보는 즐거움을 포기하지 않도록 하자. 나는 십여 년간 비건으로 살아온 지인을 통해 믿을 만한 반찬 가게를 소개받았다. 사실 가게를 이용하는 것은 불가피한 경우에만 권하고 싶지만, 초반에는 다양한 식재료를 맛볼 수 있고 내가 좋아하는 채식 메뉴도 알아갈 수 있으니 추천할 만하다.

　마지막으로 나만의 문장을 찾자.

　채식을 통해 맛보게 되는 기쁨과 벅찬 흥분은 이내 가라앉는다. 충만감으로 시작했다 해도 곧 그 기쁨이 사라질 것이고, 엄격하게 시작했다면 이내 지쳐버릴 수 있다. 그러니 나만의 힘 있는 문장 하나를 간직하면 좋겠다. 나는 앞서 언급한 장흥 비건 축제에서 구입한 에세이집에서 그 문장을 발견했다.

"진이 빠져. 다른 사람, 다른 생명이 나 때문에 절규하는 걸 보는 게."

　이 문장은 몇 번을 읽어도 내 마음을 새긴 것처럼 와닿는다.

　덧붙여 한승태 작가의 땀내 나는 노동 르포, 《고기로 태어나서》도 권한다. 이 책은 작가 본인이 닭, 돼지, 개 농장에서 일하며 그곳의 동물과 사람, 그리고 노동에 대해 기록한 책이다.

생명은 그렇게 간단하게 끊을 수 있는 게 아니었다. 빼앗지 않으면 죽일 수 없다. 절반쯤 생의 경계를 넘어선 자그마한 새끼

돼지도 죽지 않으려고 발버둥을 친다. … 그러므로 동물의 목
숨을 빼앗을 때에는 반드시 그래야만 하는 이유가 있어야 한
다. 하지만 우리가 도태시켰던 모든 돼지들의 죽음 뒤에는 살
이 빨리 찌지 않는다는 아주 사소한 이유만이 존재했다.

_한승태, 《고기로 태어나서》

대놓고 육식을 비난하지도, 채식을 강권하지도 않아 무방비
하게 읽다 보면, 뭔가 훅 치고 들어온다. 아마 누구든 이 책을 읽
는 중에 한 번쯤은 책장을 덮고 어떤 생각에 골몰하게 될 것이
다. 무엇보다 속칭 글빨이 좋아서 읽는 재미가 있다. 복잡 미묘
한 감정 사이를 국가대표급 스키선수처럼 이리저리 누비는데
어떤 인위적인 불편함도 없다. 게다가 동물농장, 아니 고기농장
에서 이뤄지는 노동의 자국들은 사상이나 주의에 경도되지 않
고 너무나 구체적으로 한국사회의 오늘을 말해주고 있어서 도
리어 마음을 흔들었다. 마침 이 책에 대한 서평을 쓸 기회가 있
어 나로서 할 수 있는 최선의 응원을 적었다.

이 책을 읽는 데 별도의 목적이 필요하진 않다. 채식을 하기 위
해서라거나 동물권을 신장하기 위해서 '이걸 읽어보라'고 권하
고 소개하는, 그런 수단으로 쓰이기엔 아쉽단 뜻이다. 이 책은

그 자체로 완전한 목표다.

_〈시사인〉 2018년 12월, "개·닭·돼지에 바치는 추도문"

내가 생각하는 것보다 나는 훨씬 더 많은 것을 선택할 수 있다. 내가 나의 신념을 배신하지 않을 수 있다면 비록 시간이 좀 걸리더라도 누구나 결국은 그쪽에 서게 될 것이다. 나는, 생각보다 힘이 세다.

나만의
심야
이동도서관

—

    나는 종종 '없는 도서관'에 찾아간다. 그곳은 내가 갈 때는 언제나 문이 열려 있다. 작은 서가들 앞을 목적 없이 서성이다 보면 한 권씩 꺼내 읽고 싶은 책들이 눈에 띈다. 대개는 읽은 책들이지만 목차조차 펼쳐 보지 않은 책도 있다. 나는 잠옷 차림을 한 이른 새벽에도, 술에 취한 늦은 밤에도 '없는 도서관'에 들릴 수 있다. 이곳은 주소도 없고 사서도 없다. 빠른 신간도서 입고도 없다. 이곳에 있는 것은 책에 관한 나의 이야기다. 나는 이 도서관의 거의 모든 책에 대해, 그것이 어떻게 이곳에 있게 되었고 어떤 부분이 유독 마음에 들었으며 어떤 이유로 추천할 만한지 이야기할 수 있다. 나는 지인들을 이곳에 초대한 적이 있다. 그들에게 보내준 이 도서관의 주소는 우리 집 주소와 같다.

혼자 노는 방법이야 갖가지다. 빈둥거리며 메모장을 뒤적이거나 요리나 청소를 하거나 익숙한 동네를 타박타박 산책하는 등. 그 나름 깨알 같은 재미가 많아 즐길 만하다. 그중 참으로 좋은 것 하나, 혼밥생활자에게 따뜻한 벗이 되어주는 그것. 독서라는 놀이에 대해서 생각해본다.

책이라는 것이 좋은 거라고 많은 사람들은 알고 있다. 독서의 효용에 대해서도 두말할 필요 없이 잘 알고 있다. 하지만 왜일까? 발표된 한국인의 독서량을 찾아보면 그 성적은 우울하기 짝이 없다. 인상적인 통계결과에는 "1994년 처음 조사가 시작된 이래 가장 낮은"이라는 수식어가 붙어 있었다(2017년의 국민 독서 실태조사였다).

성인 열 명 중 네 명은 일 년에 책을 한 권도 읽지 않았다고 하는데, 가장 큰 이유는 성인과 학생 공통으로 '일 때문에 시간이 없어서'였다. 두 번째 이유는 갈린다. 성인은 '휴대전화 이용, 인터넷 게임을 하느라'였고 학생은 '책 읽기가 싫고 습관이 들지 않아서'였다. 그나마 순수해(?) 보이는 이유다. 그렇다면 혼밥생활자들은 어떨까? 그래도 평균보다 조금은 더 읽지 않을까 짐작해본다. 그러니까 혼자 기나긴 밤의 한 허리를 베어내 이불 아래 서리서리 넣는 시간이 길어질수록 책벗과의 사귐도 깊어지지 않을까 상상해보는 것이다. 짙은 밤을, 깊은 고민을, 불쑥 찾아든 지루함을, 약속 없는 주말을 나의 속도로 음미하기에 이보다 좋은 것이 있을까?

　사람마다 자신이 애정하는 독서 장소가 있을 것이다. 움직이는 차 안에서 책을 읽지 못하는 사람이 많은데 나는 오히려 이동하면서 책 읽는 것을 즐기는 편이다. 가장 안정적인 곳은 지하철과 기차이지만 버스에서도 웬만하면 멀미 없이 꽤 오래 책을 읽을 수 있다. 잊을 수 없는 순간이 있다. 퇴근길, 버스를 타고 귀가하고 있었다. 꽤나 지쳐 있었고 몹시 피곤했다. 나사 풀린 사람처럼 멍하게 좌석에 몸을 걸치고 있었다. 정확히 무슨 책이었는지 기억나지 않지만 '읽어야지' 하는 마음이 들어 가방에서 책을 꺼냈고 책갈피가 꽂힌 페이지를 펼쳤다. 차가 제법 막혔던 것을 기억한다. 하지만 그것이 문제가 되지 않을 만큼 책에 빠져들었다.
　책을 읽다가 몇 번이나 어떤 문장 앞에서 멈추고, 고개를 들어 창밖을 봤다. '이거 진짜 대단한데!'라며 작가의 통찰력과 문장에 설렜다. 그 말들의 여운이 깊어 한 번씩 읽는 속도를 조절할 수밖에 없었다. 서서히 차오르는 고양감에 지쳐 있던 심신이 서서히 기운을 차렸다. 성산대교를 아주 느리게 건너면서 나는 책의 단 몇 페이지만을 읽었을 뿐이었다. 하지만 그 길지 않은 시간에 나는 회사 일에 지친 무기력한 사회인과 결별하고 누군가의 이야기에 잔뜩 들뜬 어린아이가 되어 있었다. 이것이야말로 돈 안 드는 안티에이징 아닌가! 누군가의 눈에는 버스 뒷자리에 다른 사람들과 똑같이 앉아 있는 것이었지만, 나는 하나의 세계에서 다른 세계로, 시간과 공간이 분절된 다른 좌표로 이동하고 있었다.

책에 대한 멋진 이야기들이 많지만 오드리 니페네거의 《심야 이동도서관》은 애독가들이 한 번쯤 꿈꿀 만한 환상을 글과 그림으로 구현했다.

> 심야 이동도서관을 처음 본 것은 새벽 네 시에 레이븐스우드가를 걷고 있을 때였다. 여치들이 울기를 멈추고 새들은 아직 입을 열지 않은 늦여름의 고요한 새벽, 벨몬트 가에서부터 한 시간가량 걸어 막 어빙파크 로드에 다다른 참이었다. 사방이 깨끗했고 살짝 젖어 있었다. 새벽 세 시쯤 리처드와 다투는 사이에 비가 내렸던 것이다. 그렇게 나는 밤이 끝나갈 무렵 서늘한 거리를 거닐고 있었다. 그때 심야 이동도서관이 눈에 들어왔다.
> _오드리 니페네거, 《심야 이동도서관》

캠핑카로 된 이동도서관은 오직 그녀가 읽은 책들로 가득 채워져 있다. 태어나서 지금까지 읽은 모든 텍스트가 순서대로 가지런히 꽂힌 이곳에는 심지어 그녀가 어릴 때 썼던 일기장과 책에 꽂아둔 아이스크림 막대까지 있다. 어떤 기분일까? 그녀는 아주 오래 이곳에 머물며 사서와 이야기를 나눈다. 그리고 이른 아침에야 집에 돌아가 남편 리처드에게 자신이 본 도서관에 대해 설명한다. 하지만 그는 믿지 않는다. 그녀는 다음날에도, 그다음 날에도 같은 장소로 찾아가지만 그곳에 심야 이동도서관은 더이상 나타나지 않는다. 그리고 구 년 후, 그녀는 야구장 근처의 맥도널드 주차장이라는 생각지 못한 장소에서 심야 이동도서관을 다시 만나게 된다. 그사이 그녀는 더 많은 책을 먹어치웠으므로(!) 캠핑카 안에는 책장이 더 늘어나 있었다.

> 거기서 나는 위안을 찾았다. 꽃에서 정성스레 추출한 향이 향수에 담겨 있듯이, 책장에 꽂힌 책들에는 내 삶이 스며 있었다.
>
> _《심야 이동도서관》

여름비로 촉촉이 젖은 골목길을 걷다가 눈앞에 심야 이동도서관이 나타나는 상상을 해본다. 그 안에는 어떤 책들이 꽂혀 나의 삶에 관하여 말해주고 있을까? 지금은 기억조차 하지 못하는 책들도 먼지와 함께 꽂혀 있을 것이다. 작가의 말밖에 적혀 있지 않은 책들도 제법 많을 것이고, '이런 걸 왜 읽었지?' 하는 책도 있을 것이다. 하지만 제목을 보는 것만으로도 나를 어느 한 시절로 데려다주는 책도 있을 테고, 주인공의 아픔이 손에 잡힐 듯 아련한 책도 있을 것이다. (그러고 보니 일본 여행을 갔을 때 편의점에서 호기롭게 사보았던 성인 만화책도 있겠다.) 책의 목록들은 결코 지금의 나와 무관하지 않을 것이다. 도서관이라는 하나의 공간이 한 권 한 권의 책으로 채워지듯, 시작과 끝이 있는 인생이라는 공간을 우리는 어떤 그 무엇으로 채워나가고 있다. 그 사이사이에 벗이 된 좋은 책들이 있다면 무척 근사하겠다.

그런가 하면 사람들이 책을 읽지 않는 것을 두고 일본 철학자, 사사키 아타루는 이렇게도 말한다.

왜 책이 읽히지 않느냐고 다들 말합니다만 그건 당연합니다. 혁명은 끝났다, 문학은 끝났다, 라고 쓰여 있는 책을 누가 읽겠느냐는 겁니다. 명시적으로 쓰여 있지 않아도 그런 분위기를 풍기는 책을 누가 읽겠습니까? 책을 계속 읽는다는 것은 혁명을 불러들이는 것을 그만두지 않는다는 것입니다.

_사사키 아타루, 《잘라라, 기도하는 그 손을》

읽는 것과 쓰는 것이 가진 열렬한 잠재력을 믿고 있는 이 젊은 사상가는 2010년 2월, 일본 시부야에 있는 한 바에서 닷새간 이루어진 강의를 글로 묶어 책《잘라라, 기도하는 그 손을》을 냈다. 책 속에서 그는 버지니아 울프의 말을 인용하며 책을 읽는다는 것의 저항성을 말한다. 울프는 "책에 다가가는 도중에 아무리 빈둥대고 우물쭈물하고 어슬렁하더라도 최후에는 독자와 작가 사이에 처리하지 않으면 안 되는 고독한 싸움이 있다"고 말했다.

이 고독한 싸움이란 '진짜 괜찮은' 책을 읽을 때 마땅히 직면하게 되는 저항감이다. 한 편의 글 안에는 작가의 존재가 스며들어 있다. 작가가 꿈꾸는 것이 독자의 꿈이 되기도 한다. 독서는 그렇게 타자를 서로 불러들이는 행위다. 그러다 보니 내 안에서 이질적인 것이 들어옴에 따른 낯섦, 어색함, 불편함에 '어쩐지 싫은 느낌'이 들기도 하는데 사사키 아타루는 이것이 바로 독서의 묘미라고 강조한다. 그렇다. 그렇게 읽는 것이다. 하지만 어느 순간이 되면 글의 어미인 작가가 서서히 사라지기도 한다. 그렇다 해도 독자는 물러나거나 길을 잃지 않는다. 이제 그들은 텍스트를 탯줄 삼아 천천히 자라난다.

반복해서 말합니다. 책을 읽고 텍스트를 읽는다는 것은 그런

혼밥생활자의 책장 ●

정도의 일입니다. 자신의 무의식을 쥐어뜯는 일입니다. 자신의 꿈도 마음도 신체도, 자신이 살고 있는 세계 일체를, 지금 여기에 있는 하얗게 빛나는 종이에 비치는 글자의 검은 줄에 내던지는 일입니다.

_《질러라, 기도하는 그 손을》

성서를 읽은 마틴 루터는 부패한 교회 세력이 가르치는 그리스도교의 진리가 거짓임을 알게 된다. 반복해서 읽고 읽어도 그것은 가짜였다. 면죄부는 엉터리였다. 결국 루터는 자신의 의지와 상관없이 읽은 대로, 성서에 쓰여진 대로 살아갈 수밖에 없어 95개조의 반박문을 낸다. 그는 번역하고 설교하고 노래하고 논쟁하였다. 그는 예술, 문학, 정치, 법, 신앙, 종교 모든 분야에 글을 써서 127권의 저작을 남긴다. 법 밖에 선outlaw, 언어의 사람인 루터를 통해 모든 것은 바뀌고 대혁명이 이루어졌다. 그는 이렇게 말했다. "나는 내가 든 성구를 계속 따르겠다. 나에게는 달리 어떻게 할 도리가 없다."

결국 읽은 대로 산다는 것이다. 읽지 않아도 살지만, 읽어버리면 읽은 대로 살아버리게 된다는 것이다. 그래서 위대한 고전들은 그토록 강력한 생명력을 가지는 것일까? 나약하게 매번 넘어지는 인간을 이해하려 하고 사랑하고자 한 책들, 죽음 너머에 존재하는 희망을 되뇐 책들, 쉬운 절망이 아닌 어려운 미래를 말하는 책들. 그런 낮은 중얼거림을 듣고 또 듣다 보면, 우리도 언젠가 지독한 허무에서도 위대한 시작을 믿는 용기를 가질 수 있는 것인가? 이것이 혁명이라면, 무모한 반란군이 되고 싶다. 나 역시 어리석은 무법자outlaw가 되고 싶다.

2017년 늦가을에 문을 연 '없는 도서관'은 상상의 도서관이다. 하지만 이것은 어디에도 없기 때문에 어디든 존재한다. 누군가 이름을 붙이고 그것이 존재한다고 믿기 시작했기 때문에 이 도서관은 세상에 존재하게 되었다.

그렇게 '없는 도서관'은 곳곳에서 발견된다. 책을 펼쳐 든 한강 다리 위 버스 뒷좌석에도, 친구를 기다리는 홍대입구 2번 출구에도, 양천도서관 이 층 서가에도, 고향으로 가는 일반석 기차에도. 비록 아직 혁명을 이루진 못했지만 모든 '읽는 이'가 그렇듯 불온의 씨앗을 키우며 오늘도 그 어느 곳에서 은밀한 비밀들을 쌓아가며 읽는다.

2장

———

사랑하고, 헤어지고, 다시 사랑하는 동안

———

당신의
세상이
궁금해졌다

—

"가난한 내가 아름다운 나타샤를 사랑해서…." 그다음은 나의 언어로. 섬세하고 정밀한, 진심에 최대한 가까운 단어는 어디에 있을까? 작은 떨림을 날 것 그대로 담을 수 있는 문장은 어디에 있을까? 아무리 생각해도 도무지 시, 이것밖에 없다. 사람들이 왜 백석의 시를 좋아하는지, 왜 시를 '언어의 정수'라고 말하는지 이해하게 된 것은 누군가를 사랑하게 된 이후였다. 그것은 묘한 감정이었다. 무언가를 온전히 받아들이기 위해 나 자신의 일부가 물렁물렁하고 부드러워져야 했다. 마음이 꽉 찬 듯 충만했지만 절대 도달할 수 없는 타인, 정복할 수 없는 세계가 눈앞에 있어 애달프기도 했다.

흔한 장면이 있다. 학생들이 신입 교사에게 첫사랑 이야기를 들려달라고 아우성을 부린다. 만우절이랄지 잠이 몰려오는 봄날의 어느 국어시간이랄지 할 때. 그럼 선생들은 뭔가 조금 민망해하면서도 마치 누가 버튼 하나 눌러주길 기다렸다는 듯이 젊었던 그때의 시간으로 돌아간다. 주의할 것은 아이들의 호기심을 채워주는 사랑 이야기는 비극적일수록 좋다는 것이다. "그 첫사랑이 지금의 내 남편(혹은 부인)이란다(짜잔!)" 하고 이야기를 끝내는 순간 아이들의 표정은 따분해진다. 뭐, 나라도 그럴 것 같다. 요즘 말로 '행쇼'랄까.

사실 우리를 설레게 하는, 우리가 기대하는 '진짜' 사랑 이야기는 끝내 이뤄지지 않은 안타까운 이야기들이다. 지옥을 탈출하는 문 앞에서 에우리디케를 뒤돌아보고 만 오르페우스. 셰익스피어의 작품은 말해 뭣할까! 베르테르여, 하필이면 당신은 왜 그렇게 젊었단 말입니까. 심지어 자기 자신을 사랑해 연못에 빠져 죽은 나르키소스는 어떤가. 그의 마음을 1이라도 이해하고 싶지만 나의 거울은 오직 진실만을 보여줄 뿐이다. 때로는 지독하게 뜨겁고 때로는 윤리를 거스를 만큼 충동적이다. 슬프지만 찬란한 것. 모두가 원하지만 쉽게 얻을 수 없는 것. 바로 이런 이유로 사랑은 메마르지 않는 예술의 원천이자 매혹적인 수수께끼로 불멸의 생명력을 가지게 되었다.

수수께끼란 그쪽으로 끌린다는 것 이외에는

우리가 아무것도 할 수 없고

우리가 아무것도 아니기를 요구한다.

_모리스 블랑쇼, 《문학의 공간》

한번은 카페에서 어떤 커플을 눈여겨보게 된 일이 있다. 한 여성과 남성이 빵을 고르고 있었다. 시식용 빵을 집어 상대에게 먹여주기도 하고 이 빵을 살까, 저 빵을 살까 둘이 고민하며 속닥이는 모습이 참 귀여웠다. 내가 그 연인을 선명하게 기억하는 이유는 그들을 통해 인간의 눈이 그토록 많은 말을 할 수 있다는 것을 처음으로 깨달았기 때문이었다.

술잔 속 달이 기울듯 찰랑거리는 그 눈빛. 눈은 누군가의 영혼이 살짝 존재를 드러내는 작은 창문이다. 사랑하는 사람을 수줍게 초대하는 그 눈빛에 나까지 심장 언저리가 따뜻해지는 것 같았다. 어쩌랴! 잔이 가득 차 옆으로 흘러넘치는데. 그 물이 촉촉이 주위를 적시는데. 사랑이 사랑을 부른다는 것은 아마 이렇게 온기가 둥글게 퍼져나가는 것을 말하는 걸까? 누군가와 대화할 때 눈을 잘 보지 않는 나인데 이날의 경험이 꽤나 신선했던지 이후로는 눈을 마주하려고 노력 중이다. 물끄러미 당신의 눈을 쳐다보며 대화를 시도하는 누군가가 있다면 느끼하다고 피하지 말고 그저 한번 부드럽게 미소 지어 주길. 그가 당신을 조용한 자신의 내면으로 초대하고 싶은 것인지도 모르니 말이다.

2018년, 내가 읽은 최고의 연애소설은 영화 〈콜 미 바이 유어 네임〉으로 알려진 동명의 소설이다. 이탈리아의 한 시골 마을을 배경으로 한 이 작품은 소설만큼이나 영화도 아름답다. 하얗다 못해 투명한 햇빛, 고요한 집을 깨우는 오후의 매미소리, 마당 수영장에 찰랑이는 물그림자. 그 무엇보다 뜨거운 여름 손님과 그의 체취. 모든 것을 취하게 만드는 여름의 시간이 스크린을 채운다.

작품의 서정성은 우리에게 첫사랑의 감정을 입체적으로 전달한다. 간절한 열망, 숭배에 가까운 호소를 부드럽고 뜨겁게 변주하는데 이 섬세한 교향곡은 여운 또한 달콤하다. 소설 속 화자 엘리오는 헤라클레이토스에 대해 집필하며 아버지를 도울 육 주간의 여름 손님을 사랑하게 된다. 헤라클레이토스는 '수수께끼를 내는 자'라는 별명을 가진 그리스 철학자이다. 당연하게도 작가가 의도한 것이리라. 그런데 엘리오의 사랑에는 조금 높은 허들이 하나 있는데 그가 사랑하는 사람인 올리버가 동성이라는 점이다. 도무지 자신에게 관심이 없어 보이는 일곱 살 연상의 이 남자 때문에 엘리오는 "이토록 불행해하고 투명인간 같고 푹 빠져버린 애송이에 불과한" 자신을 한심해하며 하루에도 몇 번씩 천국과 지옥을 오간다. (심지어 수영복 색깔로 그의 기분을 예측하기까지 하니 그 심적 고통이 가늠된다.) 하지만 결국 그 말고는 말할 사람이 아무도 없기 때문에 그가 알았으면 하기 때문에 그에게 자신의 마음을 고백한다. 두 사람이 서로의 마음을 확인하고 처음으로 서로에게 몸을 허락한 날. 그들이 한 것은 '내 이름으로 너를 부르고 너의 이름으로 나를 부르는 행위'였다. 그리고 느낀다. 언제나 내 삶의 일부였지만 어디에 있는지 알지 못하던 것을 이제야 비로소 찾은 것 같다고. 내가 머물 당신이라는 집에 마침내 도착한 것 같다고 말이다.

이 작품은 사랑의 지속성, 아니 그것을 넘어선 불멸성을 암시하려는 듯 다양한 신화적 모티프를 차용한다. 그중 하나는 작품의 제목에서도 유추할 수 있는 아리스토파네스의 사랑 이야기다. 원래 인간은 네 개의 팔과 네 개의 발을 지녔고 몸이 둥글어 어느 방향으로든 걸어 다닐 수 있었다. 하지만 인간의 방종에 화가 난 제우스는 인간의 몸을 반으로 잘라 버렸다. 이후 인간은 두 팔과 두 발만 갖게 되었고 떨어져 나간 자신의 반쪽을 평생 그리워하며 찾아다니게 되었다.

아리스토파네스가 말하는 사랑은 둘이 하나가 되고자 하는 욕구, 원래의 자신을 되찾고자 하는 회귀본능이다. 그러니 작품의 제목처럼 내가 곧 당신, 당신이 곧 나라는 것을 확인하며 서로의 이름을 바꾸어 부르는 행위는 제우스가 잘라 버린 유일무이한 내 반쪽과의 운명적 결합, 결핍의 회복을 의미하는 것이리라. 인연의 붉은 실로 묶인 불가항력의 누군가를 만나고자 하는 사랑의 여정! 고단하지만 달콤한 이 여정에 오르기 위해 사랑의 순례자들은 오늘도 신발 끈을 동여매고 가방을 챙긴다.

그렇다. 나 역시 이 여정길에 오른 떠돌이다. 참으로 낭만적이지 않은가? 마치 내 방에 돌아간 것 같은 완벽한 안락함을 타인을 통해 누릴 수 있다는 것 말이다. 아마도 지친 밤에 기댈 수 있겠지. 굳이 설명하지 않아도 무엇이 나의 아픔인지 알겠지. 아마 나는 치유되겠지.

이런 근대적 로맨스의 환상에서 벗어나지 못한 현대인인 나는 동시에 떠올린다. 눈부시게 욕을 먹으며 막을 내렸던 나의 지난 연애들을. 자신으로 꽉 차 누구도 들이지 못했던 내 빈 집을. 나 역시 내 탓을 많이 했다. 사람을 사랑하는 일에 있어서는 "제깟 놈이 무슨"이라는 말을 들어도 할 말이 없을 만큼 무능력하다고 단언한 지 오래다. 수학을 포기한 학생들을 일컬어 수포자라고들 하던가. 그렇다면 나는야 연포자, 연애를 포기한 사람이다. 늘 사랑받기보다 사랑하는 자들의 태도에 매혹됐다. 긴장을 유발하는 사건 사고들. 갈등, 불화, 논쟁. 나는 관계를 불안정하게 만드는 이런 요소들도 좋았다.

하지만 요즘은 사랑을 '능력'으로 말하는 내가, 그럼으로써 '이토록 불행하고 투명인간 같은' 내가 어쩐지 쓸쓸하단 생각이 든다. 연인의 존재 유무를 말하는 것은 아니다. 나는 도리어 제우스의 저주란, 내가 반으로 쪼개졌다는 착각을 하게 하는 것이라고 생각한다. 존재하지 않는 내 반쪽이 어딘가 있다고 믿고 평생을 착각 속에 헤매게 하는 것이 오만한 인간에게 내린 제우스의 벌 아닐까? 단지 두려운 것은 영원히 애송이로 머무는 것이다. 누군가와 함께 걷는 법을 배우지 못한 채 "내가 사랑했던 자리마다 폐허"였다고 울상만 짓다 끝나지 않을까 하는…. 그런 주제에 삶에 대해, 정의에 대해, 아름다움에 대해 말하는 사람이 될까봐 벌써 손에 땀이 찬다(황지우,《뼈아픈 후회》).

쿨한 척하다 진짜 얼어 죽는다던 대학 선배의 명언을 떠올려 본다. 그리하여 골몰하면 골몰할수록 외면하면 외면할수록, 격렬하게 이 세계의 일부를, 내 외부에 존재하는 절대적 타인을, 그럼으로써 나 자신을 사랑하고 싶다는 욕망을 느낀다. 철학자 레비나스는 이것을 "끊임없이 미지의 것을 새로운 정복대

상으로 찾아 헤매는 오디세우스의 모험이 아닌 자신의 세계에 이해를 초월한 '외부'가 있음을 경험하는 아브라함의 여행"에 비유한다. 고향을 버리라, 아들을 번제물로 바치라는 이해할 수 없는 신의 명령 앞에 아브라함은 절대적으로 고독하다. 하지만 그는 자신의 언어로 설명되지 않는 타자, 이 타자를 이루는 무근거를 온전히 받아들임으로써 오히려 자신 너머의 세계로 확장되는 존재가 된다. 그것을 통해 결국 단단한 개인이라는 주체성을 획득하게 된다. 타인에 대한 빈곤한 이해, 세계를 대하는 완고한 아집. 그것을 넘어서기 위해 우리는 한 번쯤 자신의 철옹성을 철저하게 뒤흔들어야 하리라.

그리하여 내 평생에 걸쳐 반드시 이루고 싶은 하나의 숙제를 일기장에 적는다. 건물주가 되는 것보다 선출직 공무원이 되는 것보다 더 어려운 과제로 느껴지는 것. 나의 언어로 설명할 수 없는 누군가를, 무근거로 존재하는 타인의 얼굴을 받아들이고 '사랑'이라는 관념을 구체적인 경험으로 바꿔내는 것. 이것에 성공한다면 나의 세계는 훨씬 더 풍성한 색채들로 가득 차리라. 혼자 살아감에 있어, 아니 이 세상에 던져져 생을 살아가는 모든 존재에게 있어, 가장 중요한 과제가 결국 자신의 세계를 더 흥미롭고 다채롭게 만들며 확장하는 일 아닐까? 레비나스는 이러한 아브라함적 주체를 '성숙한 인간'이라 부른다.

> 부재한 신에 여전히 믿음을 둘 수 있는 인간을 성숙한 인간이
> 라 부른다. 그것은 스스로의 약함을 헤아릴 줄 아는 자를 말한
> 다.
>
> _우치다 타츠루, 《레비나스와 사랑의 현상학》

그러니 달이 기운 차가운 밤에라도 사랑의 여정에 오르는
것은 언제든 무죄다. 혹시 또 아는가? 물안개 낀 밤, 어딘가에서
흰 당나귀도 오늘 밤이 좋아서 응앙응앙 울고 있을지 말이다.

얼마나
다행인가,
레이먼드 카버
있음에

—

그래도 얼마나 다행인가. 이 지구상에 레이먼드 카버의《대
성당》이 있다는 것이. 그 덕분에 언어를 이용하는 인간으로서
마음 한켠이 든든해진다. 좋은 소설은 활자로만 존재하지 않는
다. 그것은 읽는 이의 일상에 스며들어 사고事故와 사고思考를 연
결해 여러 차례 재발견된다.

레이먼드 카버의 단편소설《대성당》, 이 소설의 화자는 이
름이 없다. 그저 '남자'다. 그 남자의 아내도 그저 '여자'다. 여자
의 옛 친구가 아주 오랜만에 그녀를 보기 위해 찾아오고 있었
다. 그녀의 옛 친구는 맹인이다. 맹인의 이름은 로버트다. 로버
트는 며칠 전 아내를 잃었다.

여자는 십 년 전 여름, 자원봉사를 하며 로버트를 알게 된 후 지금까지 그와 안부를 녹음한 테이프를 우편으로 주고받았다. 얼마 전 아내의 장례를 치른 로버트를 여자가 집에 초대했다. 남자는 로버트의 방문이 몹시 불편하다. 그는 투덜댄다.

남자는 맹인에 대해 생각해본 적이 없다. 그에게 눈이 보이지 않는 사람이란, 영화에나 등장하는 인물이었다. 느릿느릿 움직이고 무표정한 사람. 종종 안내견을 따라 소리 없이 걷는 사람. 별로 떠올려본 적 없는, 전혀 다른 세계에 살고 있는 사람. 게다가 자신이 모르는 아내의 어떤 시간, 어떤 순간들에 대해서 알고 있는 그 남자가 우리 집에 온다? 환영할 만한 손님은 결코 아니었다. 남자는 아직 도착하지 않은 맹인을 조롱하기 시작한다. 로버트의 아내가 유색인종의 이름인 '뷰라'였다는 말을 듣고, 여자에게 천연덕스럽게 묻는다. "로버트의 아내가 니그로였나?" 꽤나 저열한 농담, 상대를 우습게 만들기 위한 목적 말고 별다른 의미도 없는 쓸데없는 말이다.

아내는 역에 '혼자' 도착한 로버트를 마중 나간다. '두 사람'은 집으로 돌아왔고, 마침내 '세 사람'이 만나게 된다. 그리고 어떤 일이 벌어지는가? 다행히 지하실에 시체가 숨겨져 있다거나 남자가 잠깐 졸았는데 벌레가 되어 버린다거나 로버트가 은촛대를 훔치는 일은 일어나지 않는다. 그저 밥을 먹고 기분 좋게 마리화나를 돌려 피운다. 아내는 깜빡 잠이 들고 맹인과 남자는 딱히 할 일도 없어 세계 곳곳의 대성당들이 등장하는, 교회와 중세에 관한 텔레비전 프로그램을 볼 뿐이다. 그럼에도 이 소설은 위대한 성취를 보여준다. 소설의 마지막 문장을 읽고 나면, 절로 오른손을 심장이 있는 왼쪽 가슴에 얹고 가만히 그 여운을 느끼게 된다. 그러니 이렇게 지면을 할애해《대성당》에 관하여 말하지 않을 수 없다.

몇 달 전, 나는 마을버스 맨 뒷자리에 앉아 늦은 귀가를 하고 있었는데 그 버스 안에서《대성당》에 대해 생각하였고 이 글의 첫 문장을 떠올렸다.

"그래도 얼마나 다행인가. 이 지구상에 레이먼드 카버의 《대성당》이 있다는 것이."

이것은 내가 만든 문장이 아니라 어딘가에서 불쑥 튀어나온 문장이다. 그날은 어떤 노동자들이 영하의 날씨에 4박 5일간 길 위에서 오체투지를 한 마지막 날이었고, 사측의 대표를 만나고자 했으나 건물 입구에서 경찰에 가로막혀 격렬하게 대치한 날이었다. 결국 그 시퍼렇게 추운 날 건물 밖, 길 위에서 무기한 단식농성을 시작한 날이기도 했다. 나는 그들을 안다. 나는 그들의 이름도 알고 그들의 말투도 알고 적어도 십 분 정도는 그들 각각에 대해서 타인에게 말해줄 수 있다. 그들에게 이런 일이 벌어진 날이었다. 그날, 나는 왜 레이먼드 카버의《대성당》을 떠올렸을까?

　며칠 후, 나는 다시 카버의 소설을 떠올리게 되었다. 입사한 지 고작 삼 개월 된 화력발전소의 이십 대 하청 노동자가 컨베이어 벨트에 몸이 끼여 시신으로 발견되었다. 새벽 세 시, 어두운 터널 안에 얼핏 보면 나무토막 같은 모습으로 그는 동료들에게 발견되었다. 홀로 사고를 당한 채 몇 시간이나 방치된 후였다. 이 외롭고 처참한 죽음을 한 언론은 "꽃 같은 청년이 스러졌다"고 표현했다. 유족들은 외동아들이었던 고 김용균 씨의 죽음에 "아이가 죽었다는 소리에 우리 부부도 같이 죽었다"고 말했다. 눈을 감고 그려본다. 한 남자가 탄광 같은 어두운 작업장에서 휴대전화 불빛에 의지해 혼자 오 킬로미터를 걸으며 컨베이어 벨트를 점검하고 있다. 순간, 문제가 발생하고 남자는 구동 모터 안으로 빨려 들어간다. 그는 살고 싶다고 생각했을 것이고 격렬하게 생生의 소매 자락을 잡기 위해 몸부림을 쳤을 것이며 마지막 순간엔 사랑하는 사람들을 떠올리며 눈물을 흘렸을 것이다. 그리고 숨이 끊긴 후엔 몸의 일부가 기계에 끼인 채로 누군가 자신을 발견해주길 어둠 속에서 오래 기다렸을 것이다. 그는 그렇게 맹인처럼 깊은 어둠 속에 잠겼고 나는 이 소식에 무력하게 슬펐다. 그날 밤, 나는 다시 카버의 《대성당》을 떠올렸다.

눈을 감고 어둠을 생각하면 이 장면도 떠올릴 수 있다. 남일당 망루. 활활 타오르는 불. 일이 일어난 것은 아침 일곱 시께였지만 그 사건은 영원히 밤의 사건으로 기억될 것이다. 영화 〈공동정범〉을 통해 다시 맞닥뜨린 용산참사 이야기다. 사망자 그리고 실형을 산 사람들 중 용산 재개발 철거민이 아닌 타 지역에서 연대를 온 철거민들이 더 많았다. 성남시 단대동 철거민이었던 김창수 씨도 그중 한 명이다. 사건 이후 집요하고 정치적인 재판이 이어졌다. 어떤 날은 오전에 자신의 집에 들이닥친 용역과 맨몸으로 싸우고 길바닥에 가족과 내던져졌다. 집기와 가족을 챙기지도 못한 채 그는 오후에 예정된 재판 때문에 법원으로 헐레벌떡 가야 했다. 몸은 법정에 있었지만 머릿속에는 길가에 선 가족들 생각이 꽉 차 있었다. '오늘은 어디서 자야 하나. 내일은 뭘 어떻게 해야 하나.' 그는 골몰하며 답을 찾으려 했을 것이다. 그런 일상이 반복됐고, 그는 유죄를 선고 받아 실형을 살았다. 형을 마치고 나오니 아내는 암에 걸려 있었다.

나라면 살아갈 수 없을 거란 생각이 들었다. 내가 감당하기엔 나의 적이 된 삶이 너무 강하고 잔인해서, 나는 상대하지 못할 것만 같았다. 이렇게 삶이 고통의 파편들로 이어지는 것 같을 때, 그런데 그 고통을 겪어야 하는 당사자가 너무나 무고할 때. 그 밖에 선 우리는 어떻게 해야 하는 걸까? 이 영화를 굳이 언급하는 이유가 바로 여기에 있다. 나는 용산참사의 피해자들을 그저 '피해자'라는 덩어리로만 생각했을 뿐 그들이 피와 살과 육체를 가진 이들이라고 구체적으로 상상해본 적이 없었다. 내 우둔하고 게으른 생각을 뒤흔들며 이 영화는 고통 받은 인간이, 그럼에도 불구하고 삶을 선택한 뒤에 어떻게 나아가는지 실제 인물들을 통해 보여주었다. (그렇다. 좋은 영화 역시 영화로만 존재하지 않는다.)

무척 어려웠다. 그들의 삶과 내 삶은 무척 다른데, 그 다름에 아무런 이유가 없어서, 그래서 너무 어려웠다. 어떤 이들이 겪는 삶의 곤궁함과 내가 겪는 삶의 안전함 사이에 "그들은 ○○했고 나는 ○○하지 않았기 때문에"라고 할 수 있는 게 아무것도 없었다. 불행의 무근거만큼이나 안위의 무근거도 두려운 일이다. 그래서 내가 살고 있는 이 무정한 사회가, 이 무정한 내가 너무도 쓸쓸했다. 어쩌면 이 쓸쓸함 때문에 나도 위로받고 싶었던 걸까? 2009년이나 지금이나 달라진 게 없는 이 사회가 서글 퍼, 그래서 내게도 아주 커다란 성당이 필요했던 것일까?

무근거의 고통을 겪은 역사상 가장 유명한 인물이 있다. 신은 그를 두고 '내 종'이라 칭하며 "이 자처럼 진실무위하고 신을 경외하여 악을 떠난 자 세상에 없어라"라고 사탄에게 자랑한다. 하지만 사탄은 피식 웃으며 "욥이 거저 신을 경외할까?"라고 되묻는다. 신이 욥에게 준 좋은 것들을 다 빼앗으면 그도 신을 모욕할 거란 한마디도 덧붙인다. 그러자 신은 사탄에게 프리패스를 쥐어준다. 욥을 죽이지만 말고 그에게 무슨 짓을 해도 좋다고 한다.

이런 신과 사탄의 거래를 전혀 알 길 없는 욥은 이날부터 밑도 끝도 없이 고난을 겪는다. 재산을 잃는 건 약과다. 사랑하는 식솔도 잃고 이웃과 지인들 모두가 그를 조롱하고 비난한다. 몸도 만신창이가 된다. 악성발진이 머리까지 퍼져 시종일관 사기그릇 조각으로 몸을 긁어야 할 지경에 피골이 상접해 이가 다 빠지고 잇몸만 남는다. 욥의 이러한 불행은 종교인과 비종교인 모두에게 커다란 물음표이다. "죄 없는 자가 왜 고통을 당해야 하는가?" 쉽사리 답이 나오지 않는 이 질문 때문에 욥기가 그토록 많은 예술작품에 영향을 끼칠 수 있었을 것이다.

이런 욥기에 대한 흥미로운 분석을 담은 시 《욥의 노래》는 기억할 만하다. 이 시는 특히 욥의 재앙을 듣고 각 지역에서 그를 위로하러 오는 세 친구를 전면에 내세워 욥기를 해석한다. 친구들은 처음엔 욥을 알아보지도 못한다. 그러다 그를 발견하곤 기가 막힌다.

하지만 며칠이 지나자 한둘씩 입을 열어 욥의 불행에 대해 분석하고 그를 꾸짖고 충고까지 한다. "죄 없이 망한 사람이 있던가? 욥, 자네의 불행은 자네 행실의 해악들 때문인 것 같으이. 그러니 어서 신의 꾸짖음을 교훈으로 여기고 잘나가던 과거의 위선을 고백하라고"라며 상처 난 데 된장 바르는 소리를 한다. 억울하다고 욥이 항변하자 신에게 대거리를 한다며, 너 이런 사람이었느냐고, 아주 실망스럽다고 화를 내는 것도 빼놓지 않는다. 욥은 안 그래도 힘들어 죽겠는데 친구라는 작자들 때문에 몇 배 더 늙는 기분을 느낀다. 오호, 통재라. 그리하여 친구들에게 말한다.

"불쌍하게 여겨다오, 동정하라. 자네들은 내 친구니 … 신의 손이 나를 쳤다. 너희마저 신이 되어 나를 괴롭히나? 내 몰골만으로 성이 차지 않는 것인가?"

_욥, 《욥의 노래》

친구들은 신이 아니어서 욥을 구할 수 없다. 그러면서도 마치 신이라도 되는 양, 욥의 잘잘못을 가린다. 그렇다. 반드시 욥에게는 죄가 있어야 했다. 그래야만 죄 짓지 않은 자신은 욥처럼 되지 않으리라 안심할 수 있다. 그러니 욥은 이미 유죄다. 그 결과 우리의 신 역시 한 치의 오류도 없음이 증명되었다. 그러니 누군가의 아픔은 그가 '그것을 겪을 만하기 때문'이 된다. 마침내 우리는 다음의 달콤한 말을 얻게 되었다. "당신의 아픔과 나는 아무 상관이 없다. 나는 당신의 고통에 아무런 책임도 없다."

결국 이 이야기는 고통 속에 던져진 이들과 그 고통 밖의 선자들에 관한 우화다. 신이 아닌 인간이 도덕적 한계에도 불구하고 어떻게 서로의 힘겨움에 답할지에 대한 고백이다. 그럼 그 고백의 뒷이야기를 들어보자. 아, 이왕 고백할 거라면 그곳이 잘 어울리는 장소에 가서 해도 좋겠다. 다시,《대성당》이다.

이 소설의 백미는 마지막 장면이다. 로버트와 '남자'가 서로의 손을 포개고는 함께 대성당 그림을 완성하는 장면. 텔레비전에서는 계속 대성당을 소개한다. 하지만 로버트는 (당연하지만) 한 번도 대성당을 본 적이 없다. 그래서 대체 대성당이란 게 무엇인지 도통 감이 오지 않는다. 그러니까, 내레이션으로 설명해주는 그곳의 역사적 배경이랄지 종교적 의미랄지 하는 것은 대충 알겠는데, 정말로 그게 대체 어떻게 생긴 건지, 대성당의 존재란 정녕 무엇인지 이해할 길이 없다.

그런 로버트를 남자가 눈치 챈다. 남자는 어찌어찌 설명해 본다. 위로 아주 높게 치솟았다, 건물 앞에는 악마나 귀족을 조각해 놓기도 했다. 하지만 남자는 결국 "이 정도로밖에는 제가 할 수 있는 설명이 없겠습니다. 이런 일은 잘 못하겠습니다"라며 포기한다. 로버트는 괜찮다고 말한다. 그러다 문득 남자에게 신앙심이 있는지를 물어보고는, 다시 불쑥 두꺼운 종이와 펜을 가져 와서 같이 뭘 좀 하자고 한다.

그리곤 로버트는 더듬거리며 남자의 손 위에 자신의 손을 얹는다. 그저 아무것도 아니라는 듯이 말한다. "이 사람아, 그려 봐. 뭘 하자는 건지 알게 될 거야. 내가 자네 손을 따라 움직이겠네." 여기서부터가 시작이다. 우리의 마음에서 아주 작게 무언가가 일렁인다. 두 사람이 가느다란 펜을 마주잡고 무언가를 완성시키기 시작한다. 길게 선을 긋는다. 이것은 불타는 망루인가. 옆으로 줄을 긋는다. 이것은 어둠 속 컨베이어 벨트인가. 어떤 직선들을 연결한다. 사람의 눈 같기도, 얇은 턱선 같기도, 누군가의 눈물 같기도, 흘리는 땀 같기도 한 어떤 것들이 대성당을 채운다. 그래도 얼마나 다행인가. 이들이 같이 세계를 그리고 있다는 것이.

로버트는 앞을 보지 못한다. 남자는 앞을 볼 수 있다. 두 사람은 자신이 속한 세계를 다른 방식으로 이해하고 다른 방식으로 구성하며 다른 방식으로 '그려낼' 것이다. 하지만 두 사람은 최초로 무언가를 함께 그리고 만들어 가고 있다. 결핍 있는 맹인을 착한 남자가 도와주고 있는 것일까? 아니다. 오히려 그 반대다. 생각해보면 언제나 그렇다. 빈곤한 이들이, 상실한 이들이, 아픔을 겪는 이들이 언제나 먼저 우리에게 손을 내밀고 우리에게 달라질 기회를 주었다. 마치 "할 수 없다"는 남자에게 로버트가 먼저 손을 내밀며 "할 수 있다"고 말하고 진짜 그것을 가능하게 한 것처럼 말이다. 우리는 그 손을 뿌리치지 않고 잡기만 하면 되는 것이다. 그들은 미약한 내가, 그럼에도 불구하고 무언가를 할 수 있다는 것을 깨닫게 하고, 그렇게 조금씩 단단해져 나를 넘어설 수 있게 한다.

남자가 이 기적 같은 일을 할 수 있도록, 오히려 로버트가 '돕는다'.

그리하여 이 소설은 묻는다.

한 인간은 다른 인간에게 무엇일 수 있는가?

그러니까, 한 인간이 다른 인간에게 '무엇'일 수 있을 때, 왜 그것은 우리에게 희망이 될 수 있는가?

　이것이야말로 한 편의 소설이 던질 수 있는 가장 아름다운
질문이다.

"살면서 겪은 가장 큰 실패는 뭡니까?"

대표적인 면접 예비 질문 중 하나라고 한다. 처음 회사에 입
사하기 위해 실무면접, 최종면접을 거쳤는데 사실 황당한 질문
들은(혹은 좋은 질문들도) 대개가 실무면접에 있었다. 현재 회사
에 들어올 때 내가 받았던 질문 중 지금 생각해도 헛웃음이 나
는 질문은 이것이다.

"남자친구와 얼마 전 헤어졌다고 했는데 왜 헤어졌습니까?"

지금 다시 떠올려도 역대급 질문이다. 내가 뭐라고 답했는

지 명확하게는 기억나지 않지만 성격 차이라고 대충 얼버무리며 말했던 것 같다. 거의 열댓 명의 실무면접자가 있던 자리에서 나의 실연의 이유를 말해야 한다니. 그 이유도 그들에게는 나를 평가하는 기준이 되는 것이었으니 이런 상황에서 면접자는 대체 무슨 말을 해야 하는 것일까? 그런 무례함에, 나는 어째서 답을 거부할 권리도 없이 웃으며 대처해야 하는 것일까? 나의 실연의 이유, 내 삶에서 가장 큰 실패, 내가 겪은 오욕과 난처함을 난생 처음 보는 사람들에게 '나를 팔기 위해' 말해야 하는 시간이 바로 면접의 시간이다. 서로가 서로를 속이는 참으로 우스운 연극이다.

다시, 처음으로 돌아가서. 나는 어떤 실패를 했느냐는 질문을 근래에도 받은 적이 있다. (실패를 극복하는 태도나 자세를 보려는 건 알겠지만 별로 긴 말을 하고 싶지 않았다.) 떠오르는 대로 말해달라기에 떠오르는 대로 대답했다. 어떤 이들과 무언가를 도모했으나 결국 이루지 못하고 끝났던 일을. 그렇게 서로에게 상처를 남겼고 어떤 이는 떠났고 어떤 이와는 시간이 흘러서야 다시 만날 수 있었던 일을. '왜 나는 이토록 거듭해서 실패하는가? 정말 나는 문제가 많은 이상한 사람인가?'라는 질문을 붙들고 밤에는 벽을 차고 낮에는 가슴을 쳤던 일에 관한 것이었다. 관계 실패. 이렇듯 거듭 자신을 의심하게 하는 사건도 없을 것이다.

　권여선의 소설집《안녕 주정뱅이》는 술과 자신의 인생을 버무린 듯한 주정뱅이들의 일곱 이야기를 모은 단편선인데, 각각의 소설은 서로 맛이 다른 쓸쓸한 알코올의 여운을 남긴다. 조금은 불우하고 조금은 비참한 인물들의 굽은 등을 마주하고 있노라면 다가가 위로하기보다는 그저 쓰디쓴 술 한 잔을 목구멍에 왈칵 넘기고 싶어진다. 그들의 취한 듯 비틀거리는 삶에 나역시 조금은, 취기가 돈다.

　수록작 〈이모〉의 이모는 결혼하지 않고 홀로 금욕적인 삶을 살고 있는 인물이다. 쉰다섯 살에 홀연 가족들로부터 사라져 이년여간 잠적하며 살았다. 그런 그녀를 만나게 되는 조카며느리가 이 글의 화자다. 이모는 낮에는 도서관에 가서 책을 보며 시간을 보내고 가끔 멸치 몇 줌을 안주 삼아 소주를 들이킨다. 홀로 오랜 시간을 견뎌 이제 황혼을 맞이하고 있는 그녀는 누가봐도 주인공의 삶을 살고 있진 않다. 그러니까 그녀의 삶이 누구에게도 기억될 것 같지 않다는 의미다. 그녀의 현재는 누구와도 연결되지 않고 그저 한줌의 멸치조각처럼 작고 빈약하며 소주처럼 아무런 색도 없다.

　나는 이 여백 가득한 '이모'의 노년에 마음이 기울었다.

"고독은 어쩌다가 밀려오는 것이 아니라 늘 그 자리에 있는 것일지도 모른다. 고독이 공기와도 같은 것이라면, 아무리 텅 빈 푸른방에 살림살이를 들여놔도 그 방의 빈틈을 완전히 채우지 못하리라." 영화 〈토니 타키타니〉에 대한 신형철의 평론 속 한 문장이 슬며시 떠올랐다. 이모의 삶에도 털어낼 수 없는, 닦아낼 수 없는 고독이 공기처럼 부유하고 있다. 그녀의 빈 삶이 그리 남의 것처럼 느껴지지 않았다. 그녀는 자발적인 유배인이다. 과거 자신이 한 어떤 일 때문에 스스로 이런 삶을 선택했다. 하지만 많은 혼밥생활자들은 그녀처럼 누구와도 관계 맺지 않는 삶, 누구와도 연결되지 않은 고립, 언제나 혼자 먹는 밥, 언제나 혼자 기울이는 술, 그 시간들에 저항하고 싶을 것이다. 그렇게 철저히 혼자일 순 없는 것이다. 그렇게 지독하게 외로울 순 없는 것이다. 그런 삶이 제대로 된 삶일 리가 없다고, 그렇게 생각하기 때문이다.

관계 실패란 것은 그렇기에 상처다. 제대로 된 삶을 살아가기 위해 필요한 무언가가 결여되어 있다는 암시 같기도 하고 인간으로서의 무능력을 말해주는 증거처럼도 보인다. 군집생활을 하며 살아가는 인간(동물)에게 생존에 필요한 기본적인 능력이 없다는 것과 별반 달라 보이지도 않는다. 그래서 그런 상처를 드러내 말하기도 머뭇거려진다. 다른 포식자에게 잡아먹히기라도 한다면 어떻게 하겠는가. 그래서일까. 내가 잃어버린 관계들과 사람들을 생각하면 마음 한 구석이 서늘하다. 나를 스쳐간, 지금은 사라진 그들은 불쑥불쑥 산책길에, 귀갓길에, 지하철 안에서 내게 얼굴을 내민다. 그럼 나는 사과를 해야 할지, 변명을 해야 할지, 모른 척을 해야 할지 알지 못한 채 멍하니 선다.

말하고 싶은 것은 관계 실패, 그 후이다. 이별의 이유가 무엇인지, 그것이 나의 어떤 특성에 의한 것인지, 왜 나는 비슷한 이별을 반복하는지는 대단히 개별적인 서사다. (나는 이것에 대해선 특별히 뭘 이야기하고 싶진 않다. 이 이별이, 이 관계 실패가 당신에게 큰 상처로 남았다면 아마 당신은 이미 이별의 이유에 대해서 수십 가지의 생각을 했을 것이고 그것이 당신의 어떤 문제에 의한 것인지도 수십 번 생각했을 것이며 그 이별의 순간도 수십 번 되감기하며 재생했을 테니…. 당신의 이별에 있어서 당신 만한 전문가는 없을 것이다.)

하지만 이별 이후 남겨지는 '감당해야 하는 그 무엇'은 보다 보편적인 감정이고 흉터이니 그것에 대해서는 이야기해볼 수 있을 것이다. 흥미로운 것은 관계는 끝이 났지만 그것이 머금었던 순간들, 마지막 인사 같은 것은 '시간'이라는 바람을 맞으며 다시 그 모양을 갖춘다는 것이다. 빛과 공기와 물을 맞으며 암

석이 작은 모래 알갱이가 되어가듯 풍화된다면 얼마나 좋을까? 하지만 왜인지 이것은 시간이 지날수록 오히려 더 울창하게 자라나 나를 이루는 아주 커다란 일부가 되기도 한다. 나를 지상에 세우는 뿌리가 되기도 한다. 이 기묘한 자국들을 감당하는 일을 재미있는 은유로 되새겨볼 수도 있겠다.

다우어 드라이스마의 《망각》에는 쥘 베른의 소설 《달세계 여행》의 한 장면이 언급된다. 남자 세 명이 사냥개 두 마리를 우주선에 태우고 달에 갔다. 그중 한 마리의 사냥개가 죽었고 결국 그 시체는 우주선 밖으로 버려진다. 그런데 며칠 후 우주선에 타고 있던 한 남자가 경악하는 일이 벌어진다. 우주를 떠돌던 개 시체가 우주선 창밖을 스쳐간 것이다. 그 불현 듯한 등장, 그 예상치 못한 만남의 충격…. 드라이스마는 이 죽어버린 개를 '잠복기억'에 비유한다.

우리는 자신의 삶에서 사람들을 던져버린다. 결코 보지 않길 바라면서, 우리는 그들과 더 이상 아무런 관계도 맺지 않길 바란다. 하지만 그들은 늘 다시 나타나고, 결코 사라지려 하지 않는다.

_다우어 드라이스마, 《망각》

드라이스마는 망각이란 우리가 기억 가운데 무엇을 원하고 무엇을 두려워하는지를 드러낸다고 말한다. 잊는 것과 기억하는 것, 모두 나의 의지로 조절할 수 있는 것은 아니다. 하지만 이것이 중요한 이유는 무엇이 남고 무엇이 사라졌는지의 흔적은 불가피하게 내가 누구인지를 말해주기 때문이다. 현재의 나는 내가 기억하는 것과 망각하는 것으로 이루어져 있다.

우리의 뇌는 생존을 위해 최적화되어 있어서 위험 상황을 기억해둔다. 하지만 뇌는 안전하고 평화롭고 즐거운 기억은 기억해야 할 목록의 아래에 둔다. 물론 너무나 충격적이고 고통스러운 기억은 아예 덩어리째 없어지기도 하는데 이것 역시 생존을 위해서다.

> 진화는 기억을 위해 다른 계획을 가지고 있었다. 같이 놀아주는 할아버지가 아니라 존댓말을 하지 않는다고 따귀를 찰싹 때리는 할아버지를 영원히 남겨놓는다. 개양귀비 사이로 산책하던 순간이 아니라 뜨거운 다리미, 유리조각, 무서운 개를 기억에 남겨놓는다. … 이 모든 것은 우리를 위해서다.
>
> _《망각》

그래서 떠나간 이들을 생각하면 그들과의 즐겁고 따뜻했던 시간보다 차갑고 외로웠던 시간들이 더 많이 떠오르는 것일까?
우리의 논쟁과 갈등, 나의 실수와 옹졸한 태도. 그런 기억들이
뒤범벅돼 '실패한 나'라는 귀엽고 끔찍한 정체성을 만들어 나
자신을 틈날 때마다 괴롭힌다.

그런데 진짜 강한 사람들은 스스로를 일으켜 세울 줄 안다.
자신을 과장되게 비하하지도 추켜세우지도 않는 '적절함'을 안
다. 안정적이고 여유가 있다. 그래서 비극의 한복판을 서성이
는 이들에게 기억의 아랫부분에 찌그러져 처박혀 있는 소중한
것을 꺼내보자고 말하고 싶다. 우리가 잊어버린 아름다운 순간
과 그 순간을 만들어냈던 나를 기억하자는 것이다. 아마 당신
은 관계를 지켜내고자 마지막까지 최선을 다했을 것이다. 당신
은 편지도 써봤을 것이다. 당신은 상대를, 나아가 당신 자신을
용서하고 싶었을 것이다. 아마도 여러 번 마음속으로 무릎을
꿇었을 것이다. 당신은 그렇게 노력했다. 비록 여전히 상처 안
에 머물고 있더라도 아름다운 순간들을 빚어냈던 자신의 두 손
도 기억할 수 있길 바란다. 당신의 것이라는 게 여전히 어색하
겠지만 사실 아름답고 따뜻한 것들 역시 모두 당신이 만들어냈
던 것이다.

어느 볕 좋은 가을, 친구와 남산에서 열린 "도시산책자의 남산 활용법"이라는 행사에 가게 되었다. 광합성을 하며 고미숙 선생의 강연을 들었는데, 그날 들은 이야기가 오래 마음에 남아 지금도 내게 큰 위로가 된다. 강연의 제목은 "고전과 인생 그리고 봄여름가을겨울"이었다. 그녀가 쓴 동명의 책이 있어 그 서문의 한 단락을 소개한다.

> 사계절의 리듬을 인생이라는 흐름과 연결하면 거기에서 윤리가 탄생한다. 봄의 생동하는 기운은 '배움과 우정'으로, 여름의 분출하는 열기는 '열정과 자유'로, 가을의 서늘한 기운은 '수렴과 성찰'로, 겨울의 응축하는 기운은 '지혜와 유머'로. 이 윤리적 가치들은 인생을 살아가는 데 있어 더할 나위 없이 소중한 것들이다. 하지만 그것은 절로 터득되지 않는다. 수영을 하기 위해 수천 번 물속에 들어가야 하듯, 우정이라는 윤리 하나를 익히는 데도 수천, 수만 번의 시행착오가 필요하다. 열정과 유머, 성찰 같은 가치 또한 마찬가지이다.
>
> _고미숙, 《고전과 인생 그리고 봄여름가을겨울》

우리의 삶을 계절이라 생각한다면 지금 나는 어디쯤에 와 있을까? 어머니는 "너는 아직 봄이다"라고 말했지만 대략 여름

쯤에 와 있지 않을까 싶다. 커다란 여름의 나무를 상상한다. 햇빛과 비를 거침없이 맞아들이고 그 힘으로 무성하게 잎들이 자라난다. 바람이 불면 가지 끝에 붙은 나뭇잎들이 나부끼며 흔들리지만 그 모든 것은 싱싱한 생의 에너지를 더욱 응축시킨다. 위로 아래로 그리고 옆으로 튼튼하게 자라나는 것이 여름의 할 일이다. 새가 오고 간다. 거미도 어디쯤에 자리 잡았다가 떠나간다. 많이 만나고 많이 헤어진다. 이러한 과정을 거친 후에야 가을이 되었을 때 아주 작더라도 진짜 나라고 할 수 있는, 나의 친구, 나의 관계, 나의 것들을 열매로 맺을 수 있다. 두 손 모아 그러쥘 수 있다는 것이다.

열매는 곧 씨앗이다. 지금 내가 겪는 이별과 실패, 아픔과 기쁨이 나를 더 나답게 만들어 단단한 열매가 되어 줄 것이다. 그렇게 시작이자 끝이 될 준비를 하는 것이다. 그렇다면 여름에 맺은 그 모든 인연에 감사할 따름이다. 그리고 마침내 봄여름가을을 거쳐 겨울에는 유머 있는 노인이 되는 것. 그 사계절을 잘 겪어내는 것. 고미숙 선생의 말에 따르면, 이것이야말로 인간이 따라야 할 생의 윤리이다.

"나를 사랑하던 그네들은 모두 어디에 갔는가?"

나는 더는 이렇게 묻지 않겠다. 그들은 기억과 망각 사이 어딘가에서 나의 여름을 채워주었다. 어떤 이는 작열하는 햇빛이고 어떤 이는 장마였으며 어떤 이는 산새였고 어떤 이는 내 전부였다. 그러니 이별은 실패라는 결과가 아니라 흘러가는 계절이었음을, 자연이었음을 받아들인다.

사랑을 하려거든
통째로 하라

―

　《실격당한 자들을 위한 변론》을 쓴 김원영 씨의 칼럼을 즐겨 읽는다. 한번은 퀴어축제를 반대하는 이들에 관한 내용이 실려 흥미롭게 읽었다.

　　남의 신체를 몰래 훔쳐보고 10대 소녀들의 몸을 최대한 야하게 연출하는 데 탁월한 사회이면서도, 이상하게 우리 사회에는 타인의 몸이 아니라 영혼을 사랑한다는 인간들로 가득하다. '인천퀴어문화축제'가 열리자 동성애자를 '사랑하기에 반대한다'는 팻말을 든 사람들이 축제를 온몸으로 막았다. 이들은 아마도 퀴어의 영혼과 인간적 '본질'은 여전히 사랑하지만 그들의 몸뚱어리가 공공장소에 나서는 일은 보기 싫다는 말을 하고 싶을 것이다.

_〈한겨레〉 2018년 9월, "사랑해서 네 몸을 반대한다"

이 칼럼은 영국 텔레비전 프로그램 〈네이티브 어트랙션〉에 대한 이야기로 시작한다. 홀딱 벗고 데이트 상대를 찾는다는 몹시 자극적인 이 프로그램은 분당 수십 차례 출연자들의 성기를 노출했다는 비판을 받았다고 한다. 프로그램에 대한 단순한 사실관계를 들었을 땐 몹시 혐오스럽게 느껴졌지만 그것을 바라보는 필자의 시선을 좇다 보니, '한번 찾아봐야겠군' 하는 생각이 들었다. 하지만 이 성인인증이 필요한 프로그램보다 더 오래 내 뇌리에 꽂힌 것은 바로 그 문장, 퀴어축제를 반대하며 어떤 이들이 내걸었다는 그 문구. "사랑하기에 반대한다"라는 말이었다.

시적 허용으로나 가능할 것 같은, 정말이지 이상한 조합의 말 아닌가! 하지만 이것이 모순인지 아닌지 단박에 답할 수 없기도 했다. 그런 점에서 이들의 행위에 한 개의 미덕은 있는 셈이다. 적어도 생각할 거리 하나는 던졌으니 말이다. 사랑하니까 반대한다는 것이 가능한 것인가? 좀 더 구체적으로 묻자면, 누군가 나에게 "너를 사랑하기 때문에 너의 ○○을 반대해"라고 한다면 나는 뭐라고 답할 것인가?

이런 예를 들어보자.

나의 부모님은 나를 사랑하기 때문에 내가 여성스럽지 않은 것에 반대한다. 나의 친구는 나를 사랑하기 때문에 내가 가난한 것에 반대한다. 나의 애인은 나를 사랑하기 때문에 내 겨드랑이 털을 반대한다.

김원영 씨의 칼럼을 인용해 표현하자면 "이들은 아마도 나의 영혼과 인간적 본질은 사랑하지만" 그들이 원하는 모습이 아닌 나는 "보기 싫다"는 말을 하는 것이리라. 이렇게 글로 쓰고 보니 퀴어축제를 온몸으로 막은 이들이 던진 질문에 대한 답을 찾은 느낌이다. 사랑하기에 반대한다고 말하는 이들에게 아주 전투적으로 반대하고 싶은 마음이 든다. 글을 읽는 당신은 어떠한가? 당신은 당신에게서 떼어낼 수 없는 그 무엇이 죄목이 되어 심판대 위에 올라간 적이 있는가? 독거청년인 나는 종종 이런 기분을 느낀다. 나를 둘러싼 시선이, 내가 발 딛고 선 사회가 때로는 선의인 척 위장한 채 나를 길들이고 있다고 말이다. 나를 사랑하기 때문에 이 사회의 표준인간이 되어야 한다는 말을 아주 어릴 때부터 환청처럼 들은 것 같기도 하다.

한번은 제주도에 있는 게스트 하우스에 초대받은 적이 있다. 참으로 좋은 분들이었다. 마침 성수기를 막 지난 터라 손님도 없었고 그 덕에 한적한 시간을 보낼 수 있었다. 개도 있고 고양이도 있고 좋은 책도 있고 고요함도 있었으니 당연히 최고였다. 그런데 주인 부부와 이야기를 나누다 그곳이 '노키즈존'이란 사실을 알게 되었다. 나는 노키즈존에 반대한다. 아니, 반대하게 되었다. 하지만 그들에게는 그저 "아, 그렇군요"라고 답하고 입을 닫을 수밖에 없었다. 그들의 섬세하고 아름다운 취향, 그곳의 차분하고 고독한 분위기 등을 유지하는 데 아이가 있을 곳은 없어 보였기 때문이다. 하지만, 그럼에도 불구하고 나는 내가 살아가는 곳이 "여기는 아이와 올 수 없는 곳입니다"라고 감히 말하지 못하는 사회이길 바란다. 반대하고 배제하는 언어보다 관용하는 언어가 더 힘이 세기를 바란다.

> 세상의 아름다운 모든 것은 네 것이다. 아름다운 정원을 보았을 때 주저하지 말고 문을 열고 들어가라. 누가 '거긴 네 정원이 아니다'라고 말하거든 이렇게 대답해라. 세상의 모든 아름다운 것은 모두의 것이라고.
>
> _목수정, 《파리의 생활 좌파들》

내가 아이들을 유독 사랑하기 때문에 노키즈존을 반대하는 것은 아니다. 사실 나는 어린아이의 문제라고 하는 것, 혹은 아이 양육자의 관심사라고 하는 것에 무지했고 무심했다. 노키즈존에 대해 생각하게 된 계기는 그것이 내가 몹시 아끼는 친구의 일이 되었기 때문이었다. 친구는 혼자 아이를 데리고 외출하게 될 때 얼마나 조심스럽고 두려운지, 언제 울고 어떻게 반응할지 알 수 없는 아이가 카페나 식당에서 갑자기 큰 소리를 내면 얼마나 진땀이 나는지, 사람들이 모두 지켜보는 가운데 그것을 수습하며 우왕좌왕할 때 얼마나 미칠 것 같은지 말해주었다. 혼자 다닐 수 있는 아이는 없기 때문에 노키즈존이란 것은 곧 아이의 보호자인 엄마를 거부하는 것이라 슬프다는 그녀의 말에 '이기적인 맘충' 이미지가 내 안에도 자리 잡고 있었음을 비로소 알아차리게 되었다.

"거기 말고 다른 식당, 다른 카페에 가면 되지 않느냐?" 많이들 되묻는다. '사랑하기에 반대한다'는 논리와 크게 다르지 않다. "우리 사회 거의 모든 사람이 장애인에게 사랑을 베풀어야 한다는 말에 감동을 느끼지만, 살아 있는 장애인의 몸이 이웃에 얼씬거리는 순간 집값이 떨어진다고 믿는다"는 김원영 씨의 말처럼, "아이들은 참 귀엽고 사랑스럽지만 날 방해하는 건 받아들일 수 없다"는 말로 들린다는 것이다.

우리 모두가 너무 지친 걸까? 나 자신도 벅차서 내게 거슬리는 행동을 하는 타인을 도저히 받아들일 수 없어 눈앞에서 치우고 싶은 걸까? 한 가지 확실한 것은 사소한 차별이란 없다는 것이다. 오직 그럴 듯하게 정당화된 차별만 있을 뿐이다. 노키즈존이란 특정한 정체성의 사람들을 거부해도 된다는 상징이다. 이것이 늘어난다는 것은 우리 사회가 교묘한 폭력을 허용하기 시작한다는 뜻과 같다. 그래서 나는 개인의 취향이라는 이유가, 돈을 냈다는 이유가, 손님들이 싫어한다는 이유가 '합리'가 되는 것이 두렵다.

어느 때가 되면 이런 팻말들이 곳곳에서 발견될지도 모른다. 노시니어존(65세 이상은 들어오지 마시라! 당신들의 늙음으로 사람들이 불편하다), 노장애인존(특히 2등급 이상의 경우엔 숨길 생각도 말 것!), 노페미니스트존(민낯에 커트머리를 하고 있으면 동류로 취급하겠다), 노난민존(이곳은 한국 전통음식을 파는 곳이므로 한국인만 올 수 있다. 단, 백인의 경우는 사장의 허락하에 출입 가능함).

내가 반대하고 싶은 것은 사회를 멸균할 때 쓰는 '깨끗한 공공의 질서'라는 근거다. 노숙인, 잡상인, 길 위의 농성자, 노인 등 불온한 상상력의 장작이 될 만한 것은 모두 눈에서 사라져야 한다는 묵인과 동조.

영화 〈랍스터〉에는 이상한 세계와 절박한 사람들이 나온다.

주인공 데이비드는 근시란 이유로 아내에게 버림받는다. 그런데 이 세계에서는 커플이 아니면 살아갈 수 없다. 혼자가 된 이들은 45일간 커플 메이킹 호텔에 머무는데 이곳에서도 짝을 찾지 못한 사람들은 동물로 변해 영원히 숲 속에 버려지게 된다. 이곳에서는 짝을 찾느냐 아니냐가 곧 죽느냐 사느냐의 문제인 셈이다. 살아남기 위해서는 타인과 억지로 공통점을 만들어 커플이 되어야 한다.

주인공 데이비드는 커플로 살아남기 위해 사디스트 여성에게 자신도 같은 취향이라고 거짓말한다. 하지만 그녀는 데이비드를 의심하고 개가 된 데이비드의 형을 '죽을 때까지 발로 차서 천천히 죽도록' 했다. 데이비드는 말한다. "괜찮아요." 그녀는 다시 말한다. "우는 건지 짖는 건지 이상한 소리를 냈어요. 어디가 아팠던 것 같은데 전혀 못 들었어요?" 데이비드는 아무렇지 않다는 듯 세수하고 나오겠다고, 그런 후에 커피를 마시러 가자고 말한다. 결국 터져 나오는 눈물을 참지 못해 세면대를 붙잡고 흐느낀다. 그런가 하면 자주 코피를 흘리는 여성과 커플이 되기 위해 매번 자해를 해서 코피를 내는 존의 모습도 애처롭다. 이 영화를 보면서 나 자신이 커플 메이킹 호텔의 사장이라거나 동물이 될 걱정은 하지 않아도 되는 완벽한 커플의 일원

일 거란 느긋한 안도감은 전혀 가질 수 없었다. 오히려 더 나약한 사람들에게 감정이입이 됐다. 실제의 자신을 숨기고 살아남기 위해 억지로 울음을 참아야 하는 사람들. 그렇게 자신을 지우며 사랑받기 위해 애쓰는 사람들에게 말이다.

우리 안에는 늘 이렇게 작게 몸을 웅크린 채 바깥세상을 두렵게 바라보는 어린 마음이 있는 걸까? 사람들이 원하는 만큼 내가 충분히 어른스럽지 못할 것이란 두려움. 내 쓸모를 증명하지 못할 거란 불안. 그래서 어떤 내 모습이든 그대로 괜찮다고 응원 받고 싶은 순수함. 혹여 성공하지 못하고 실패해도 동물이 되어 잡아먹히지 않고 살아갈 수 있길 바라는 기대.

그래서 내가 선호하는 것은 '통째로' 사랑하는 것이다. 저울질하거나 평가하지 않고 존재 그 자체를 사랑해서 먹어버리는 것이다. 이런 상상이 도움이 된다. 나는 아주 강하고 힘이 센 괴물이다. 그래서 무언가를 씹거나 자르지 않고도 한입에 넣어 꿀꺽 삼켜버릴 수 있다. 그래서 내가 사랑하고자 하는 그것은 조금도 훼손되지 않고 내 안에서 자신의 모습 그대로 살아갈 수 있게 된다.

적극적으로 누군가를 사랑할 거라면, 피켓을 들고 거부하고 반대할 것이 아니라 이렇게 입을 크게 벌리고 높은 소화력을 자랑하는 커다란 무엇이 되어보는 건 어떨까? 아이들의 소란도, 절뚝이는 육체도, 노인의 느린 움직임도 모두 내 안에 존재할 수 있도록 나는 아주 큰, 괴물이 되고 싶다.

잃어버린
재미를
찾아서

—

　나에게도 유머감각이란 것이 있던 때가 있었다. 기억은 흐리지만 대학시절에는 확실히 있었던 것 같다. 때로는 의도하여, 때로는 의도하지 않고 내뱉은 말에 친구들이 까르르 웃는 것을 보면 그렇게 행복할 수 없었다. 그 순간만큼은 마음에 꽃이 폈다. 오늘 무슨 날인가 싶을 만큼 빵빵 터트릴 때도 있었다. 그런 날은 밥을 안 먹어도 배부른 날이다. 내가 왜 사는지 알 것 같은 희열이 솟아오른달까? 나의 행복은 바로 이런 데 있다.

　그러나 이제는 나의 유머감각에 '유머'란 말을 앞에 붙여도 될까 의심스러울 지경이 되었다. 말이 좋아 아재 개그지, 정확도도 떨어지고 타율도 바닥을 긴다. 이게 다 직장생활 때문이다. 회사를 다니면서 나의 웃음지수는 아주 총체적으로, 급격하게 하강곡선을 그리기 시작했다. 순식간에 늙어버렸다. '노화'라는 링거를 한쪽 팔뚝에 맞으며 연차를 쌓는 느낌이랄까? 물리적인 몸이 늙는다기보다는 나 자신을 '늙어가는 사람'이라고 취급하는 하루하루가 더해진다고 봐도 무방하겠다. 생의 활력이 떨어지고 그 자리에 피로, 피곤이 어깨결림처럼 쌓이는데 "오늘 너무 피곤하다"거나 "출근하자마자 퇴근하고 싶다"거나 하는 말들은 입 밖으로 내뱉든 내뱉지 않든 늘 머릿속에 떠도는 말풍선이다. 아아, 내일이 없는 것처럼 마시고 놀고 흥청거리고 싶다.

이쯤 되고 보니 자연스럽게 '재미'에 대한 갈증이 생긴다. 재미란 당최 무엇인가? 즐거움이란 무엇인가? 나의 유머감각은 어디로 사라진 건가? 이제는 사색도 진지함도 싫다. 오직 재미만을 원한다! 목표물이 확실한 사냥꾼처럼, 배수진을 친 전장의 용사처럼 용맹하고 날카롭게 이것을 포식하고 싶다.

우선 '재미'라고 검색을 해보았다. 지식인에 있는 질문들이 눈에 들어온다. "삶에 재미가 없어요, 재미있게 사는 방법, 제가 재미가 없어지는 것 같아요, 재미 교포 사업가가 돈을 많이 버나요?, 중학교 3학년이 되니까 갑자기 공부가 재미없네요."

오호. 상당히 많은 질문들이 있다. 하지만 답변은 그다지 도움되지 않는다. 그래서 유튜브를 검색해보았다. 대개가 재미있는 동영상 목록이다. 이번엔 서점에서 관련 서적 검색. 유용한 정보를 얻기엔 어려움이 있었다. (재미있다는 부제를 단 서적이 너무 많은 데다 "재미있게 사는 법" 같은 제목은 영 믿음이 가질 않는다.) 친구들에게 물어보았다. 요즘 재미있게 살고 있느냐고. 뭐가 재미있냐고.

요가 강사 J 요즘은 개, 고양이. 아니면 운동. 특히 전 세계의 전통 무술이 재미있죠!

얼마 전 백수가 된 K 방금 본 이 다큐멘터리가 재밌던데요? (일본의 한 방송사에서 만든 '각본가'에 관한 것이었다.)

여행 덕후 일간지 기자 S 꿀잼은 역시 오지 여행이지!

직장 후배 M 퇴근 후, 야식 먹으면서 드라마 보는 거 좋아해요. 아님 얼마 전에 간 LP바!

주간지 기자 K 마감 때는 마감 외의 모든 것이 재미있다. 너와의 이런 대화마저도….

프리랜서 공연 기획자 J 내 재주가 쓸모를 발휘하는 일을 할 때 그리고 함께 하는 이들과 세계관이 통하고 호흡이 맞을 때.

흠, 같은 질문을 누군가 나에게 한다면 나는 무엇이라고 답할까? 나는 어릴 때부터 퇴폐적인 것을 좋아하고 재미있어 한 것 같은데 내 안의 도덕률 때문에 앞으로도 이것을 만개시키기는 어려울 것 같다. 다른 자잘한 것들을 가만히 손꼽아본다. 고양이들과 놀아주기. 완전 웃기다. 그런데 오래 못 간다(미안해). 재미있는 소설 책 읽기(근래 다섯 시간가량 버스를 타야 했던 전남 여행에 벗이 되어준 책은 박지리의 《다윈 영의 악의 기원》이었다), 혹은 요상한 요가 동작 해보기(실패해도 그 모양새 그대로 재미있다). 그 외에 친구들과 재미있는 프로젝트를 하거나 망상에 빠지는 것도 즐겁다. 하지만 이런 것들을 마음 놓고 즐기기엔 늘 시간이 부족하고 마음의 여유가 없다. 이런저런 것을 해볼 시간에 잠이나 자야할 것 같다. 때로는 일하고 쉬는 데만도 24시간이 부족하게 느껴진다. 그렇다. 나는 선미도 아닌데 왜 24시간은 늘 모자란 것인가!

이런 생각들에 골몰하던 중 과거에 내가 남긴 흔적들을 되돌아보았다. 싸이월드도 한번 들어가 보고 페이스북에 남겨놓았던 것들도 보고, 벽 이곳저곳에 붙여놓은 여행 사진들, 친구 혹은 연인들과 나누었던 편지, 모아놓은 영화 포스터 같은 것도 뒤적뒤적했다. 그러다 기타를 붙잡고 있는 동영상 하나를 발견했다. 아하, 그래. 이런 때가 있었지. 때는 회사에 막 입사했던

즈음이다.

처음 회사에 들어가서 얼마 되지 않아 '이 회사, 나 왜 들어왔지…?' 하는 극심한 고통에 회사 앞 공원을 맨날 뱅글뱅글 돌던 때가 있었다. 당시 한 부장과 지독한 갈등관계에 있었는데 얼마나 고뇌가 심했던지 집에서 백팔배를 하며 마음을 다스릴 지경이었다. 미끄덩거리며 손에 잡히지 않는 비누처럼 내 마음은 조직에서 빠져나가려 했다. 얼었다 녹았는데 다시 냉동실에 들어가게 된 부서진 떡 조각처럼 맛도 없고 멋도 없던 시기. 그때나는 뭐라도 재미있는 것이 필요했다. 눈 돌릴 게 무엇이든 필요했다. 아마 대학생 때 거침없이 놀던 습관이 여전히 남아 있었기 때문이리라. 그렇게 두리번거리다 "아마추어 뮤직 증폭"이라는 수업을 듣게 되었다. 간단한 기타 코드만으로 노래를 만들어보는 수업이었는데 매번 해야 하는 숙제들이 낯설어서 좋았다.

시에 멜로디를 입히거나 전봇대에 붙은 광고 문구에 멜로디를 붙였다. 그중 하나의 가작 제목은 "매주 수요일은 대중교통 이용의 날"이었는데 삼청동을 지나던 272번 버스 전광판에 뜬 "매주 수요일은 대중교통 이용의 날"이란 문장에 마음이 동하여 만든 곡이었다. 그렇다. 일주일에 단 하루라도 우리가 대중교통을 이용해야 되지 않겠는가? 한 주의 중간인 수요일이면 균형도 맞다. 그 균형 감각이 마음에 들면 월요일과 일요일 정도, 시소의 양 끝머리 요일들에도 대중교통을 이용하게 될지 모를 일이다.

게다가 그맘때 삼 년가량 사귀던 친구와도 헤어지게 되었다. 정신승리로 애써 긍정적 의미를 부여하자면 음악을 하기에 더 없이 좋은 때였던 셈이다. 그 덕에 뮤직 증폭 수업의 마지막 자작곡으로 "부장송"을 준비하고 있던 나는 결국 실연의 아픔을 담은 "인 마이 메모리"라는 곡을 만들게 되었다. 회사 근처 호프집 이름이었는데 그 아이를 내 기억 속에 남겨놓겠단 의미로 차용했다. 아, 지금 생각해도 코끝이 찡하다. "인 마이 메모리. 둘이 아닌 멜로디. 아주 잔인한 말만이. 알려주는 우리 사이."

이렇듯 작은 창조와 재발견으로 당시의 고통을 견뎌냈는데 그 순간의 즐거움을 이런 글로 남겨놓았다.

> 잘 살기 위한 놀이는 소박한 것과 닮아 있었다. 싱거운 애호박 된장국처럼, 담백한 가지무침처럼 자주 먹어도 질리지 않는 그 고유한 질감을 간직한 것 말이다. 일상의 놀이란 그만큼 강인하다. … 우리의 이상한 습관이나 잔재주도 놀이의 좋은 도구가 될 수 있다는 것을 나는 믿는다. 여기에 한 줌의 부지런함과 한 줌의 영감만 더하면 된다.

애호박 된장국과 가지무침에 비유하다니. 나에게 저 정도 비유는 거의 최상급 칭찬이다. 이런 추억들을 되짚다 보니 **빡빡**한 일상의 틈을 비집고 자기만의 놀이를 찾아 나가는 것은 생활의 기술, 아니 생활의 예술이란 생각도 든다. 어쩌면 혼밥생활자들의 건강한 삶을 위한 생존 필수품이자 수명 연장의 꿈을 악몽으로 만들지 않기 위한 무형자산이기도 할 테다. 글쎄, 자기 해방이라는 거창한 말을 써도 될까? 성과나 결과와 상관없이 그저 과정이면 충분하다. 나중에 와장창 무너뜨릴 마음으로 쌓아가는 젠가처럼 비효율적이어도 된다. 하지만 장난감 대신 생계비를 벌기 위한 연장이 손에 쥐어진 때부터 우리는 갑자기 어른이 되도록 강요받게 되었다. 여전히 해방의 순간들이 찍힌 내 사진을 보면 어딘가 모르게 상당히 꺼벙해 보이는데 사실은 그 모습이 내 어린 시절의 표정임을 안다. 머쓱해서 눈을 조금 내리깔고 웃고 있는, 수줍지만 계속 그것을 하고 싶어 하는 어린 아이의 얼굴. 그렇게 실패가 허용되는 시간들을 겪으며 그것이 내면의 근육이 될 때, 아이는 어느 순간 훌쩍 커서 고개를 들고 정면을 응시할 수 있게 된다. 그렇게 자라야 웃을 줄 아는 어른이 되는 것이다.

유머하면 **빼놓을** 수 없는 작가가 있다. 비록 함박웃음 쪽은 아니고 냉소 쪽에 가깝긴 하지만, 미국 작가 커트 보니것이다. 그는 예술을 한다는 것은 삶을 견딜 만하게 만드는 아주 인간적인 방법이라는 말을 했다. 그러면서 이런 것들을 권한다. 샤워하면서 노래하기, 라디오를 들으며 춤추기, 친구에게 시 쓰기. 그리고 한 가지 당부를 더한다. "예술을 할 땐 최선을 다하라. 엄청난 보상이 돌아올 것이다."

사실 오랫동안 '아, 나에게 저 능력이 있었으면…' 하고 선망하던 것이 있다. 하나는 성대모사를 할 줄 아는 것이고, 다른 하나는 두 손으로 물구나무를 설 줄 아는 것이다. 성대모사를 할 줄 알면 어딜 가서든 누군가를 웃길 수 있을 것 같다. 성대모사는 목소리를 비슷하게 내는 것보다 모사 대상이 내는 소리의 특징을 잘 잡아내는 것이 관건이라던데 나는 이런 센스가 참으로 부족하다. (사실 사람보다 동물 소리를 더 흉내 내고 싶다. 몸통이 아주 크고 색이 짙은 동물의 소리면 좋겠다.)

물구나무서기에 관해서는 할 말이 좀 있다. 머리를 땅에 대고는 물구나무를 설 줄 아는데, 가끔은 감사에 대한 답례로, 가끔은 여행지에 갔을 때 풍경이 참 좋아서, 가끔은 봄날 벚꽃길에 들뜬 마음을 표현하고자 부끄러움 없이 몸을 거꾸로 세운다. 하지만 머리를 땅에 대고 해야 되기 때문에 어쩐지 활발한 느낌이 덜 하달까? 다소 정적인 느낌이라 할 수 있다. 머리를 땅에서 떼고 두 손으로 설 수 있으면 꽤나 재미있는 동작을 더 많이 해볼 수 있을 것이다. 아, 얼마나 멋질까!

요점은 나 스스로도 분명 무언가를 해야 한다는 것이다. 재미있는 것을 향한 열망만은 절대 포기해선 안 된다. 그것을 위해 개인기를 꾸준히 연마하는 사람들에게 나는 기꺼이 박수를 보내며 그와 함께 망가지는 길을 걸으리라! (새해 다짐 중에 꼭 하나쯤은 이런 개인기 목록을 넣어야 한다고도 주장하고 싶다.) 이런 일에 있어서만큼은 베토벤의 이 말을 덧붙이고 싶다.

그의 마지막 작품인 현악 4중주 16번 마지막 악장의 부제는 "어렵게 내린 결정Der Schwergefasste Entschluss"이다. 이 부제와 함께 악보의 여백에는 "그래야만 하는가Muss es sein?"라는 질문이 적혀 있는데 그 옆엔 "그래야 한다, 그래야 한다Es muss sein, Es muss sein!"라고 스스로 답하는 메모가 적혀 있다.

나도 적어본다.

어렵게 내린 결정.
노래하고 춤추고 한심한 시를 '최선을 다해' 쓰자.
그래야만 하는가?
그래야 한다, 그래야 한다!

내향적
독고다이들의
즐거움

―

불가피하게 새로운 사람들을 만나야 하는 상황들이 있다. 학창시절에는 새 학기가 시작되던 3월이 그랬다. 친한 친구와 같은 반에 배정되면 그 부담은 확연히 줄어들지만 그렇지 않았을 땐 상당한 심적 압박을 느끼게 된다. 떠올려 보면 질풍노도의 시기를 겪던 어떤 순간들에는 꽤나 겉돌았다. 다행히 인정 많은 몇 친구들이 옆에 있어준 덕에 왕따는 면했지만 자신 있게 옆자리에 앉아도 되는 친구는 한두 명에 지나지 않았다.

성인이 된 이후에도 관심 있는 주제로 참가했던 모임들, 일 때문에 참석해야 했던 자리에서 어색함을 견뎌내야 하는 순간들은 적지 않았다. 그런 경험들이 쌓이며 이제는 나도 나 자신을 '낯을 가리는 편'이라고 소개하게 되었다. 물론 이 말을 듣고 뭔 소리냐, 하며 옆구리를 찔리는 경우도 많지만 나는 그저 사람을 무서워하지 않을 뿐 어떤 무리에 스리슬쩍 자리 펴고 앉는 일엔 여전히 젬병이다. 떠들썩하게 사람들과 섞이는 일도 어색하고, 친하지 않은 사람에게 친근하게 말 거는 일도 고역일 때가 많다.

아버지의 군대생활 얘기를 듣다가 '저 남자는 타고난 운명이 독고다이구나' 하는 생각을 한 적이 있다. 수의대를 나온 아버지는 약 가방을 둘러메고 혼자 전방 부대 이곳저곳을 다녔다고 한다. 군대에서마저 기가 막히게 혼자의 생활을 해온 그는 친구도 많고 잔재주(?)에도 능숙한 데다 얼굴도 잘생긴, '인기 많은 친구'였다. 하지만 나는 아버지가 자신의 과거를 이야기하는 가운데에서 태생적으로 존재하는 듯한, 혼자인 것을 좋아하는 기질을 자주 발견할 수 있었다. 외롭진 않았느냐, 물으면 아버지는 전혀 이해되지 않는다는 듯 "왜?"라고 반문했다. 아아, 아버지. 그러면 나는 속으로 이런 생각을 지울 수가 없는 것이다. '저 피가 나한테도 흐르는구나.'

물론 독고다이계의 만렙인 아버지에 비하면 나는 아직 갈 길이 멀긴 하다. 그런 이유인지 좋아하는 사람들도 늘 그런 성향의 사람들이었다. 무대 위가 아닌 무대 뒤에서 은밀하게 존재할 것 같은 사람들. 지난 밤 미처 다 추스르지 못한 상념들이 뻗친 뒷머리에 묻은 사람들. 혹자는 문 밖과 문 안 사이에 어정쩡하게 선 듯한 내향적인 사람들에게 사교성과 대범함이 필요하다고 말할지 모른다. 어쩌면 이들 스스로도 좀 더 활기차고 밝게 바뀌길 바랄지 모르겠다. 하지만 나는 이들, 내향적인 사람들이 가진 묘한 비밀들에 끌린다. 말들이 홍수처럼 범람하는 시대에, 자기 자신을 '스타일'로 표현하는 게 당연해진 시대에 어떤 이들이 가진 이런 수줍음이 더 귀하게 느껴지기 때문이다.

근래 재미있는 기고글 한 편을 읽었다. 제목은 "내가 자소서에 회식이 싫다고 쓴 이유"이다.

자기소개서를 쓴다. '자신의 성격'을 적는 곳에 '조직에 적응을 잘하고 팀원들과 친하고 원만하게 잘 지냅니다'라고 쓰려다가, '아냐, 이건 내 성격이 아니잖아' 생각하면서 다시 수정한다. 내 성격은 극히 내성적이다. 그러니 날 쓰려면 쓰고, 말 거면 말아라. 결국 나의 자소서는 이렇게 수정되었다. '저는 새로운 환경에 적응하는 데 시간이 오래 걸리고 팀원들과 친해지는 데도 시간이 오래 걸립니다. 또한 사람이 많은 술자리 회식을 싫어하고, 집에서 혼자 에너지를 충전하여 그 에너지로 다음날 일

충남 태안군에 살고 있는 서유진 씨는 이런 사정을 말하면서 이 글을 쓰게 된 데에는 두 가지 이유가 있다고 밝힌다. 하나는 우리 사회에 엄연히 성격 차별이 존재하고 있음을 알리기 위해서였고, 다른 하나는 자신 같은 내성적인 사원들도 조직에 적응하려고 노력할 것이니 회사 사장이나 상사, 팀원들 역시 우리를 이해하고 배려해달라는 부탁을 하기 위해서였다. 마음고생이 무척 심했으리라 짐작된다. 특히 성격 차별이라는 말에 눈길이 간다. 글쓴이는 어렸을 때 성격을 활발하게 만들어준다는 캠프 광고를 봤던 기억을 떠올리며 내성적인 성격은 병이 아니고 성격의 한 유형일 뿐이라고 강조한다.

월스트리트의 한 변호사도 이런 편견에 대해 같은 고민을 했다. 이름은 수전 케인. 작은 가방을 들고 나오는 "내향적인 사람들의 힘The Power of Introvert"이라는 제목의 테드 강연을 통해서 엄청난 히트를 친 바로 그 주인공이다. 수전은 내향성을 둘러싼 우리 사회의 편견과 비하에 정면으로 물음표를 던지며 아주 '외향적으로' 이런 시선에 반박한다. 변호사인 그녀는 자신의 직업과 자신의 성격이 잘 어울리지 않는다고 생각했고 그러면서 외향적인 사람들을 선호하는 우리 사회에 대해, 또 자신의 내향성을 마치 큰 잘못처럼 늘 고치고 감추려 하는 동류들에 대해 의문을 가진다. 그렇게 칠여 년간 연구하고 공부하고 인터뷰하며 쓴 글이 모여 《콰이어트》라는 흥미로운 책이 되었다.

테드 강연 무대 위에 들고 온 작은 가방은 그녀가 아홉 살, 처음으로 여름캠프에 갈 때 가져간 가방이다. 그녀는 설레는 마음으로 캠프에 참가했다. 어린 수전은 또래의 여자친구들과 짝 맞춘 잠옷을 입고 오두막에 앉아 책을 읽는 모습을 기대하며 가방에 책을 가득 채워 갔다. 하지만 여름 캠프에서 그녀는 '캠프의 정신' 그러니까, 최선을 다해 소란스러워지자고 외치며 외향적이고 사교적인 사람이 되기 위해 노력하자는 가르침에 내몰린다. 책을 든 자신을 걱정스럽게 보는 강사의 시선을 마주한 이후, 그녀는 캠프 내내 책을 단 한 번도 꺼내지 않았다. 자신을 부르는 책의 목소리를 외면하며 그녀는 애써 가방을 열고 싶은 마음을 억눌러야 했다. 얘기를 마치며 수전은 이런 일화를 오십 개는 더 소개할 수 있다고 덧붙인다. 어쩐지 그녀가 그 일화들을 하나씩 풀어낸다면, 그중엔 내게도 꽤 낯익은 것들이 포함돼 있을 것만 같다.

예컨대 친구와 만나 한간공원을 거닐고 싶지만 맛집 탐방을 해야 하는 어떤 날, 정갈한 한식집에서 소소한 대화로 한 해를 마무리하고 싶지만 폭탄주를 말아야 하는 어떤 회식 자리, 낯선 이와 그저 둥그렇고 온화한 침묵 속에서 호감을 나누고 싶지만 자칫 불편해 할까 궁금하지도 않은 것들을 물어야 하는 어떤 만남…. 이런 순간들은 우리에게 능숙한 자기표현과 주눅 들지 않는 자신감 그리고 매력의 발산을 요구한다. 침묵보다는 달변을, 신중함보다는 도전정신을, 고요함보다는 역동성을 갖출 것.

유년기부터 우리는 이런 사회적 압력을 등에 지고 정상과 비정상, 우월과 열등 사이를 오간다. 때때로 부모들은 아이의 조용함을 걱정한다. 아이가 놀이터에서 낯선 친구들과 잘 어울리지 못하는 것을 우려한다. 우리가 생각하는 아이다움을 갖추지 못할 때 무언가 잘못된 것이 아닐까 근심한다. 그렇게 시작된다. 그럴 때 아이는 자신이 무언가 잘못되었음을 직감하는 것이다. 친밀한 어른이 원하는 밝고 건강하고 잘 뛰어다니는 아이가 되어야 한다고 느끼게 되는 것이다.

문화역사가 워런 서스먼은 현대의 특수한 환경을 과거 '인격의 문화'와 비교해 '성격의 문화'라고 말한다. 서스먼은 이를 이렇게 표현한 것으로 유명하다. "새로운 성격의 문화에서 가장 각광받는 역할은 연기자였다. 미국인은 너나 할 것 없이 '연기하는 사람'이 되어야 했다." 이렇게 우리는 어릴 때부터 나 자신을 비추는 다른 하나의 거울을 갖고 그것을 의식하며 연기자로 성장한다. 우리에겐 시간이 없다. 예전처럼 천천히 누군가를 알아가고 그의 세계를 마주하며 깊은 친교를 맺지 못한다. 우리는 상대의 첫인상, 옷 스타일과 눈빛, 말투를 통해 어떤 사람인지, 내 친구가 될 만한 사람인지 아닌지를 판단하는 시대를 살고 있다.

수전에 따르면 인구의 삼분의 일이 내향적인 사람이라고 한다. 너무 많아서 믿기 어려울지 모르겠다. 하지만 대개의 내향적인 사람들은 성장하며 성격 개조를 하기 때문에 원래의 기질을 감추고 있는 경우가 많다고 한다. 바로 그런 이유로 가짜 외향성을 보이는 사람들은 대체로 자기 감시에 뛰어나다. 하지만 자신을 통제하는 데는 분명 한계가 존재하는 법. 결국 내향적인 사람들이 어릴 때부터 죄책감을 강하게 느끼게 되는 이유이기도 하다.

어쨌건, 충남 태안의 서유진 씨의 말처럼 내향적인 사람들을 이해하는 일, 즉 지금까지 평가절하 되어온 그들의 특성, 그러니까 소심함, 답답함, 속을 알 수 없음 등으로 이름 붙여졌던 것을 신중함, 배려심, 물의 리더십 등으로 재평가해보는 작업이 대단히 중요한 일임에 나 역시 동의한다.

영국의 트레이시 크라우치는 외로움에 대하여 생각한다. 그녀는 매일 담배 열다섯 개비를 피우는 것만큼이나 정신적 고통이 심하다는 사회적 단절에 대해 고민하고, 이런 고통을 겪는 구백만 명에 이르는 영국인들을 떠올린다. 그녀는 새로운 직책을 맡게 되었는데, 바로 '외로움 장관minister for loneliness'이다. 위원회의 보고에 따르면 외로움을 호소하는 이들은 노인뿐만 아니라 청년들도 많았으며 어린이, 부모가 된 이들, 장애인, 난민 등 다양했다고 한다. 우리는 어떨까? 우리에게도 외로움 장관이 필요할까? 정부가 나서서 우리의 외로움을 처리해줘야 하는 시대가 되어버린 걸까?

결국 이 문제는 '홀로됨'을 감당하는 일과 관련되어 있다. 이것은 자기 자신과 잘 관계 맺는 것을 말한다. 물론 이를 위해서 우리는 조용히 나 자신을 만나는 시간을 필수적으로 가져야 한다. 세상에 공들이지 않고 거저 얻을 수 있는 게 어디 있겠는가? 나를 알아가는 것, 나를 잘 이해하는 것에도 시간과 노력이 필요하다. 하지만 우리는 나의 성적, 나의 직업, 나의 자산을 통해 내가 완성되는 것인 양 도리어 나의 '영혼'에는 무관심하다. 외향성의 시대는 이렇게 보이지 않지만 근원적인 것을 경쟁과 자기계발이라는 이름의 지우개로 지워버렸다.

그런 점에서 내향적인 사람들이 자기 안에서 안정감을 찾는 방법, 발산하지 않고도 즐거움을 누리는 방법을 배워볼 만하다. 아마 이렇게 자신과 관계 맺는 데 모두가 좀 더 능숙해진다면 외로움과 고독이라는 말도 다르게 정의될 것이다. '혼자'에 대한 우리 사회의 지독한 두려움에도 변화가 생길 것이다. 혼자잘 지낸다는 것은 고립되어 오래 버틸 수 있는 것을 말하지 않는다. 소중한 관계를 가꿀 줄 알고 자신의 회복 환경을 잘 파악하며 진정으로 자신이 원하는 것을 알고, 그곳으로 나아갈 수있는 용기를 가진다는 것을 말한다.

지금 연대라며 저기 저러고 있는 것은 다만 패거리짓기일 뿐이야. 사람들이 서로에게로 도피하고 있어. 서로가 두렵기 때문이야. 신사들은 신사들끼리, 노동자는 노동자들끼리, 학자는 학자들끼리! 그런데 그들은 왜 불안한 걸까? 자기 자신과 하나가 되지 못하기 때문에 불안한 거야. 그들은 한 번도 자신을 안적이 없기 때문에 불안한 거야. 그들은 모두가 그들의 삶의 법칙들이 이제는 맞지 않음을, 자기들은 낡은 목록에 따라 살고있음을 느끼는 거야.

_헤르만 헤세, 《데미안》

팟캐스트 〈혼밥생활자의 책장〉을 만들게 된 어느 날을 기억한다. 주말, 나는 거실에서 혼자 밥을 먹고 있었다. 아마도 늦은 점심이었던 것 같다. 밥을 먹다 문득 '아, 오늘 종일 아무 말도 안 했구나'라는 걸 깨달았다. 그러다 이런 이미지가 떠올랐다.

이 시간, 곳곳에서 혼자 젓가락질을 하는 모래알처럼 흩어진 사람들. 그들은 지금 어떤 생각을 하고 있을까? 무엇을 느끼고 있을까? 자유롭고 편안할 수도 있고 무기력한 수치심에 빠져 있을 수도 있다. 아무도 없는 방. 달그락거리는 밥그릇 소리만 나는 집에서 나는 좀 외로운 것 같다고 느꼈지만 어딘가에서 나처럼 주말을 보내고 있을 말 없는 혼밥생활자들의 뒤통수를 떠올리자 그들에게 인사를 건네고 싶어졌다. 그러니까 지금 괜찮은 거라고. 우리의 모습이 이상한 건 아니라고. 이 고요는 결핍이 아니라고. 나는 새까만 바다, 수평선 끝에서 작게 반짝이는 모스 부호를 떠올렸고 각자의 자리에서 그렇게 서로에게 안부 인사를 건넬 수 있기를, 문득 진심으로 바랐다. 야생의 한가운데에서 그렇게 잘 살아가 주는 것이 서로에게 건네는 가장 큰 위로이고 힘이라는 말과 함께 말이다.

조용한 가운데, 홀로 있는 가운데 나는 새로운 상상을 하고 무언가를 할 의지를 가지며 그렇게 천천히 항해를 준비했다. 그렇다. 혼자 있는 것은 정체되어 있는 것이 아니다. 조용히 있는 것은 심심한 것이 아니다. 발아하는 것이다. 공명하는 것이다. 그렇게 더 단단해지는 것이다.

당신도
무라카미 라디오를
듣나요?

—

〈생존 일기〉라는 라디오 프로그램을 구상한 적이 있다. 지금 생각하면 참 말도 안 되는 기획이지만 당시엔 이런 상상이 효모를 넣은 반죽처럼 부풀어 가는 것에 들뜨고 설레었다. 알다시피 라디오라는 매체는 그냥 말로 "여기는 우주입니다" 하면 그만이다. 무대 세팅이나 실제 같은 컴퓨터 그래픽 기술 따위 필요 없으니 돈 한 푼 없어도 상상은 현실이 된다.

〈생존 일기〉의 배경은 이렇다. 그리 머지않은 미래, 문명을 바벨탑처럼 쌓던 인간들은 결국 전 인류를 위험에 빠뜨리는 어떤 짓을 하고야 만다. (흔하디흔한 시작. 어차피 뻔한 거 뻔하게 좀비도 등장!) 인간들이 좀비가 되어 잡아먹고 잡아먹히며 인류는 한순간에 멸망의 갈림길에 선다. 이제 도시에서 '진짜' 사람을 만나기란 하늘의 별 따기다. 그런데 이런 와중에도 운 좋게 살아남는 인간들이 꼭 있으니 우리의 주인공도 그중 한 명이다. 이름도 붙이자. 내가 좋아하는 《슬램덩크》의 정대만을 따오기로 한다. 이제부터 정대만은 살아남기 위해 갖가지 방법을 동원한다. 매 에피소드는 그런 주인공의 고군분투 독백기다. 밤이 되면, 그는 동굴 같은 반지하 방에서 목소리로 일기를 쓴다. 청취자가 듣는 것은 내일을 기약할 수 없는 정대만이 하루를 되새기며 남기는 최후의 고백들이다.

그의 목소리만 나오면 심심할 테니 우르르 몰려다니는 방 밖 좀비 떼의 발소리라든지 들개들이 울부짖는 소리, 외롭고 서러워 자신의 휴대전화 속에 녹음된 오디오 파일들을 조심히 틀어보는 소리들이 간간이 섞이는 게 좋겠다. 청취자들은 밤이 되면 정대만과 함께한다. 그는 어떤 날엔 뭐든 해낼 것처럼 용기가 있다가도 어떤 날엔 중증 우울증 환자처럼 울먹인다. (주인공 역을 맡으려면 상당한 연기력을 가져야 했다. 이것 역시 방송을 만들지 못한 이유다. 애초 B급으로 가면 별 문제가 아니었을 텐데 어리석게도 난 정극을 원했다.)

이런 에피소드들이 열 개 안팎으로 이어진다. 하이라이트는 그다음이다. 대부분의 시설들이 폭파된 가운데 대만은 우연히 인터넷망을 사용할 수 있는 통신 시설에 접근할 수 있게 된다. 그는 다른 생존자를 만나기 위해 자신의 일기를 인터넷상에 올리기로 한다. 이때부터 그의 일기는 진짜 방송, 라디오가 된다. 대만은 자신이 있는 곳을 몇 가지 힌트로 알린다. 만약 좀비들이 방송을 듣는다 해도 인지능력이 없다면 결코 위치를 파악할 수 없을 그런 단서들로 말이다. 며칠 후, 그는 자신의 아지트인 반지하 방 창문에 꽂힌 메모지를 발견한다. 그곳에는 접선 장소와 시간이 적혀 있다.

이제 우리의 주인공, 불꽃남자 정대만 앞에는 어떤 운명이 기다리고 있을까? 쪽지를 남긴 것은 과연 누구인가? 그는 그 인물과 조우할 수 있을까? 쪽지를 발견하는 에피소드가 마지막 방송 바로 직전 에피소드다. 마지막 방송을 채울 대망의 반전 엔딩까지 구상했다. 물론 끝내 방송으로 만들어지지 못해 반전이고 뭐고 아무것도 선보일 순 없었지만 말이다.

그런데, 나는 왜 이런 이야기를 라디오로 하고 싶었던 것일까? 라디오 피디라는 직업 때문에? 라디오를 워낙 좋아해서? 글쎄…. 라디오를 엄청 듣던 때가 있긴 하다. 중학교 1학년 무렵이었나. 방학 때 육성시뮬레이션 '프린세스 메이커 2'를 하면서

MBC 라디오에 주파수를 맞춰놓고 아침부터 늦은 오후까지 주구장창 들었다. 그중 〈골든디스크〉를 가장 좋아했다. 또 〈가요톱10〉을 휩쓸던 가수들이 나오는 밤 열시경의 라디오 프로그램들도 즐겨들었다. 크리스마스 때에는 엽서에 그림까지 직접 그려 사연을 보내기도 했다. 그 시절을 더듬다 보니 흑역사 같아서 기억에서 지우려 한, 파편 한 조각도 불쑥 떠오른다. 마치 디제이처럼 연기를 하며 직접 쓴 라디오 대본을 읽고 있었는데 오빠가 방문을 열고 '미친 건가?'라는 시선으로 봤던 기억이…. 아아, 지우자. 지워. 지금 생각해도 콧물이 튀어나올 만큼 수치스럽다.

　하지만 그 카세트테이프 시절, 라디오와 관련한 추억 한 토막 없는 사람이 어딨을까? 나 역시 딱 그 정도였다. 하지만 지금의 나는 인류가 꺼져가는 마지막 불꽃을 지핀다면 그 연기는 라디오 전파를 타고 흐를 것이라 믿고 있다. 물론 실제로도 그럴 확률은 높다. 생존 배낭을 쌀 때도 필수로 들어가는 것이 라디오다. 재난으로 이동통신이 마비되는 상황에서도 방송 청취가 가능하기 때문이다. 만 원짜리 한 장으로 라디오를 사고 잔돈으로 건전지 두 개를 사서 끼우면 그만이다. 싸고 단순한 생존 필수품.

하지만 비유적으로도 그렇다. '마지막, 혼자, 사라지는'과 같은 단어들과 라디오는 절묘하게 잘 어울린다. 라디오의 운명이 그것과 비슷하기 때문이다. 이것의 미래는 그다지 희망적이지 않다. 시대와 뒤떨어진 매체가 된 지 오래고 방송국들도 예능, 드라마에는 투자해도 라디오에 들어가는 예산과 인력은 줄이는 게 추세다. 줄어들고 줄어들어서 결국 점처럼 작아질 것이다. 그렇게 명멸하며 겨우 낮은 숨만 붙어 있는 그런 것이 될지도 모른다. 그저 '라디오 같은' 사람들만이 라디오를 들을 것이다. 시대의 속도는 상관없다는 듯 그저 자기 자리를 지키는 사람들. 누군가 "초라하다" 말해도 "대수냐" 할 사람들. 말하자면 서브병(주인공이 아닌 속절없이 아련한 조연 캐릭터를 더 애정하는 병)을 유발할 것 같은 사람들. 그러니까, 지는 편에 설 줄 아는 사람들 말이다.

이런 라디오의 운명은 책의 운명과도 닮아 보인다. 금전적 가치를 찾을 수 없는 장삼이사의 이야기를 담아내는 이 둘은 바로 그런 이유로 인기가 없건만 바로 그런 이유로 대단히 가치 있다. 이것들은 마치 자신이 무엇을 위해 이 세상에 존재하는지를 알고 있는 초연한 고수들 같다.

지난여름, 무라카미 하루키의 목소리가 라디오 전파를 탔다. 일일 라디오 디제이가 되어 도쿄FM이 기획한 "무라카미 라디오村上RADIO – 런앤송run&song"을 진행한 것이다. 텔레비전 출연도 한 번 하지 않은 그가 직접 방송에 나와서 이야기를 했으니 화제가 될 수밖에 없었다. 심지어 NHK에서는 라디오 뉴스에서까지 이 소식을 다뤘고 일부 팬들은 북카페에 모여 (북카페 이름은 자그마치 '6차원'이다) 이 방송을 함께 듣기도 했다. 방송은 자신이 달리기를 하며 듣는 곡들을 소개하고 중간 중간 사담을 하는 방식으로 진행되었다. 방송을 끝내며 하루키는 이런 말을 했다.

무라카미 라디오, 어떠셨습니까? 저는 의외로, 라고 할까, 꽤 즐거웠습니다. 질문도 많이 해 주셔서 감사했습니다. 마지막으로, 제가 좋아하는 한마디를 하나 인용할까 합니다.

슬라이 앤 더 패밀리 스톤의 슬라이 스톤이 이런 말을 했습니다. "나는 모두를 위해 음악을 만들지. 누구라도, 설령 그게 바보라도 알 수 있는 음악을 만들고 싶어. 그렇게 하면 누구도 더는 바보는 되지 않을 테니." 좋은 말이네요. 저는 굉장히 좋아합니다. 그럼 오늘은 여기까지. 또 언젠가 뵐 날이 있으면 좋겠네요. 안녕히.

문득 라디오 스튜디오에서 혼자 마이크 앞에 앉은 무라카미 하루키를 떠올려본다. 그의 눈앞에는 단 몇 명의 라디오 제작진만이 있겠지만 전국의 청취자들은 침대 위에서, 버스 안에서, 카페에서, 산책 중에 하루키의 목소리를 듣고 말의 가벼움과 무거움을 느끼며 그와 교감했을 것이다. 저마다 다른 곳에 있지만 같은 햇빛을 받듯, 친밀하고 아늑하게 하나의 목소리로 연결된 채 말이다. 그들은 하루키가 마지막에 인용한 슬라이 스톤의 말을 들으며 어떤 생각을 했을까? 자신을 바보로 만들지 않아 줘서 다행이라고 생각했을까?

사실 작가 무라카미 하루키에게 라디오 진행은 그리 낯설지 않았을 거라 짐작해본다. 이야기를 들려주는 것은 작가가 늘 하는 일 아니던가. 아주 작은 것을 맨손으로 소중하게 다듬어 한 인간이 상상을 통해 누릴 수 있는 최대의 모험을 할 수 있게 한다. 아무것도 아닌 것이 문득 소중하고 감사한 것이 되기도 한다. 오직 이 느리고 비생산적인 일에 동참하는 이들만이 맛볼 수 있는 게으른 기쁨이다.

여기, 정대만보다 더 극단적인 최후에 선 인물이 있다. 김애란의 소설 《바깥은 여름》 중 〈침묵의 미래〉의 등장인물, 후두암에 걸린 노인이다. 소설의 주인공은 노인이 사용하는 '언어'이다. 주인공인 '언어'를 사용하는 지구상의 유일한 존재인 노인은 소수언어박물관에 전시되어 있다. 중앙에 의해 통제받는 이 박물관에는 천여 명의 화자들이 있다. 이들은 각자 자기네 부족의 언어를 사용하는 마지막 인물들이다. 그래서 이들은 대부분 혼자다. 그들은 자신의 현실을 받아들이는 데 일평생의 시간을 쓴다. 내가 마지막이라는 것을, 전시된 채 살아야 한다는 것을 받아들이며 이 사실이 영원히 달라지지 않는다는 것을 납득하기 위해 하루 대부분의 시간을 쓴다.

이들이 하는 일은 우리의 예상과 다르지 않다. 온종일 전시관을 지키고 있다가 관람객이 오면 벌떡 일어나 "안녕하세요. 오늘 날씨 좋군요!"라거나 "땅의 정령이 여러분의 방문을 허한다" 같은 말을 할 뿐이다. 이들이 하는 말이라곤 저런 것이 전부라 누구와 대화를 나눌 수도 없다. 어느 추운 지방에서는 입김 모양도 단어 노릇을 한다고 하지 않던가. 그토록 섬세하고 아름답고 풍부한 언어가 있음에도 이들은 고작 저런 말들만을 허공에 내뱉으며 구경거리가 된다.

그래서 이곳 화자들은 "말을 향한, 말에 대한 지독한 향수병으로 아주 밋밋하고 순한 단어 앞에서 휘청거렸다. '천도복숭아'라는 말에 울고, '종려나무'라고 말한 뒤 가슴이 미어지는 걸 느끼며 '곤지 곤지'라는 단어에 목울대가 뜨거워지는 이가 있는가 하면, '연두'나 '뽀뽀'라는 낱말 앞에서 심호흡한 이도 있었다"(김애란,《바깥은 여름》).

이 소설은 살아 있는 존재가 느낄 수 있는 너무나 지독한 감정을 담는다. 상상만 해도 얼마나 고독하고 서러운가! 그토록 많은 이들이 한 공간 안에 모여 끝없이 혼자가 된다는 것이. 죽음의 순간에 그들이 바란 것은 자신의 말을 듣고 누군가 "응", "그래" 같은 아무것도 아닌 한마디라도 답해주는 것이었다. 내 말을 알아듣고 내게 답해주는 누군가, 그 누군가의 한마디를 평생 기다리고 기다리는 것이다.

누군가의 목소리를 듣고 누군가의 말을 이해하고 그에 답하는 행위에 대해서 생각한다. 그러다 보면 때론 나 역시 누군가에게 읽히길 원하는 활자라는 생각이 든다. 누군가에 의해 소리 내어 불려지길 원하고, 해독되길 기다리는 존재라고 말이다. 나의 스토리를, 나의 존재를 누군가 잘 읽어주길 기다리는 낱말이자 문장이라고 말이다. 그래서 소설 속 노인이 "말을 안 해도 외롭고, 말을 하면 더 외로운 나날들"을 사는 것에 덩달아 아프다. 누군가에게 단 한 번 읽히지 못한 활자로 영영 혼자 남겨지는 것이다. 이해받지 못하는 존재, 영원히 누구도 풀지 못한 암호로 남는 것이다. 그래서 그는 "시끄럽고 쓸데없는 말, 유혹하고, 속이고, 농담하고, 화내고, 다독이고, 비난하고, 변명하고, 호소하는 그런 말들"을 지독하게 그리워한다.

　이런 이유 때문일까. 작고 평범하고 보이지 않는 이들을 기록하고 거론하는 매체들에 자꾸 애정이 가는 것은. 보이지 않는 곳에 어떤 세계가 있다. 그 세계 안에 누군가 최선을 다해 살아가고 있다. 그는 좋은 일이 있으면 사람들에게 축하받고 싶다. 그리고 힘든 일이 있으면 사람들에게 위로받고 싶고 공감받고 싶다.

　그렇게 보이지 않지만 존재하는 것들이 있다는 것을 배우게 된다. 보이지 않지만 존재하는 사람들이 있다는 당연한 진실이 내 안에 스며든다. 그 끝에 비로소 깨닫는 것은 내가 어떤 존재가 되어야 하는가이다. 나는 누군가가 제대로 읽어주길 바라는 활자이자 동시에 누군가를 읽어내야 할 독자이다. 섬세한 독서가가 되어야 한다. 상상할 줄 아는 청취자가 되어야 한다. 그럼으로써 나는 서서히 '접속사'가 되어간다.

살고 싶은 내일을
오늘 산다는 것

―

　꽤 많은 사람들과 이런 이야기를 한다. "혼자 사는 사람들이 미래를 위해 반드시 준비할 게 무엇일까?" 사실 내가 제일 취약한 것이 노후 대비다. 재테크는커녕 내가 든 실손보험 내용도 모른다. 부끄럽게도 정확히 내 월급이 얼마인지도 잘 모른다. 핑계를 대자면 기본급, 상여금, 주휴수당 등이 얽히고설킨 한국의 복잡한 임금 체제로 매달 월급이 다르기 때문이라고 하겠지만…. 사실은 그렇다. 내가 그냥 이런 데 게으르기 때문이다. 그런 내게 "혼밥생활자들이 미래를 위해 무엇을 준비하면 될까?"라는 질문은 참으로 답하기 어려운 것이다.

　혼자 살아가기 위해 필요한 것이 무엇인지 대부분의 사람들은 누가 가르쳐주지 않아도 이미 알고 있다고 생각한다. 그런데도 '혼자 늙어 병들면 나는 어떻게 될까? 나는 어떤 죽음을 맞게될까?'에 대한 두려움과 걱정은 한 살 한 살 나이 듦에 따라 (때로는 아주 구체적으로) 다가온다. 그렇다고 해서 이미 다 아는 대처법에 대한 글을 쓰기엔 민망하다. 그저 한 가지 첨언하고 싶은 것은 있긴 하다. 자신의 '혼자 살고 있음'이라는 조건에 너무 얽매이지 말자는 거다.

혼자라는 것, 가족을 이루며 함께 산다는 것. 이 자체는 아무것도 보장해주지 않는다. 그러니까 ' ○○하면 행복할 것' 혹은 ' ○○하면 서러울 것'이라는 관념은 많은 허위 위에 세워진 환상에 가깝다. '혼자라면 자신을 더 사랑하고 아낄 것' 혹은 '결혼하면 안정될 것'이라는 생각도 그러하다. 첫 단추를 잘못 꿴 이상한 조건문이라는 것이다. 자신의 결과는 그 조건이 자신이기 때문에 일어날 확률이 더 높다. 당신이 그런 사람이라서 그런 결과가 일어날 확률이 더 큰 것이지, 혼자라서 혹은 함께라서란 부차적인 요인이다. 그러니 '혼자 살다 보니 밥을 제때 못 챙겨 먹어'라고 생각한다면 '나라는 사람은 밥을 제때 안 챙겨 먹어'로, '혼자 살다 보니 심심해서 계속 게임만 하게 돼'라고 생각한다면 '나라는 사람은 심심하면 계속 게임만 해'라고 바꿔 생각해볼 문제다.

그래서 애초의 질문, "혼자 사는 사람들이 미래를 위해 꼭 준비할 게 무엇인가?"라는 질문도 두 가지 부분을 바꾸고 싶다. 앞서 말했듯 '혼자'라는 단어를 먼저 수정해본다 "사람이 살아 가면서 미래를 위해 꼭 준비할 게 무엇인가?" 정도가 좋겠다. 다음은 '준비'라는 단어다. 물론 준비하는 것, 대비하는 것은 중요하다. 하지만 여행을 출발하기도 전에 가방 싸는 데 진을 뺄 필요는 없을 터. 그러니 '내가 뭘 준비해야 되지? 이것도 있어야 할 것 같고 저것도 있어야 할 것 같고…' 하는 걱정을 하는 것이 아니라 그 미래를 지금, 현재로 가져와 살아내는 것을 하면 된다고 말하고 싶다. 내가 꿈꾸는 내 미래의 모습을 지금 구현하기 위해 노력하는 것이야말로 최선의 노후 대비다.

이런 책들은 꽤 명랑해서 좋다. 앞서의 질문에도 답이 된다. 가노코 히로후미의 《정신은 좀 없습니다만 품위까지 잃은 건 아니랍니다》와 같은 책이다.

책의 저자는 노인요양시설 '요리아이'의 두 간병인에게 부탁을 받고 그곳의 이야기를 담는 잡지 〈요레요레ㅊㄴㅊㄴ〉를 만들게 된다. 한국어로 '비틀비틀'이라는 뜻인데 노인요양시설에 기웃거리고 어슬렁거리는 노인들의 모습을 뜻한다. 편집자로 일을 하다 백수가 된 지 오래. 집에서 전자기타를 사 모으며 바깥

양반인 부인의 눈치를 보며 지내던 저자 가노코 히로후미에게 들어온 부탁이었다. 그는 "간병세계나 치매세계를 다루기 때문에 더욱 유쾌하고 통쾌하게" 그러니까 멋지고 신나는 잡지를 만들어보겠다고 마음먹는다. 이 정도 패기라면 전자기타를 하나쯤 더 사더라도 용서해주고 싶어진다.

다행인지 불행인지 요리아이에는 재미있는 이야깃거리가 넘쳐나는데, 가히 "엉망진창, 뒤죽박죽인 에피소드들이 가득한 탄약고"라 할만하다. 그리하여 저자는 이곳이 만들어진 계기부터, 만드는 과정에서 벌어졌던 우여곡절을 유쾌하고 흡입력 있는 문장으로 풀어간다. 간단히 말하자면 아무것도 가진 것 없는 이들이 돈을 모으고, 주민들의 동의를 얻고, 결국 소독약이 아닌 나무 냄새가 나고 대충 만든 듯한 기분 나쁜 음식이 아닌 갓 지은 밥과 따뜻한 된장찌개가 나오는 노인요양시설을 만들어 그곳을 운영해가는 이야기이다. 솔직히 이 책은 정말 재미있다. 인물에 대한 생생한 묘사부터 투덜대면서도 어느새 간병인이 되어 가는 '바보천치' 저자의 중얼거림마저도 웃기다. 무엇보다 이들이 만들어내는 서툰 감동 그 자체가 읽는 이로 하여금 웃게 한다.

이 책은 사회학자 노명우, 소설가 박상영과 함께 팟캐스트에서 다루었다. 책에 대한 이야기만큼이나 각자의 경험과 생각들이 흥미로웠다. 노명우 교수는 자신의 아버지가 치매에 걸려 그를 시설에 맡겨야 했던 경험에 대해 말했다. 오래 고민했지만 어머니는 끝내 결정하지 못했고 결국 아들인 자신이 눈이 내리던 날 아버지를 시설에 모셨다는 것, 적응을 이유로 입소 후 한참 동안 아버지를 만날 수 없었고 마침내 재회했을 때 머리가 깎이고 환자복을 입고 있는 아버지는 그전에 알던 그가 아니었다는 것. 그간의 일들을 들으며 함께 이야기를 나누던 우리도 눈시울이 붉어졌다. 그중 아버지가 치매 환자로 판정되기 시작하면서부터 그를 둘러싼 모든 판단이 의사의 진단에 의해 이루어졌다는 얘기는 다른 의미로 인상적이었다. 어떤 다름은 질병이 된다. 그것을 가진 인간은 이제 진단되어야 할 병리학적 대상이 된다. 인간으로서의 '격'이 지워지고 그 자리에 치유되어야 할, 혹은 격리되어야 할 병의 이름만이 남는다. 그의 이름은 지워지고 그는 그저 치매 환자가 된다.

박상영 작가는 밤늦게 글을 쓰다 산책을 나가면 만나게 되는 이웃들에 대해 말했다. 진동휠체어를 탄 장애인들, 다리를 저는 사람들. 그들은 환한 대낮에는 어딘가 보이지 않게 존재하다가 어둠이 허락한 틈에만 비로소 작은 자유를 누린다. 엄연히 존재하지만 우리 눈에 보이지 않는 사람들이다. 바로 이 '보

이지 않음'이 우리로 하여금 더 많은 두려움과 공포를 만들어낸
다. 과거부터 지금까지 어느 곳에나 심신이 미약한 사람, 정신
이 오락가락하는 사람, 절룩이는 사람, 홀로 아픈 사람들이 있
었다. 과거에 그들은 우리와 함께 존재했다. 우리는 그들에 대
해 알았고 내가 그런 상황이 되어도 이웃으로서 내가 살던 동네
에서 그대로 살 수 있으리라 의심하지 않았다. 하지만 이제 그
들은 청결과 안전이라는 질서의 이름으로 시설에 격리되었고
우리 눈앞에서 지워졌다. 한 번 시설 안으로 들어가면 모든 것
은 끝이다. 사회관계 밖으로 밀려나 다시는 온전한 자신으로 살
수 없다. 그래서 두렵다. 내가 아프고 병들면 그렇게 사회적 인
간으로서의 '나'가 완전히 사라지는 것이 현재 우리 사회임을
알기 때문이다.

요리아이는 바로 이런 폐쇄성과 구별 짓기에 반기를 든다.
시설에서조차 수용하길 거부하는 '객사할 각오'를 가진 (하지만
곤경에 빠진) 노인 오바 노부요 씨가 있었고 그녀가 살 수 있는
곳을 만들어야겠다는 것이 작은 출발이었다. "할머니 한 분도
보살필 수 없다니 그게 무슨 복지예요!"라고 외치며 치매에 걸
려도 사람다운 생활이 가능한 공간이 있어야 한다고 외친다.
어느새 이런 공간을 만들고 지키기 위해 동네 사람들이 자

신의 몫을 한다. 시설 부지비를 마련하기 위해 다들 필사적이 되어 직접 만든 잼을 가져와 바자회에서 팔고, 자신의 가게 앞에 모금함을 둘 수 있게 하며 81세 할아버지 시인이 방금 무대 뒤에서 쓴 즉흥시를 (연세가 연세인 만큼 이번이 마지막 기회가 될지도 모른다나 어쨌다나) 경매하기도 한다. 특히 이들이 벌이를 위해 낡은 저택 일 층을 개조해 문을 연 카페의 풍경은 무척이나 흐뭇하다. 노인도, 청년도, 주부도, 고양이도 그곳에선 그저 스펀지에 물이 스며들 듯이 서로에게 자연스레 동화되어 함께였다.

치매 노인. 이것은 우리가 떠올리는 불행한 노후의 한 모델이다. 신경숙의 《엄마를 부탁해》 같은 책을 읽으며 누가 치매에 대해 가벼이 말할 수 있겠는가? 치매 노인은 언제나 한 가족의 비극을 대변하는 존재로 대중 매체 속에 등장해왔다. 사실 혼자 늙어갈 것을 두려워하는 혼밥생활자들에게 치매 걸린 노인과 고독사할 것 같은 노인은 이음동의어에 불과한, 종이 한 장 차이일 것이다. 그런 의미에서 이 책 속 인물들이 요리아이를 만들기 위해 벌이는 사투 그리고 그것을 결국 이뤄내고 만 결실은 우리에게 많은 것을 말해준다. 요리아이 같은 곳이 있다면 혼자 늙는 것이 그렇게 두렵지만은 않을 것 같기 때문이다.

요양시설 건립을 위한 주민설명회는 총 아홉 번에 걸쳐 열린다. 그곳에서 창립멤버 무라세 다카오 씨는 요리아이에 대해 이렇게 설명한다. 핵심은 '안심할 수 있는 이웃을 계속 만날 수 있는 것'이다. 요리아이가 세워지면 지금 주민들은 요리아이에 사는 노인들을 돕기 위해 시설을 오갈 것이다. 하지만 봉사하던 이들도 늙고 결국 노인이 된다. 이번엔 이들이 요리아이의 노인 멤버가 된다. 요리아이의 모든 것이 그에겐 이미 익숙하다. 잘 알고 있는 얼굴이 있고 잘 아는 장소에서 계속 살아갈 수 있다. 이것이 요리아이가 필요한 이유였다. 서로가 서로의 안전망이 되어주는 것이다. 설명회에 참가한 주민은 연인원 248명. 요양시설 건립을 반대하는 사람은 단 한 명도 없었다.

　　늙는다는 것은 피할 수 없는 일이다. 하지만 많은 사람들이 두려워하는 것은 그 끝에 놓인 죽음보다 '품위까지 잃으며 내가 통제할 수 없는 내 모습으로' 연명하는 삶이다. 그렇기 때문에 안심할 수 있는 곳에서 인간다움을 지키며 살고 싶다는 마음, 홀로 병들어도 품위를 지키며 살고 싶다는 마음에 답하는 요리아이는 귀한 도전이고 성취다. 그럼 이제 다음 질문. 그렇다면 요리아이를 만들어낸 이들은 어떤 사람들인가? 어떤 이들이 이렇게 우리가 꿈꾸는 미래를 현재에 가능하도록 한 건가?

이들은 이런 사람들에게 대항할 줄 아는 사람들이다. 치매에 걸린 사람을 거치적거리는 사람들로, 쓸모없는 밥도둑으로, 사회와 국가를 위해서 눈에 보이지 않는 곳으로 사라져야 할 존재로 취급하는 사람들에게 "어이, 잠깐만. 그런 말은 잘못된 거잖아"라고 말할 줄 아는 사람들이다. 그런 생각을 입 밖에 내뱉어대는 사람들은 결국 치매에 걸리지 않았어도 어딘가 결핍된 사람들에게 똑같은 말을 하며 "한심하니 치워버려"라고 말하리란 것을 아는 사람들이다. 눈앞에 잘못된 상황이 있을 때 그것을 바꿔보려고 노력하는 사람들. 요리아이의 시작은 대소변과 오물 속에서 살면서도 의연하게 혼자 생활하던 오바 노부요 할머니와의 만남이었음을 기억할 필요가 있다. 창립멤버 시모무라 에미코 씨는 오바 할머니를 "객사할 각오를 하고 끝까지 자기다운 삶을 사신 분"이라고 말하며 그녀의 모습에 감명을 받고 그분의 생활을 지원하겠다는 생각에 이 일을 시작하게 되었다고 말한다. "저렇게 사느니 죽는 게 낫지"라고 하지 않고 그거친 하루마저도 오바 씨에게는 소중하게 지키고 싶은 하루임을 알고 있었던 것이다. 이런 사람들이 더 많이 늘어나는 것이 혼밥생활자들을 포함해 우리 모두의 미래를 위해 정말 필요한 것 아닐까? (정부가 뭐하고 있는지에 대해서는 긴 말 하지 않겠다.)

《운을 읽는 변호사》를 쓴 니시나카 쓰토무 변호사는 한 인터뷰에서 "나의 운은 남의 운과 연결되어 있다"고 말했다. 타인들의 '운 좋은 삶'을 위해 노력하는 것이 내가 운 좋은 삶을 살 확률을 높인다는 뜻이리라. 건강하게 품위를 지키며 친밀한 타인들과 함께 노후를 맞는 운 좋은 삶을 위해 무언가를 실천하는 것이 결국 지금 우리가 미래를 위해 할 수 있는 일이다. 그래서 우리는 이런 외침을 외면하지 않아야 한다.

장애인 활동가 박경석 씨가 외친 "나 박경석, 개가 아니라 인간이다" 같은 말. 사회보장기본법 개정안 통과를 외치며 휠체어를 탄 몸으로 "나는 게으름뱅이도 거지도 아닙니다. 내 이름은 최영은입니다"라고 외치는 말. 아현2구역 철거민 박준경 씨가 결국 한강에서 투신하고 유서에 남긴 이런 말. "추운 겨울에 씻지도 먹지도 자지도 못 하며 갈 곳도 없습니다. 내일이 오는 것이 두려워 자살을 선택합니다."

지금 내가 이런 말에 답한다면, 내가 이런 말을 외칠 때 분명 누군가가 답해줄 것이다. 나의 운 좋은 미래는 함께 살아가는 타인들의 "아, 참 다행이다"라는 안도를 통해 보증되는 것이다.

3장

유쾌한 혼밥생활자의 책장

친애하는
당신에게

—

　가만히 누워서 천장을 본다. 그리고 정체를 알 수 없는 어떤 사람들을 떠올린다.

　'변태가 아니고서야…'

　내가 그들을 대하듯 그들도 나를 이렇게 대할 것을 생각하면 적절한 균형감에 마음이 좀 편안해진다. 격렬하게 파도가 치는 바다나 뜨겁게 흔들리는 화산이 아니라 고요한 가운데 흐르는 호수, 주위의 소리를 잠재우며 내리는 초봄의 눈 같은 그런 정동 안에서 나와 그들이 공존하고 있다는 생각을 한다. 이 글은 〈혼밥〉을 듣는 수줍은 변태들, 늠름한 늑대들, 야밤의 거미들에게 보내는 짧은 인사다. 힘을 빼고 가볍게 건네는 악수다. 그러니까, 안녕하냐고 묻는 첫인사다.

당신은 어떻게 이곳에 흘러왔을까? 아무런 연고도 없고 어떤 이정표도 없는 이곳으로. 당신이 도착했다는 소식이 들렸을 때 나는 조금 설레기도 했지만 그보다 더 많이 의아했다. 어색한 눈인사, 뒤따르는 망설임, 잠깐의 침묵, 그리고 펼쳐 든 어떤 책. 나는 당신이 벗어둔 낡은 신발을 보고 지금까지의 여정에 대해 묻고 싶었다. 하지만 우리는 서로에게 이방인이었기에 조금 지친 당신을 위해 나는 나의 이야기를 먼저 시작하기로 한다. 아무런 두서도 없고 목적도 없는 이야기. 하지만 결국엔 이 이야기가 어딘가에 가닿기를 바라는 마음이다.

예전에 친구와 함께 몽골 여행을 간 적이 있다. 몽골 사람들은 한국을 '솔롱고스Solongos'라고 부르는데 이 단어는 무지개라는 뜻이다. 무지개가 뜨는 나라, 한국. 이렇게 좋은 단어를 붙여주니 왠지 한국인들의 그다지 아름답지 않은 (심지어 분노를 자아내는) 행태들이 머릿속을 스쳐 지나가며 약간 멋쩍고 부끄러워진다. 어찌 됐건 사람 복이 많은 지인에게 현지인 친구가 있었고 그 덕분에 우리는 몽골 하르허링 초원의 게르에서 나흘간

지낼 수 있었다.

　내 친구의 친구에게는 게르에 살고 있는 친척이 있었다. 출발하기 전, 우리는 친척분들에게 우리가 가서 지내도 되는지 허락을 구했느냐고 물었는데 그는 당연히 아니라고 하면서 신나게 차를 몰았다. 시내에서 과자와 먹을거리를 선물로 장만하고 도로교통법과 신호체계 따윈 없는 광활한 초원을 내달렸다. 계절마다 집을 옮기는 친척네 게르를 어떻게 찾아가는 걸까 의아했는데 정답은 두세 차례 헛다리를 짚는다는 것이었다. 몹시 인간적이게도 애꿎은 남의 게르에 들러 멋쩍게 나오기를 몇 차례, 제대로 가는지 우회하고 있는지도 모를 길을 몇 시간 달려 마침내 우리는 두 부부와 다섯 명의 아이, 두 마리의 개와 많은 소, 염소, 양이 살고 있는 그들의 터에 도착했다.

　일이 터진 것은 둘째 날 오후였다. 그날 우리는 남의 게르에 밑도 끝도 없이 놀러 가서 엉덩이를 비비며 앉아 있기도 하고 야트막한 언덕을 오르며 괜한 낭만에 빠지기도 하며 시간을 보냈다. 귀한 거라고 말젖을 주기도 해서 "오 이것이"라며 홀라당 마셨다. 그러고는 다시 숙소로 가 아이들과 공놀이를 하면서 놀고 있었다. 그런데 갑자기 우르르 쾅쾅. 눈앞이 노래지기 시작하더니 배가 미친 듯이 아파왔다. 장에서 보내는 최대 출력치의 긴급 신호였다. 다들 알 것이다. 그 고통을. 몸이 스크류바처럼 비비 꼬이는 그 난감함을. (그 가운데 뭔지 모를 쾌감!) 알고 보니 우리가 마신 그 말젖이 재앙의 진원지였다. 처음 마시는 사람의 팔할은 설사병에 걸린다는 그것! 그냥 좋은 건가 보다 하고 그것을 날름 받아 마실 때 어쩐지 그 녀석의 얼굴에 묘한 미소가 번지더라니. 애써 태연한 척 참아보려 했지만 몇 번 지구가 거꾸로 뒤집어지는 혼미함이 느껴졌고 체면이고 뭐고 내다 버리게 되는 순간이 왔다. 어쨌든 그곳엔 화장실이 없기 때문에 공놀이를 하다 말고 두리번거리며 작은 언덕 주위로 발을 옮겼다. 아픈 배를 쥐고 쪼그려 앉은 나는 한가롭게 튀어 오르는 공의 포물선을 보았고 삶의 비극에 대하여, 운명의 잔인한 주사위 놀이에 대하여, 인간의 자유의지에 대하여… 그러니까 나의 상황을 설명해줄 온갖 것들에 대하여 생각을 하였다. 그런 나를 소와 염소, 양이 주위에서 멀뚱히 쳐다보았다. 한 마리당 두 쌍씩. 매우 많은 눈이 나를 바라보고 있었는데 나는 얼굴을 떼어내서 내가 아닌 척하고 싶은 왠지 모를 굴욕감을 느끼기도 했다.

하지만 배가 조금씩 가벼워지면서 나는 점차 묘한 해방감에 도취되었다. 뭐지, 이 자유로움은? 뭐지, 이 뛸 듯한 충만감은? 사실 변기란 놈은 몹시 이상한 물건인데 자신의 흔적을 마치 남의 것인 양 바라보게 만들고 당연히 감당해야 할 뒤처리의 수고로움조차도 그저 레버 한 번 누르면 아무것도 없던 일로 만든다. 그렇게 너무나 간단하고 손쉽게 청결이 회복된다는 점에서 우리는 변기의 해악에 대해서도 한 번쯤은 생각해보아야 한다. 그날 내가 남긴 것은 몹시 큰 자아…였다. 그런데 뭐랄까. '아 이것이 나구나'라는 (아니 너무 더러운가 이거) 이상한 느낌과 함께 무엇으로도 덮어버리고 치워버릴 수 없는 이 당당한 존재의 증거를 바라보게 되었다.

나는 내 안에 그런 것이 있는지 몰랐다. 그러니 가끔은 이런 것을 마주해야 한다. 나를, 나의 원초적인 흔적을, 그리고 내가 그것을 감당해야 함을 말이다. 몽골의 초원이 나에게 알려준 중요한 진실이었다. (근래 고양이 모래를 변기에 버리다가 너무 양이 많아서 변기가 막힌 적이 있다. 그런데 뚫어뻥을 아무리 해도 변기가 안 뚫리는 것이다! 근데 또 갑자기 배가… 그 이후의 이야기마저 적었다간 읽는 사람들이 종이에서 구린내가 난다고 할 것 같으니 참도록 하겠다.)

우리도 배가 아픈 것 같았다. 아다마와 나는 콘크리트 바닥에 앉아 오른손으로는 입을 막고, 왼손으로는 배를 잡고 경련하듯

이 웃었다. 긴장은 웃음을 유발한다. 웃어서는 안 될 때, 더욱더 웃음이 나오는 것은 무엇 때문일까? 똥, 이라는 그 말의 울림이 가슴 깊은 곳에서 웃음을 폭발시켜 목으로 솟구쳐 오르게 하는 것이다. 눈을 감고 지금까지 보았던 가장 슬픈 장면을 떠올리려 애를 썼다. … 그래도 웃음은 멈추지 않았다.

_무라카미 류, 《69》

나는 물을 끓여 차를 준비하고 다과용 간식도 작은 접시에 담아 우리 사이에 내어놓는다. 당신의 여독을 풀어주기 위해 꺼낸 이야기에 당신은 화장실이 가고 싶어진 것 같기도 하고 그냥 여길 나가고 싶어진 것 같기도 하다. 잠깐 다시 침묵. 사실 나는 당신과 나누고 싶은 이야기가 여전히 좀 더 남아 있다. 괜찮다면 그것을 좀 더 해도 될는지?

당신은 불에 대해서 알고 있는가? 사실 나는 이것을 물으려고 했다. 우리에게 앞으로 더 시간이 주어진다면 나는 당신과 다시 불의 시대로 돌아가고 싶다는 이야기. 사실 나는 이상주의자다. 아니, 어쩌면 아니다. 나는 아주 오래 언어의 힘을 의심하지 않았고 논리와 합리성을 추종했다. 나는 세계를 0과 1로 설명할 수 있다는 문명의 이기를 발판 삼아 자라났고, 글로벌이니 지구

촌이니 하는 것을 흔히 듣고 체감하며 어른이 됐다. 토론, 경쟁, 진보. 인류가 이룩한 위대한 성취들이 한 입 베어 문 사과의 모양으로 우리 삶 곳곳을 채웠다. 사람들은 자주 '남보다 더 높은 곳에 올라가는 성공'을 말했다. 나는 손가락 하나만으로 세상의 편의를 누린다. 타인을 구경하기 좋은 평화로운 일상이다.

그렇지만 내 마음 한켠에는 한 번도 맡아보지 못한 야생의 냄새를 그리워하는 웅크린 동물이 있다. 그 존재는 이제 많이 작아졌다. 실루엣만이 흐리게 흔들린다. 길들여지지 않은 호기심과 힘껏 내달리던 명랑함과 얼굴의 모든 근육을 이용해 웃곤 하던 사랑스러운 것들이 이젠 대부분 사라졌다. 불 꺼진 모닥불과 그 주위에 떨어진 음식 부스러기를 통해서 그 존재가 여기에 머물렀음을 알 수 있을 뿐이다. "하지만 영영 가버린 것은 아니겠지. 아직 이 주위 어딘가에서 배회하고 있겠지. 나는 다시 그것을 만날 수 있겠지." 허공을 향해 나는 중얼거린다.

인생 역시 처음에는 수많은 가능성을 가지고 출발하지만 퇴보를 멈출 수 없는 존재의 한계 속에서 천천히 삶의 신비로움을 잃고 불꽃을 하나하나씩 꺼트린다. 인간의 삶 역시 결국에는 아무런 비밀도 없고 무의미한 이야기로 남는다. 하지만 어느 날, 잠시나마 삶의 신비를 되찾고 실망을 단숨에 씻어버릴 수 있는 순간이 도래할지 모른다. 그 순간이 다가오면 이제 잃었던 신비로움은 정말 돌이킬 수 없이 신비로운 것으로, 절대적으로 사용 불가능한 것으로 드러난다.

_조르조 아감벤, 《불과 글》

조르조 아감벤은 시간이 흐름에 따라 인류는 점점 신비의 근원으로부터 멀어졌고 그 자리에 글과 이야기가 자리 잡게 되었음을 말한다. 혹자는 이것으로 "충분하다"고 말하지만 아감벤은 단테의 입을 빌려 반박한다. "예술가는 예술의 옷을 입었지만 떨리는 손을 가졌다."

떨리는 손. 바로 이 떨리는 손으로 사람들은 숲속에서 기도하며 불을 지피곤 했다. 저마다 자신들이 가진 영혼의 도구를 들고 그들은 삶의 의미를 찾아 나섰다. 바보 같은 이야기라는 것을 알고 있지만 나는 사람들에게 정말로 돌이킬 수 없는 폭풍 복통… 아니, 돌이킬 수 없는 신비로운 것이 존재한다는 것을 믿고 싶다. 이 신비를 되찾을 때 인간은 매혹적인 비밀과 용의 혀 같은 불길을 가진 존재로 다시 회복되지 않을까? 사실은 너무나 많은 절망의 증거들이 눈앞에 펼쳐져 있지만 냉소와 허무주의에 무너지고 싶지 않기 때문에 이것을 더 강렬하게 믿고 싶기도 하다. 아니, 믿을 것을 선택한다. 희망을 말하는 낙관주의가 순진한 무지함으로 취급되는 시대다. 하지만 부정하고 비난하는 쉬운 길 말고 저항하고 투쟁해야만 얻을 수 있는 어려운 길, 그러니까 인간과 이 세계에 희망을 품고 '떨리는 손'을 가지는 그 어려운 길을 더 많은 사람들이 선택해야 한다고 믿는다. 그래서 나는 세련되고 정제된 언어의 질서로 포박되지 않는 날것의 이야기, 생명력이 가득한 삶의 순간에 대한 이야기, 굳건히 싸워내며 스스로 증거가 되길 선택한 개인들에 관한 이야기를 계속해서 당신과 나누고 싶다. 불이 꺼지지 않는 그 모닥불 앞에 모여 앉자. 그리고 자연을 신뢰하는 사람들이 가질 수 있는 미래에 대한 믿음을 말하자. 다시 불의 시대로 돌아가자.

이제 내가 당신들을 변태로 지칭한 이유는 다 설명되었다. 결국 당신 안의 마조히즘적인 취향이 저물어가는 존재들의 목소리를 듣지 않을 수 없게 할 것이다. 당신은 그것이 어려운 일임을 알고 있으면서도 (이미) 그것을 선택했다. 혹은 선택할 것이다. 당신 옆의 빈자리가 결국은 누군가를 향한 초대장이 되어, 어느 날 당신 앞에 누군가가 나타나게 될 것이고 당신은 그와 함께 일어날 것이다. '세상 돌아가는 원리'라는 것에 어딘가 조금 비껴난 사람들과 이 이야기는 앞으로도 함께 할 것이다. 당신과 세상의 어긋남이, 당신 안의 선한 갈등이 너무나 절실하게 필요하다.

이제 나는 당신에게 언제 떠날 것인지 묻지 않기로 한다. 흐르는 강을 바라보는 물새처럼, 바람 부는 벌판에서 일렁이는 잎사귀처럼 그저 당신이 당신의 자리에 지금처럼 존재해주길 응원한다. 물새는 강을 판단하지 않는다. 강도 물새에게 아무것도 바라지 않는다. 무위에 가까운 '그저 있음'이다. 편안한 호흡으로 이제 나는 당신을 마주본다. 당신에겐 어떤 이야기가 있는가? 이제 그것을 들려달라.

널 알게 되어
정말 기뻐

—

팟캐스트 〈혼밥생활자의 책장〉(이하 혼밥) 책 목록을 두고 특이하다는 평을 종종 듣는다. 이런 말이 나오는 데 기여한 책이 어떤 것들일지 살펴보면 단연 어린이 책이 눈에 띈다. 독서 팟캐스트에서 어린이 책 한 권을 선정해 두 시간 동안 소개한다? 그것도 성인 세 명이 모여서? 어쩌면 육아 팟캐스트에서 이런 경우를 찾는 게 더 빠를지도 모르겠다. 짐작건대 성인들을 주 청취자로 하는 독서 팟캐스트에서는 확실히 드문 경우다. 어린이 책을 어른 책(?)처럼 대우하는 팟캐스트. 누군가 이런 수식어로 우리 방송을 소개해준다면…? 이야, 정말로 더없는 영광이겠다.

방송에서 읽은 어린이 책들은 모두 아동문학 평론가 김지은 씨와 어린이독서 교사 김소영 씨가 추천한 것들이다. 그리고 이 책들은 하나 같이 다 너무 좋다. 종종 이전 방송에서 함께 읽은 어린이 책들을 뒤적여 보기도 하는데, 어떤 부분은 줄 쳐놓은 문장 몇 줄만 읽었을 뿐인데도 눈물이 난다. 아직 갱년기가 아닌데도 이런 즉각적인 육체적 반응이 일어나는 걸 보면 그 책을 읽고 나눈 이야기의 여운이 얼마나 깊었는지 가늠할 수 있으리라.

그런 책 중 하나가 케이트 디카밀로의 《이상하게 파란 여름》이다. 방송을 시작하며 먼저 책에 대한 간략한 평가를 나누자고 했는데 책을 추천한 김지은 평론가 빼고 나와 최창혁 씨는 격렬한 갸우뚱과 함께 '글쎄 이 책은…'이란 반응을 보였다. 그러니까 혼자 처음 읽었을 때 이 책은 좀 이상한 책 같았다(하하). 하지만 한 시간 남짓 방송을 통해 함께 이야기를 나누며 책 곳곳에 숨어 있는 반짝거리는 것들을 발견할 수 있게 됐다. 놓칠 뻔했기에 더 소중하다. 지금은 아주 깊게 사랑하게 된 책이다.

이야기가 시작되는 곳은 배턴 트월링(일종의 지휘봉 같은 것을 돌리고 던지는 스포츠) 수업이 있는 아이다니 선생님의 뒤뜰이다. 세 여자아이가 있다. 저마다 입 밖으로 낼 수 없는 슬픔을 안고 있는 이 세 아이는 자신이 감당해야 하는 것의 무게 때문에 자꾸만 어딘가로 미끄러지고 있는 중이다. 한 아이는 너무 슬퍼서 화를 내고, 한 아이는 공상에 빠지고, 한 아이는 겁을 먹고 참는다. 아직 이 세 아이들은 자신의 상처에 빠져 서로에게 무심하다. 하지만 이제부터 이 아이들은 서로의 친구가 되어줄 것이다. 비밀을 말하고 같이 달리고 용기를 낼 것이다. 아직은 자신들 앞에 펼쳐질 운명을 모르겠지만 곧 그렇게 될 것이다. 그리고 마침내는 자신들이 빠진 "충분히 깊고 깊은 구멍"에서 "대낮에도 별을 볼 수 있게" 될 것이다. 아이들의 마음의 문은 어떤 순간 열릴까? 그런 순간을 포착한 다음과 같은 장면은 작가가 독자에게 주는 아름다운 선물이다.

이웃 할머니인 보르코프스키 할머니가 돌아가셔서 레이미는 몹시 슬프다. 하지만 엄마도 아빠도 평소 보르코프스키 할머니를 '조금 미친 할머니'라고 생각해왔던 탓에 누구 하나 함께 슬퍼해주지 않는다. 레이미에게 보르코프스키 할머니는 특별했다. 할머니는 재미있는 일이 있을 때면 머리를 뒤로 젖히고 입을 크게 벌린 채 "히힝" 하고 웃곤 했는데 레이미는 할머니의 그런 모습도, 심지어 옷에서 나는 방충제 냄새마저도 좋아했다. 무엇보다 할머니는 사람들의 영혼에 대해 말하는 유일한 사람이었다. 할머니의 쓸쓸한 추모 미사에서 레이미는 할머니의

"피휴우" 하고 말하는 소리를 그리워하며 엄마의 눈치를 봤다. 그때 레이미 귀에 "오 어쩜 좋아" 하는 말소리가 들렸다. 삼총사 중 한 명인 루이지애나가 온 것이다. 레이미가 다가가자 루이지애나는 두 팔로 꽉 안아 주었다. "보르코프스키 할머니가 돌아가셨어." 레이미는 그제야 울기 시작하며 말한다. 친구가 있기 때문에 자신이 아무리 부정해도 달라지지 않는 사실을 고백할 힘을 얻는다. 누구도 들어주지 않아서 할 수 없던 말을 그제야 입 밖에 낼 수 있게 된다.

처음 어린이 책을 읽게 된 것은 순전히 우연(을 가장한 덕심)에 가까웠다. 평소 김지은 평론가를 몹시 애정하고 있었던 이유로 그녀의 아동문학 평론집 《거짓말하는 어른》이 출간되었을 때 잽싸게 연락해 출연을 요청했다. 그 이후 "날도 더운데 여름에 읽을 어린이 책 좀 소개해 주십사" 하고 또 불쑥 연락해 엉겨 붙고 질척거렸다. 혹자는 피디라는 직업을 뭔가 그럴싸한 것으로 오해하기도 하는데 나는 피디란 그저 '남의 재능을 부탁해서 빌려 쓰는 사람'이라고 본다. 그렇게 ASMR로 들어도 좋을 만큼 목소리도 곱디고운 김 선생님께 능청스럽게 빌붙으며 연을 이어가던 중 〈혼밥〉에서 고정게스트로 함께 할 만한 분이 있을지 소개를 부탁드렸다. 그로부터 얼마 후 김소영 선생님을 처음 만나게 되었고 함께 방송을 하게 되었다.

〈혼밥〉 팟캐스트를 듣는 사람 중에 김소영 선생님을 사랑하지 않는 청취자가 있을까? (나 말고) 아마 없을 것이다. '기회만 되면 무조건 어린이 책을 소개해야 한다'는 투철한 목표의식이 그녀의 왼손에 들린 무기라면 오른손에는 홈쇼핑에서 어린이도서 전집세트를 완판 시킨 표현력이 있다. 게다가 고정게스트로 함께 나왔던 최창혁 씨는 물론이고 나 역시 헛소리라도 할 때엔 바로 그녀의 즉결심판을 받았으니. 처음 방송 녹음을 하러 왔던 농업사회학자 정은정 씨는 "두 사람 친한 거 맞냐"며 나와 김소영 선생님 중간에서 식은땀을 흘렸다는 후문도 있다.

지금까지 〈혼밥〉에서 약 구십여 권의 책을 소개했는데 그중 가장 좋았던 책이 무엇이었냐는 질문을 자주 듣는다. 좋은 책이 참 많았지만 나의 베스트 1위는 김소영 선생님이 추천해 함께 읽었던 《아주 작은 개 치키티토》이다. 이 책을 읽었던 당시 방송은 1화부터 게스트로 함께 했던 영장류학자 김산하 박사의 마지막 시간이기도 했는데, 뭐랄까. 이날은 서로 할 말이 무척 많아서 총성 없는 방송 지분 전쟁도 일어났다고나 할까? 각자의 시각이, 살아 있는 문답이 무척 즐겁게 오간 시간이었다.

이렇게 좋은 안내자들 덕분에 〈혼밥〉 청취자들에게도 어린이 책이 좀 더 친밀해졌을 것이다. (이런 게 세뇌 교육의 효과인가…!) 이제는 "어우, 애들 책 너무 유치하지 않아?"라고 누가 말하면 "엥? 무슨 소리!"라고 답하며 이런 편견을 깨줄 책들도 바로 소개할 수 있게 되었다. 아스트리드 린드그렌의《사자왕 형제의 모험》같은 책이 그렇다. 이 책은 제목에서 알 수 있듯이 주인공이 '사자왕 형제'인데 책을 펼치고 열 장쯤 넘기면, 형 요나탄이 죽어버린다. (안돼! 요나탄 형이 없으면 스코르판은 안 된단 말이에요.) 그리고 두세 장쯤 더 넘기면 동생 스코르판마저 자살해버린다. 이쯤 되면 스토리 파괴인가 막장인가, 정신이 혼미해지는데. 아직 놀라긴 이르다. 이 책은 결국 스코르판이 요나탄을 들쳐 메고 절벽에서 함께 떨어지는 것으로 끝난다. 사실 아이들의 동심을 예쁘게 지키기 위해 장밋빛 이야기만 하는 것이 아동문학은 아니다. 빈곤, 폭력, 죽음, 차별. 그들이 살아가며 마주할 우리 사회의 민낯들을 어린이 책은 외면하지 않는다. 하지만 이런 현실에 아이들을 던져놓기만 한다면 좋은 문학이라 할 수 없다.

김소영: 추리소설 작가 G. K. 체스터튼은 "동화는 아이들에게 용이 있다는 얘기를 해주는 게 아니다. 아이들은 용이 있다는 것을 이미 알고 있다. 동화는 아이들에게 용이 죽을 수도 있다

는 애기를 해주는 것이다"라고 말해요. 좋은 판타지 동화를 고를 때 중요한 것은 그런 환상에서 어린이 독자가 잘 빠져나오도록 하는 것이거든요. 독자를 던져놓기만 하는 것은 오히려 책이 어린이를 외롭고 위험하게 만들기도 하는 거죠.

김산하: 빠져나온다는 것이 얼마나 중요한 것인지 공감합니다. 그것에 대한 고민이 없다면 그저 현실을 초라하게 만들 뿐이죠. 빠져나와야지만 내 삶도 살 수 있는 거에요.

김다은: 환상의 세계에서 빠져나온다는 것은 결국 그 세계가 깨져야 한다는 뜻 같아요. 그 세계 일부에 균열이 생기는 거죠. 그 균열로 상처받게 되지만 그러면서 우리는 슬픔까지도 동시에 배울 수 있게 됩니다. 문학이나 매스미디어에서 늘 우리에게 즐거운 것만이 최고라고 하면서 슬픔에 대한 훈련을 너무 안 시켜 주는 것도 문제라고 생각해요.

_〈혼밥생활자의 책장〉 50화 대담 중

그런가 하면 패트릭 네스의 《몬스터 콜스》는 분노의 에너지와 긴장이 터질 것처럼 가득해 어린이 책의 또 다른 매력을 보여준다. 주인공인 열세 살 소년 코너 오말리는 여러모로 어려운 상황에 처해 있다. 어머니는 암 투병 중이고 아버지는 이혼을 하고 집을 나갔다. 학교에서는 공기 취급을 받는다. 아이들은 코너를 할퀴고 주먹으로 때리면서 무시한다. 어차피 공기는 비명을 지르지 않으니 상관없는 것이다. 어머니는 코너에게 "네가 그렇게 착하지 않아도 되면 좋겠구나"라고 말한다. 하지만 자기가 착하게 굴지 않으면 엄마를 잃을지도 모른다는 두려움에 코너는 이 모든 상황을 그저 참아내며 받아들인다. 그런데 어느 날 밤, 온 집안이 흔들리더니 코너 눈앞에 거대한 몬스터가 나타난다.

"코너 오말리, 나는 앞으로 또 너를 찾아올 것이다. 그리고 네게 세 가지 이야기를 해줄 거다. … 이야기는 세상 무엇보다도 사나운 것이다. 이야기는 쫓아오고 물고 붙잡는다."

몬스터가 우렁우렁한 목소리로 말했다. … "내가 세 가지 이야기를 끝내고 나면, 네가 네 번째 이야기를 할 것이다." …

"난 이야기는 못해."

코너는 몬스터의 손아귀 안에서 몸을 비틀었다. "네가 네 번째 이야기를 할 거다. 그리고 그것이 진실이 될 것이다."

_패트릭 네스, 《몬스터 콜스》

그 누구도 행복해지지 않는 몬스터의 이야기들과 그 이야기가 하나씩 이어지는 과정에서 서서히 변해가는 코너 오말리의 모습을 보며 독자들은 거부할 수 없는 이야기 속으로 빠져든다. 특히 작품의 어둡고 강렬한 일러스트는 극의 긴장감을 올리고 작품 특유의 분위기를 만드는 데 완벽한 역할을 한다. 그리고 결국에는 내내 참아왔던 자신의 마음, 그 고통을 토해내며 소년은 네 번째 이야기를 하고야 만다. 그런 코너를 보며 우리 역시 또 다른 의미의 충격과 아픔에 멈칫, 숨을 가다듬게 된다.

최창혁: 너무 마음이 아프고 슬펐습니다. 이 친구의 분노가 어디서 오는지 느껴졌기 때문이에요. 자기에 대한 분노로 스스로 벌을 받아야 한다고 생각하면서도 이 벌을 끝내고 싶다는 생각도 했을 거예요. 그게 소름이 돋을 정도로 끔찍했고 이런 마음을 표현하는 거라면 몬스터도 부족하다고 생각했습니다.

김지은: 언어가 제일 무서운 것 같아요. 정확하게 마지막에 그 단어를 내뱉는 순간, 소름 끼쳤어요. 지금까지 알고 있었지만 돌려서 하던 말을 하는구나, 하면서 저는 읽다가 쉬었답니다.

_〈혼밥생활자의 책장〉 25화 대담 중

어린이 책은 이렇게 어른들도 감당하기 힘든 슬픔과 아픔을, 또 예상하지 못했던 비극을 담아낸다. "아이들 정서에 너무 안 좋은 거 아니야?" 하는 우려가 들 수도 있다. 하지만 아이들은 우리가 생각하는 것보다 훨씬 강하다. 아이들은 작고 구불구불한 동네 뒷골목을 모험할 때 자라난다. 바다를 항해하는 선장이 되기도 하고 악당이 되기도 하며 괴물이 되기도 하면서 자란다.

> 김지은: 보통 사람들은 동화는 할 수 없는 게 많은 아이가 할 수 있게 되는 거라고 생각하는 경우가 많아요. 하지만 사실 동화는 할 수 있다고 믿는 주인공이 할 수 없다는 걸 받아들이는 이야기예요. 성장한다는 건 내가 할 수 없는 것을 받아들일 수 있을 때 일어나는 것 같아요. 우리가 읽은 책들에서도 주인공들은 자신들이 할 수 없는 무언가를 너무나 아프게 받아들이게 되지만 그 관문을 통과하기 때문에 다음으로 나아갈 수 있게 됩니다. 그래서 이 이야기들이 마냥 비극적인 것이 아니라 쓸쓸하지만 멋진 얘기들인 거죠.
>
> _〈혼밥생활자의 책장〉 25화 대담 중

그래서 이야기는 계속 되어야 한다. 오늘도 내일도 우리는 작은 한계들을 받아들이며 이야기 밖에서 살아가야 하기 때문이다. 반짝이는 아동문학 역시 앞으로도 쭉 혼밥생활자들의 벗이 될 것이다. 덧붙여 아동문학을 사랑하고 그 넘치는 사랑을 〈혼밥〉 청취자들에게 홍수처럼 퍼부어준 게스트, 책 친구들에게 고마운 인사를 전한다. 루이지애나가 레이미에게 한 말을 따라해도 될까?

"꼭 할 말이 있어.
널 알게 되어 정말 기뻐."

아 바틀비여,
나의 아름다운
인간이여

—

　책 속 인물들을 묘사한 멋진 표현들을 적어놓곤 한다. 열린 창문처럼 마음이 흔들리는 날에는 이곳저곳에 흩어진 수첩을 뒤적여 그중 몇몇 문장들을 다시 만나고 기운을 얻는다. 예컨대 이런 것들이다.

> 그는 완전한 평정을 유지했고, 자신을 벗 삼아 혼자 지내는 데 만족했고, 늘 자신을 감당해 나갈 수 있었다. 확실히 이것은 훌륭한 철학의 특징이었다.

_허먼 멜빌, 《모비 딕》

　《모비 딕》에 나오는 퀴퀘그에 대한 묘사다. 퀴퀘그는 작품

속 주인공인 이스마엘과 물보라 여인숙에서 동침을 하며 처음 만난다. 독특한 이름이 말해주듯 그는 식인부족 추장의 아들이다. 퀴퀘그를 처음 본 이스마엘은 온몸을 뒤덮은 문신과 한 손에 든 뉴질랜드 원주민의 머리를 보며 경악한다. 하지만 그것도 잠깐. 처음엔 정신승리로 그다음엔 이 이교도인의 묘한 매력에 빠져들어 그와 친밀해진다. 바로 저 문장이 '순박한 야만인' 퀴퀘그가 어떤 인물인지 말해준다. 두 사람은 자연스럽게 서로를 좋아하게 되고 심지어 퀴퀘그는 제 이마를 이스마엘의 이마에 비비며 그의 허리를 끌어안기까지 한다. 이 행동은 우리는 이제 결혼한 사이다, 라는 뜻인데 다행히(?) 상대를 위해 기꺼이 죽을 수 있는 친구 사이란 뜻이기도 하다. (이스마엘의 표현에 따르자면) 두 사람이 '침대에서 마음의 밀월을 나누는 사이'가 되기 전, 이스마엘은 퀴퀘그를 관찰하며 이렇게 중얼거렸다.

사람은 영혼을 감출 수 없다. 괴상하고 무시무시한 문신에도 불구하고, 그 속에서 순박하고 정직한 마음의 그림자가 보이는 것 같았고, 크고 깊은 눈, 불타는 듯한 검고 대담한 눈 속에는 수많은 악귀와도 맞설 수 있는 기백이 드러나 있는 것 같았다. 게다가 그 이교도의 태도에는 어딘지 모르게 고결한 데가 있었고 그의 거친 무례함조차 그 고결함을 손상시키지는 못했다.

_《모비 딕》

　　허먼 멜빌은 혼자일지라도 비굴하지 않은 인물을 아름다운
문장으로 묘사하는 데 탁월한 것 같다. 그의 작품《필경사 바틀
비》에서도 그 능력은 발휘된다. 나는 작품 속 화자인 월스트리
트의 변호사가 필경사로 취직한 바틀비를 표현하는 이런 문장
을 좋아한다.

　　지금도 그 모습이 눈에 선하다! 창백할 정도의 단정함, 애처로
　　운 기품, 그리고 치유할 수 없는 고독. 그가 바틀비였다.

_허먼 멜빌, 《필경사 바틀비》

　　바틀비의 묘한 분위기까지 전달된다. 바틀비는 변호사의
사무실에서 다양한 법적 용도의 서류들을 필사하는 일을 한다.
인간판 복사기인 셈인데 어느 날부터 그는 "그렇게 안 하고 싶
다 I would prefer not to"는 말과 함께 필사를 거부하고 그저 그 사무실
에 머무르기만을 선택한다. 이 고독한 고집쟁이를 바라보며 변
호사는 깊은 비애를 (물론 충동적인 분노도 함께) 느낀다. 바틀비
는 "혼자인 듯, 온 우주에서 완전히 혼자인 듯했다. 대서양 한

가운데 떠 있는 난파선의 잔해조각이랄까". 바틀비를 일하도록 하기 위해 변호사는 나름 온갖 방법을 동원한다. 하지만 대서양을 떠다니는 이 마르고 새하얀 난파선 조각은 가라앉지도 없어지지도 않고 유유히 눈앞에 떠다닐 뿐이다. 결국 변호사는 바틀비를 포기한다. 변호사는 그에게 퇴직금을 쥐어주며 내일 아침엔 사무실에서 보지 않길 바란다는 최후의 말을 남긴다. 변호사는 바틀비를 사무실에 홀로 두고 방을 나간다. 그리고 문을 닫으며 바틀비를 본다.

어떤 폐허가 된 사원의 마지막 기둥처럼 그는 그가 아니라면 텅 비었을 방의 한복판에 말없이 고독하게 서 있었다.

_《필경사 바틀비》

"폐허가 된 사원의 마지막 기둥" 같은 인간이라. 더 긴 설명이 필요하지 않다. 《필경사 바틀비》는 분량도 짧고 익히 알려진 소설임에도 불구하고 완독한 독자는 많지 않은 듯하다. 바틀비의 "그렇게 안 하고 싶다"라는 어록만이 직장인들의 마음속에 사표 한 장과 함께 늘 자리 잡고 있을 뿐. 소설의 뒷얘기는 이렇다. 사실 바틀비의 이전 직장은 워싱턴에 위치한 '배달 불능 우편물 취급소'였다. 산 사람에게 도달되지 못한, 수취인이 끝내

사멸한 편지들을 처리하는 일을 한 것이다. 변호사는 이 일을 "뒤늦게 용서를 꺼내지만 그것을 받을 사람은 절망하면서 죽었고, 희망을 꺼내지만 그것을 받을 사람은 희망을 품지 못하고 죽었으며, 희소식을 꺼내지만 그것을 받을 사람은 구제되지 못한 재난에 질식당해버린" 일이라고 표현한다. 이 일의 속성은 바틀비라는 인물을 이해하는 데 매우 중요한 요소인 셈이다.

바틀비는 거부함으로써, 하지 않음으로써 무엇을 말하려 했던 것일까? 아니, 그는 무언가를 말하려 하긴 한 걸까? 바틀비를 마치 저항의 표상처럼 하나의 상징 안에 가둬버리는 것이 불편한 이유다. 이런 수학공식 같은 의미 부여에서 벗어나 나의 현재에서 소설 속 인물 바틀비를 마주 본다. 그는 마치 투명한 그릇처럼 읽을 때마다 새로운, 미묘하게 다른 서사들을 말하며 그때마다 나와 새롭게 관계 맺는다. 바틀비는 그렇게 자신이 만들어진 지 수십 년이 지난 2019년에, 이방의 땅인 대한민국에 살고 있는 나에게도 여전히 매력적이고 생생하게 살아 있다. 아 바틀비여, 아 인간이여.

한 명 더 소개하고 싶다. 나는 이 캐릭터가 너무 좋아서 그를 설명한 문장들을 필사해 한참을 가지고 다녔다. 은촛대를 훔쳐 간 장발장을 용서하는 미리엘 주교다. 일단 그는 앞서의 두 인물보다 좀 더 유머감각이 있다.

프로방스 지방 태생인 주교는, 남부 지방의 갖가지 사투리를
구사할 수 있었다. 이를테면 그는 랑그도크 지방의 사투리 그
대로 '밤새 편안하셨시유?'라고 말하거나 또는 알쁘 지방 사투
리 그대로 '어디 갔다 왔노?'라고 말하거나, 또는 도피네 지방
사투리로 '좋은 양고기와 맛 좋은 치즈를 가져왔당께'라고 곧
잘 말하곤 했다.

_빅토르 위고, 《레미제라블》

이쯤이면 의인화된 화개장터 아닌가? 이런 그의 말투는 실
제로 주위 사람들을 몹시 기쁘게 해주었다고 한다. 게다가 이렇
게 귀여운 사투리를 구사하면서도 사람들의 마음에 파고드는
뜨거운 말들을 던졌다고도 표현되는데, 그 모습이 쉽게 상상되
진 않지만 몹시 충만한 느낌이 든다. 동시에 그는 존경받는 종
교인답게 인간을 이해하고 받아들이는 데도 통 큰 인물이었다.

사람들이 큰 소리로 고함지르고 화내는 것을 보면 "저런!"하고
빙그레 웃으며 말하는 것이었다. "그것은 커다란 죄인 듯 보이
지만 모든 사람이 범하고 있는 죄이다. 그것은 위선이 갑자기

위협을 받아 엉겁결에 변명하고 덮어씌우고 감추려는 것이다.”

_《레미제라블》

사람들이 화를 내는 것을 보며 그 고약한 성격에 혀를 차기보다 인간 내면의 위선이란 녀석이 자기 잘못을 알고 괜히 성을 내며 민망해하는 거라는 이 해석! 빅토르 위고가 위대한 작가인 이유는 이렇듯 한 인물에게 놀랍도록 촘촘한 세계관을 부여해냈기 때문이리라. 미리엘 주교가 하는 생각도 멋지다. “우리의 영혼에 그늘이 가득 차 있게 되면 거기서 죄가 이루어진다. 죄인은 죄를 저지르는 자가 아니라 영혼 속에 그늘을 만들어준 자이다.” 인간 자체의 흠결에 매몰돼 인상을 쓰기보다 나약하고 유한한 인간의 한계를 먼저 보듬어주는 인물이다. 어른이 돼서도 유머감각을 잃지 않는 사람들을 종종 보는데, 신기하게도 그들이 주로 이런 마음을 가진 사람들이었다. 억지로 애쓰는 게 아니라 습관처럼 타인을 용서할 줄 아는 사람들. 그런데도 이런 행위에 큰 의미를 두지 않고 그대로 흘려보낼 줄 아는 사람들. 부드러운 강함이란 이런 것이리라!

여성캐릭터를 빼놓으면 섭하니 짧게라도 덧붙인다. 좋아하는 여성캐릭터들은 역시 쎈 언니들이다. 그중 근래에 읽은 책

《체공녀 강주룡》의 강주룡을 소개하고 싶다. 우리나라 최초로 고공농성을 한 노동자 강주룡의 박력은 내 마음을 몹시 설레게 했다. 실제로 만나면 눈을 반짝이며 그녀가 선 연단 제일 앞줄에 매번 출석체크 할 것 같달까? 쫄래쫄래 그녀의 뒤를 강아지처럼 따라다닐 것 같달까? (그럼 아마 주룡은 특유의 평양 사투리로 "내 웬만하면 그냥 두겠지마는 자꾸 발에 채게 굴면 계속 둘 수는 없는 겁네다"라고 슬쩍 웃으며 말하겠지. 걸크러쉬!) 어느 날, 주룡은 신입 노조원으로 결의발언을 한다. 동지들에게 인사하는 자리에서 그녀는 총파업 선봉에 서겠다는 결의에 찬 다짐을 한다. (분명 노조 간부 결의발언이 아니고 '신입' 노조원 결의발언 자리였음을 다시금 강조한다. 이 강단이란…!)

우리가 사람인 것을, 그것도 저들보다 강한 힘을 가진 사람들인 것을 우리 손으로 보여주자면 저 강덕삼이 형님이 말씀하신 바와 같이 우리의 단결된 뜻을 총파업으로 보여주어야 됩네다. 내래 이레인가 여드레인가 조합원 교육 배워놓은 거이 다인 햇병아리지마는 감히 힘주어 다시 말하고자 합네다. 총파업 선봉에 이 강주룡이가 설 것입네다. 내 동지, 내 동무, 나 자신을 위하여 죽고자 싸울 것입네다.

_박서련, 《체공녀 강주룡》

퓨리오주룡이다. 나는 이렇게 독립적인 여성캐릭터를 좋아하는데 아쉬운 것은 이런 캐릭터가 문학 작품 속에 그리 많지 않다는 점이다. 대개 여성들이 입체성을 가지지 못한 '납작한' 인물로만 그려지는 탓에 그녀들의 행동에 설득력이 결여되는 때가 많다. 결국 기능적인 역할만을 수행하고 잊혀버린다. 좀 더 독창적이고 개성적인, 복잡하게 살아 있는 그런 여성캐릭터가 많아지길 기대한다.

이렇게 매력적인 인물들을 되새기다 보면 이들에 대한 덕심이 꿈틀거린다. 내게 와닿는 이런 인물들을 만나면 소설 속 몇 문장들을 반복해 읽는 것만으로도 작가의 눈에 비친 인물의 모습, 그가 서 있는 배경, 그곳에 비치는 햇빛, 옷의 주름 그리고 눈빛과 표정들을 하나씩 더듬으며 마음속에 그려볼 수 있다. 그런 것이 힘이 되는 것이다. 읽는 이의 능동적인 상상을 통해 하나씩 숨결을 부여받는 인물들은 어느 순간 작가의 피조물이 아닌 홀로 존재하는 단독자가 된다. 내 앞에서 그들은 자신의 모습 그대로를 드러낸다. 그렇게 읽는 이와 아주 개별적이고 진실된 관계를 만들어낸다. 나와 같은 실수를 하는, 옛 친구와 닮은, 절대 엮이고 싶지 않은, 싫지만 끌리는 등의 느낌으로 나는 인물과 제법 진지한 관계를 맺게 된다.

《필경사 바틀비》와 《체공녀 강주룡》은 팟캐스트에서 다룬 적이 있는 책으로 또 다른 특별함이 있다. '함께 읽기'의 소소한 재미 중 하나이리라. 방송을 함께 했던 게스트들과 공통의 친구를 사귀게 되는 느낌이다. 예를 들면 방송에서 다룬 헤밍웨이의 《노인과 바다》를 떠올리면 당시 게스트였던 최창혁 씨가 산티아고 노인을 생태적 양반이라고 했던 말이 절로 연상된다. 나는 산티아고를 전형적인 독거노인이라고 말하며 그 캐릭터에 대한 내 해석을 덧붙였는데 동시에 '책 친구'의 이야기를 통해 산티아고의 생태적 양반적인 면모를 발견하게 되기도 했다. (마치 한 친구의 내가 몰랐던 면을 다른 친구를 통해 알게 되듯이 말이다.) 그렇게 《노인과 바다》는 청소년 필수독서목록이 아닌 풍성한 색채와 이야깃거리를 가진 텍스트로 내게 남게 되었다. 말하자면 함께 책을 읽은 친구들과 나 그리고 산티아고와 헤밍웨이가 동그랗게 둘러앉아 난롯불을 쬐며 수다를 떠는 추억이 생긴 것 같달까? 가끔씩 앨범 속 어떤 사진들을 보며 절로 미소 짓게 되듯 그렇게 책장은 커다란 추억 앨범이 되어 간다.

그날 밤에 집으로 돌아가는 길은 유달리 외로웠다. '이게 뭐지?' 하며 감정을 더듬어봐야 하는 게 아니라 보름달처럼 (진짜 보름달이 엄청 밝은 밤이었다) 명징한 외로움이었다. 집에 돌아온

나는 귀갓길에 읽던 책을 꺼내 겉옷도 벗지 않고 거실에 자리 잡고 앉았다. 김근태, 인재근의 편지를 엮은 책《젠장 좀 서러워합시다》였다. 특히 남의 연애편지를 엿보는 맛이 쏠쏠했다. "나 옥순이(수배 중이던 인재근의 가명) 좋아하고 있어. 아마 사랑하고 있는 것 같아." 이 문장에 왜 내 마음이 그리 환해지는지. 그렇게 괜히 발을 동동 굴리며 뽀뽀하고 싶었다는 문장이 남발되는 편지를 보며 '에이, 뭐야 이게'라면서도 저 혼자 환호하였다. 문득 조금 외로움이 가신 느낌도 들었다.

책 속에 존재하는 멋들어진 인물들을 만나고 그들에게 빠져들며 내 안의 공백들이 상상력 가득한 애정으로 채워진 것이다. 책 속에 존재하는 아름다운 관계들을 바라보며 그들의 행복에 전염되어 내 안의 허기가 시나브로 채워진다. 그렇게 글자를 매개로 한 기분 좋은 만남들이 얽히고설켜 느슨한 매듭들이 된다. 부유하며 떠돌 때 마냥 흘러가지 않도록 안전하게 나를 잡아준다.

이런 관계들을 쌓아가는 과정에서 내 마음에 풋풋한 기운이 솟아나는 것을 느낀다. 그 관계들로 내가 회복된다는 것을 안다. 혼자일 때 느끼는 외로움에 무감각해지는 것이 혼자 잘사는 방법이라고 생각진 않는다. 영혼과 감정이 있는 인간인데, 사무치는 허전함 같은 것이 어떻게 조금도 아리지 않을 수 있겠는가? 물론 이런 허전함을 결핍이나 비정상 상태로 과잉(혹은 왜곡) 포장하는 세태에는 강력히 반대한다. 하지만 혼자 잘 지낸다는 것이 '아무도 없어도 돼'가 되는 것이라면 이 역시 동의하기 어렵다. 다만 우리에게 필요한 것은 관계를 새롭게 창조하는 능력이다. 가족이라면 친구라면 연인이라면 당연히 어찌해야 한다는 기대와 요구는 고이 접어 옷장에 넣어두자. 연인이 있다고 외롭지 않은 것도 아니고 가족이 있다고 내 삶을 담보해주는 것도 아니다. 이 잘못된 환상에 왜 우리는 벗어나지 못하고 포박되는 것일까? 그것에 기대야만 쉽게 답안지를 채울 수 있기 때문은 아닐까? 스티브 잡스가 말하지 않았던가. 사람들은 대개 자신이 원하는 것을 보여주기 전까지는 자신이 원하는 게 무엇인지 알지 못한다고 말이다. 우리에겐 상상하지 못해 구현되지 못한 숱한 가능성이 있다. 그것은 기꺼이 발걸음을 옮겨야 할 야생의 땅이지 절대로 열 수 없는 닫힌 문이 아니다.

우리는 타자와 연결되어야 한다. 그것은 삶을 이어가기 위한 필수적인 전제다. 우리에게 익숙하지 않은 방식의, 때로는 기존의 것을 파괴함으로써 새롭게 창조되는 관계들을 꿈꿔 본다. 책 속 인물이 나에게 건네는 위로에 힘을 얻고 그들이 행동으로 증명하는 가치에 두근대며 더 나은 사람으로 살아보리라 마음먹기도 한다. 아이일 때는 지극히 자연스럽게 이루어졌던 내 밖의 세계, 실재하지 않는 존재와의 자연스러운 연결이 이제는 지극히 어려운 일이 되었다. 하지만 그런 만남은 가짜도 거짓도 아니다. 나는 다시 이것들을 회복하는 천진함을 꿈꾼다. 술래잡기의 역설은 술래가 없으면 숨은 이도 존재할 수 없다는 것에 있다. 우리는 마음껏 뛰어다니는 술래다. 거침없이 벌판을 휘젓고 다니자. 그럼으로써 우리 삶에 더 많은 가능성이 존재하게 된다.

틈과 겨를에 관한
고찰

―

적당히 부러운 것을 보면 그래도 "허허허" 하며 웃을 수 있다. 그런데 너무 부러운 것을 보면 나도 모르게 '헉' 하고 숨이 잠깐 멈춰졌다가 억지로 미소 지어보아도 입꼬리 끝이 어색하게 떨린다. 때로는 책을 보다가도 어떤 장면에선 그런 '헉' 하는 경험을 한다. 그럴 땐 무거운 실존에 대한 탐구, 인간에 대한 깊은 이해 같은 주제는 남의 일이다. 그저 "아니, 이럴 수가!"라며 책장을 쥐고 부들부들댄다 "아, 부럽다." 한마디를 기어코 내뱉게 되고 만다. 내가 지금 말하는 것은 뫼르소에 대한 이야기다. 뫼르소가 어머니의 장례를 치른 후, 첫 출근 날의 점심시간에 대한 이야기다.

나는 조금 늦은 열두 시 반에, 발송과에 근무하고 있는 에마뉘엘과 함께 밖으로 나왔다. 사무실은 바다로 향하고 있어서, 우리들은 잠시 햇볕이 이글이글 내리쬐는 항구의 화물선들을 바라보는 데 한동안 정신이 팔려 있었다. 바로 그때 화물 자동차 한 대가 쇠사슬 소리와 폭발음을 요란스럽게 내면서 달려왔다. … 우리는 땀에 흠뻑 젖은 채 셀레스트네 식당에 이르렀다. … 나는 얼른 먹고 커피를 마셨다. 그러고 나서 집으로 돌아와, 포도주를 너무 많이 마셨던 탓으로 잠을 좀 잤다. 잠에서 깨니 담배를 피우고 싶었다. 늦었기 때문에 전차를 타러 뛰어갔다.

_알베르 까뮈, 《이방인》

놀랍게도 이다음 문장은 "오후에 나는 줄곧 일을 했다"이다. 뫼르소가 금수저로 태어나 친인척이 이 회사의 대표가 아닌 하에야, 낙하산으로 특혜 채용된 것이 아닌 하에야 이렇게 한가로운 점심시간이라는 것이 가능한 것인가? 이글이글 햇볕이 내리쬐는 항구, 포도주와 커피가 함께 하는 점심시간, 집으로 돌아와 잠깐의 낮잠까지. 게다가 말투를 봤을 땐 하루 이틀 이렇게 점심시간을 보낸 것이 아니다.

사실 나의 노동에서 내게 가장 괴로운 것은 근무 시간 대부분을 햄스트링이 퇴화되도록 의자에 앉아 몇 개의 메신저 창을 모니터 화면에 띄우고, 종일 백색 형광등 아래서 타자를 치며 보내야 한다는 것이다. 검색- 클릭, 메신저, 검색- 클릭, 메신저. 때로는 노동의 내용보다 노동의 형식 때문에 일하는 삶이 버겁다. 행복은 퇴근 후에 있다던데…. 휘영청 밝은 달을 보며 퇴근하다 어른들이 위로하며 건네는 이 말을 중얼거려 본다. 그 말이 진실이라면 (아마도 진실인 것 같긴 하다) 내 행복은 나의 하루 중에 너무 짧게 머문다. 어쩐지 시무룩한 마음이 들어 발걸음이 무거워진다.

방송에서 읽을 책을 고르는 기준은 단연 지금의 관심사다. 사람에 대해서 생각할 때는 관계를 다룬 책에, 사랑에 대해서 고민할 때는 연애소설에, 사회가 흉흉할 때는 공동체에 대해 되묻는 책에 손이 간다. 물론 훌륭한 책은 이 모두를 포함하니 혼자서도 고고한 빛을 내는 좋은 책을 고르는 것이 늘 1순위이긴 하다. 어쨌건 어떤 고민에 흠뻑 빠져 있다가 허덕이며 느리게 그 언덕을 넘어서는 시간이 온다. 그러면 다시 새로운 국면이 펼쳐진다. 그런 시간을 굽이굽이 넘어오며 지금에 이르렀다. 그러다 보니 아무래도 방송에서 이전에 다룬 책을 다시 꺼내게 되거나 예전 방송을 다시 듣게 되는 경우가 좀처럼 없다. 하지만 제작진이 아닌 순전한 청취자로 근래 다시 듣게 된 방송이 있다. 어떤 고민들은 (사실 꽤 많은 고민들은) 거듭 되돌아오는 법. 아마 그래서인가 보다. 나는 〈혼밥〉 9화, "게으를 수 있는 권리"를 내려받았다. 그러고는 이어폰을 귀에 꽂고 산책길에 나섰다.

김다은: 되돌아보는 것 중 하나가 노동을 하면서 내가 어떤 것이 바뀌었나 하는 부분이에요. 제가 직장인이 되면서 성격도 그렇고 저 자신이 많이 바뀌었다고 생각하거든요. 이를테면 저는 제일 크게 느끼는 게 뭐냐, 성욕감퇴. (김유경 부장 풋. 노명우 교수 침묵과 함께 시선회피) 성욕이 사라졌어요!

김유경: 일에 대한 욕구는요?

김다은: 일에 대한 욕… 아니 지금 그건 중요하지 않아요.

김유경: 아, 예예.

김다은: 야한 생각을 한다? '우리 분위기 뭐지' 하는 설렘? 이런 게 없어졌고.

노명우: 겨를과 틈이 없어지는 거죠. ○○할 겨를이 없어지는

삶이 노동을 할 때 나타나는 삶이죠. … 노동이란 단어에는 일
종의 판타지가 많이 붙어 있잖아요. 만든다, 얻는다, 인고와 단
련을 통해서 성숙해진다. 또 빈곤, 게으름 같은 부정적인 것에
서 벗어나는 것도 연관되죠. 그런데 라파르그가 말하려고 한
게 이 부분이죠. 그건 판타지다. 그렇게 긍정적일 수만은 없다.
노동을 통해 잃어버린 게 있다는 것도 확실한 거거든요.

_〈혼밥생활자의 책장〉 9화 대담 중

성욕감퇴라니. 방송 청취를 방해하는 말을 상당히 많이 하
는 진행자임을 새삼 깨닫는다. 하지만 저것은 명백한 사실이
다! 게다가 노명우 교수님은 교수라는 일을 하며 다 아는 척하
는 방법을 익혀가게 된다고도 말했다! (고자질…) 준비된 원고
없이 진행하는 방송이라 그런 걸까. 적당히 쓸 만한 가면을 다
들 챙겨오지 못해 어쩔 수 없이 솔직하다.

당시 읽었던 책은 마르크스의 사위인 폴 라파르그가 쓴《게
으를 수 있는 권리》였다. 폴 라파르그는 마르크스의 둘째 딸과
결혼했는데 주례사는 엥겔스가 해주었다. 실제 엥겔스는 마르
크스뿐만 아니라 라파르그네 집도 먹여 살렸다고 하니 참으로
엥겔지수가 높았으리라 짐작할 수 있다. 이백 쪽이 되지 않는
얇은 분량(심지어 본문만 보면 백 쪽도 되지 않는다)이 일단 참 마

음에 드는데, 책의 부제인 "현대의 자발적 노예들과 고결한 미개인들에게 고함"이라는 살짝 염세적이고 재수 없는(?) 태도도 취향에 맞다. 그의 어조는 친절하거나 예의 바르지 않다. 단호하고 선동적이다. 이런 정도의 결기가 있어야 사회주의자가 될 수 있나 보다.

방송에서 나눈 몇 가지 재미있는 이야기들이 새삼 흥미롭다.

- 게으를 수 있는 권리를 말하는 것은 노동을 혐오하자는 것이 아니다. 너무 쉽게 무시되고 있는 게으를 수 있는 권리를 노동할 수 있는 권리만큼 중요하게 다룰 방법은 뭘까?
- 노동에 매몰된 삶보다 게으를 수 있는 삶이 더 우아하기 위해서 필요한 건 무엇일까?
- '이렇게 사는 게 당연한 거야'라는 생각에 익숙한 우리. 그럼 생각을 전환한다는 것은 어떤 걸까?

사실 노동은 그 자체로 악한 것도 혐오할 것도 아니다. 다만 이것을 둘러싼 조건과 맥락이, 이것이 불러일으키는 소외가 삶을 삶답게 하는 것을 방해할 때 문제가 된다.

라파르그는《게으를 수 있는 권리》에서 우리에게 "가만히 멈추어 서서 바라볼 시간"이 필요하다고 이야기한다. 예를 들어 혼자 있을 시간, 타인과 깊숙이 관계를 맺을 수 있는 시간, 내일을 몸소 창조적으로 할 수 있는 시간, 일상에서 즐거움을 즐길 수 있는 시간, 그리고 주위 사람들과 건전한 세상을 만들어가는 방법에 관하여 논할 수 있는 시간이 필요하다는 것이다.

이에 너무 피곤하다는 이유로 유튜브만 보고 치킨만 시켜먹게 되는 우리의 일상을 본다면 라파르그는 크게 진노할 것이다. 그렇다면 속칭 '소확행'은 어떨까? 아마 이 역시 달갑게 보지만은 않을 터. 소소한 행복을 찾는 건 이해하지만 적어도 그것에 '확실한'이라는 말까지 붙이진 말아 달라고 수염 끝을 매만질 것 같다. 저성장시대에 우리가 욕망의 부피를 줄이며 작은 사치로 위로를 얻고자 하는 것은 불가피한 선택일지 모른다. 그 나름의 생존법인 것이다. 혹자는 이를 두고 민주주의, 인권, 정의 같은 거대한 관념과 시대정신이 개인을 압사시키던 시대에서 주체로서의 개인이 재발견된 시대로 나아갔다는 호평을 하기도 한다. 사회의 욕망이 아닌 개인의 욕망에 대해 말하기 시작한 것은 분명 긍정적 변화라고도 볼 수 있겠지만, 과연 나의 욕망이 정말 나의 것인지 확답하기는 망설여진다.

'너는 이것을 원한다'는 자본의 요정들이 끊임없이 나의 감각을 마비시킨다. 말 그대로 사방이 적인 악령의 숲에서 자신을 잘 붙들고 걷는 것은 거의 초인적인 결단이 되어버렸다. 이런 와중에 가짜 욕망이 아닌 진짜 나의 욕망을 대면하고 그것을 가꾸어 나갈 줄 아는 자유는 되찾고 회복되어야 할 소중한 것 중 하나가 되었다.

노명우: 만약에 우리에게 거짓 욕망만 가득 차 있다면 노동시간이 줄어들어도 의미 없는 삶이 되기는 마찬가지일 거예요. 줄어든 노동시간을 가지고 거짓 욕망을 소비하는 데 소진해버릴 테니까. 여가를 노동의 방식으로 소비해버리는 거예요. 여가가 노동이 되어버리는 거죠.

김다은: 진짜 나로 선다는 것은 결국 자유로워진다는 것 같아요. 자유롭다는 게 무엇일까, 묻는다면 저는 대형마트에 가서 "여기 있는 거 다 살 수 있어. 아무거나 골라봐" 이건 아닌 것 같거든요. 아무리 많은 것이 있어도 내가 지금 뭐가 필요한지를 명확히 알아서 주저 없이 선택할 수 있고 그걸로 만족할 수 있는 거죠. 다른 것과 비교할 필요 없이 가장 만족스러운 게 뭔지 아는 거예요. 저는 그게 진짜 자유라고 생각해요.

노명우: 그 말에 이어서, 저는 자유로워질 수 있거나 게을러질 수 있다고 하는 것은 우리가 깊이 빠져 있는 끝없는 상대주의의 틀 안에서 비켜날 수 있는 것이라고 봐요. 이게 우리를 행복하지 못하게 하는 조건이죠. 누구와 비교하게 되면 승자와 패자가 나뉘게 되고 그럼 한 개인의 가능성은 승자란 판단이 들었을 때의 우쭐함, 패자란 느낌이 들었을 때의 허탈함 뿐이죠. 하지만 승자란 판단이 들어서 우쭐해지다가 곧 불안해지겠죠. 상대평가 안에서는 승자와 패자 모두가 행복해질 수 없어요. 우리가 게으를 수 있는 권리를 통해 얻을 게 자유라고 한다면 바로 이런 끊임없이 빠질 수밖에 없는 상대평가에서 벗어난 자기만의 절대평가 시스템을 만들어내는 거라고 봐요.

_〈혼밥생활자의 책장〉 10화 대담 중

자기만의 절대평가 시스템. 이것은 어떻게 작동될까? 멋있는 사람에 대해 나만의 기준을 갖는 것, 내가 되고 싶은 사람에 대해 나만의 기준을 갖는 것, 그렇게 하나씩 흔들리지 않는 나의 자유를 늘려가며 맛보는 것이다.

"이 세상이 돌아가는 원리는 이런 거래. 원래 그렇게 살아야 하는 거래. 어쩔 수 없는 거야"라는 말에 "꼭 그건 아니지 않아? 나는 그거 말고 다른 게 더 좋아"라고 말하며 틈과 겨를을 만들어나가는 훈련을 권한다. 이미 몸도 마음도 많이 굳은 우리지만 이런 균열을 열심히 만들다 보면 숟가락 하나로 쇼생크 감옥의 두꺼운 벽을 뚫고나간 앤디처럼 끝내 흠뻑 비를 맞으며 신선한 공기를 들이마실 수 있을지 모른다. 신선한 공기! 신선한 즐거움! (어서 내게 오너라!)

　이 방송을 마무리 지을 때쯤, 나는 나의 숟가락 한 술에 대해 이야기했다. 비싸고 화려한 것보다 구멍 뚫린 스카프가 소중해진 이야기다.

　　김다은: 굉장히 좋아하는 스카프가 있었는데 벽에 걸어놓은 걸 막내 고양이가 뜯은 거예요. 그래서 끝에 구멍이 났어요. 그걸 모르고 회사에 하고 갔다가 나중에 발견하곤 선배에게 버려야 겠다, 아깝다 했는데 그 선배가 그걸 보더니 "야 부럽다. 다은 아. 이 스카프에는 이제 스토리가 생겼구나. 이건 이제 너만의 스카프야. 너와 그 고양이의 이야기잖아. 누가 '여기 구멍이 왜 났어?'라고 하면 넌 이제 해줄 수 있는 이야기가 생겼잖아." 아, 정말 그렇구나. 생각의 전환이란 건 이렇게 작은 거로 일어나는구나 했어요. 이제 그 스카프는 버려야 할 게 아니라 너무나 가치 있는, 어디서도 살 수 없는 물건이 됐어요.

조금 펴진 거북목에 그 스카프를 두르고 서니 오늘의 내가
왠지 조금 멋있어 보인다.

나의
부족원들
헤쳐 모어!

—

    개그우먼들의 활약을 보는 재미가 쏠쏠했던 2018년이다.
돌려막기가 지겹던 예능계에 김숙, 송은이 두 사람이 오랜만에
다시 등장해 새로운 캐릭터로 존재감을 드러냈다. 특히 김숙은
〈님과 함께〉라는 예능 프로그램에서 퓨리오숙(퓨리오사+김숙),
가모장숙, 갓숙, 숙크러쉬라는 캐릭터로 진정한 사이다가 되어
주었다. "조신하게 살림하는 남자가 최고다, 남자가 일해 봤자
시건방지기만 하다, 어디 아침부터 남자가 인상을 써" 등의 말
들을 쏟아내며 여심을 뒤흔든 그녀는 연애나 결혼을 하지 않아
도 행복하게 살 수 있다는, 너무나 당연하지만 누구나 의심하는
이 말을 친구들과 '진짜로' 보여주고 있는 듯하다.
    돈을 잘 번다고, 개그우먼으로 직업적 성취를 이루었다고

그녀와 그녀의 든든한 뒷배들을 순수히 응원하게 되진 않는 법. 그녀와 그녀의 친구들은 비혼 여성들이 앞으로 어떤 공동체를 꾸리며 나이 들고, 어떻게 즐겁게 살 수 있는지 롤모델처럼 보여주고 있는 듯하다. 그것도 남성의 문법과 시선이 기본값으로 설정된 미디어 시장 속에서 우리 사회가 중년의 비혼 여성에게 부여한 지겨운 프레임을 사뿐히 뛰어오르며 말이다. 그녀들이 보여주는 그 유쾌하고 새로운 에너지에 나 역시 덩달아 기쁘다. 그리고 나는 그녀들이 서로에게 '빽'이 되어주고 후원자가 되어주고 새로운 가족이 되어주는 모습에서 내가 좋아하는 '서식지'라는 단어를 떠올려 본다.

이곳은 북아메리카 소노란 사막입니다. 미국 서부영화에 자주 나오는 커다란 기둥선인장인 '오르간파이프 선인장'. 이 선인장은 낮의 열기가 가신 밤이 되면 하얀 꽃망울을 틔웁니다. 이 꽃향기를 맡고 몇 시간에 걸쳐 멕시코긴코박쥐들은 야간 비행을 감행합니다. 암컷 박쥐는 선인장의 꽃송이에 얼굴을 파묻고 꿀을 먹습니다. 그때 박쥐의 온몸에 꽃가루가 묻죠. 동굴로 돌아가는 귀갓길에 박쥐는 꿀을 먹은 답례로 선인장의 꽃가루를 사막 곳곳에 뿌려줍니다.

사막의 밤이 아름다운 이유는 이렇게 모든 살아 있는 것들이 서로에게 의지하며 눈부신 생명력을 자랑하기 때문입니다. 생명체가 살아가기 위한, 생명체가 살아갈 수 있는 삶의 조건. 우리는 그것을 '서식지'라고 부릅니다.

2016년 9월 13일부터 16일까지, 〈혼밥생활자의 추석〉이라는 특집 다큐멘터리를 제작해 방송했다. 혼밥생활자라는 단어와 민족 최대의 명절인 추석이라는 단어. 이 둘의 조합이 참으로 안 어울려서 좋지 않은가?

소노란 사막의 선인장과 박쥐 이야기는 〈혼밥생활자의 추석〉 2화, "일인가구의 친구 사귀기"의 서문이다. 이 다큐멘터리는 총 4화로 구성돼 있는데 2화의 주제는 '관계와 공동체'였다. 일본과 스웨덴을 찾아 전문가를 만나기도 하고 셰어하우스를 견학하기도 했다. 이미 우리보다 먼저 일인가구가 늘어나는 현상을 고민해온 곳들이다. 그들은 각각 저마다의 방식과 속도로 일인가구와 공존하는 사회를 만들어가고 있었다. 또 국내에 있는 일인가구가 중심이 된 다양한 공간과 모임에도 참가해 보았다.

일인가구 증가속도가 OECD 중 1위인 우리이지만, 여전히 한국 사회는 '일인가구 시대'라는 것은 남의 일이자 도래하지 않아야 할 미래, 어떻게든 피해야 할 미래로 여기는 경향이 강한 듯하다. 하지만 다른 나라의 사례, 혹은 국내의 독창적인(!)

사례들을 통해서 자신들의 공동체를 일인가구와 함께 살아가는 건강한 서식지로 만들어 가고자 한 부지런한 노력들을 엿볼 수 있다. 그 흔적과 결과들을 보자면 그 자체가 강력한 메시지임을 느끼게 된다. 우리 사회는 그 메시지를 얼마나 제대로 읽고 있을까? 공부란 대개 하기 싫은 법이지만 시험을 앞두고 있다면 교과서 정도는 읽어줘야 낙제는 면할 수 있다.

일인가구를 위한 지원 기본조례안을 발의한 서울시 서윤기 시의원을 향해 어떤 이들은 "일인가구를 조장하자는 것이냐, 양성하자는 것이냐" 하는 비난도 했다고 한다. 이에 서 의원은 망설임 없이 이렇게 답한다. "있는 일인가구를 그대로 보자는 것이다."

그렇다. 지금 우리 사회에 필요한 것은, 또 일인가구 본인에게도 필요한 것은 바로 이것이다. 있는 그대로 그것을 보는 것.

혹자는 편의점 간편식 메뉴가 다양해졌다는 것, 혼밥 전용 식당이 늘어나고 있다는 것, 청소대행 서비스가 많아졌다는 것을 두고 혼자 살기 참 (약간 비아냥대면서) 좋아졌다고, 이 정도면 충분하지 않느냐고 말하기도 한다. 글쎄. 사는 것이 편리해지면 잘 살 수 있게 되는 건가? 게다가 그 편리성이라는 것은 경제력이 있을 때에나 담보되는 시장의 것들일 뿐인데? 나로서는 이런 말 앞에서 스스로도 민망할 소리 그만하라고밖에 할 말이 없다. 이것은 그저 매슬로우의 욕구 피라미드 하단에 있는, 생존의 욕구가 채워진 수준에 그친다는 것은 굳이 설명할 필요도 없겠다.

당연하지만 일인가구에게도 훨씬 더 다양하고 복잡하고, 귀여운 욕구들이 있다. 이들이 자신들의 가능성을 이 사회 안에서 펼쳐 보이며 연결된다면, 그럼으로써 더 행복한 일인가구가 많아진다면 어떨까? 아, 적어도 정상가족들을 위협하지 않는다는 걸 한 번쯤 강조하고 싶다. '개방된 공동체를 사는 일인가구 시대'라는 말은 '타인과 연결되지 않는 침묵의 시대'라는 시나리오를 반박할 뿐이다. 그럼에도 불구하고 지레 겁먹고 일인가구들을 애써 보이지 않게 하고, 제도에서 배제시키며 곧 정상가족에 편입되어야 할 임시적인 존재로 만드는 어떤 목소리에는 우리가 더 잘 사는 모습을 배 아프게 보여줌으로써 답하는 수밖에 없겠다. 그래서 나는 즐겁고, 아주 멋진 꿈을 꾸는 배짱 두둑한 혼밥생활자들을 보면 마냥 물개박수를 치며 응원하고 싶어진다. 적당한 타협이 아닌 조금은 어렵고 다른 길 위에 올라 기꺼이 먼저 발자국을 내주고 있기 때문이다.

나 혼자 로빈슨 크루소처럼 살고 있으면 내가 심장이 뛰고 있어도 여기가 서식지인 게 확인이 안 됩니다. 다른 동종이 어딘가에 있어서 만날 수 있는 가능성이 있어야 돼요. 그렇지 않으면 거기는 그냥 비어 있는 서식지, 혼자 방황하는 서식지일 뿐입니다. 동종의 다른 개체를 만난다는 것은 우리가 계속적으로 이곳에서 살아갈 수 있음을 확인시켜 줍니다. 저기서 누가 짭짭 뭘 먹고 있으면 나도 가서 "어, 너 뭐 먹어?" "너도 와. 여기 먹을 거 있어." 이런 정보를 얻기도 합니다. 경쟁이든 협동이든 그렇게 관계를 맺게 될 때, 그 서식지는 유의미한 공간이 됩니다.

_〈혼밥생활자의 추석〉 중 영장류학자 김산하의 인터뷰 일부

사실 우리는 누구나 혼자가 될 수 있다. 다큐멘터리를 만들며 만난 일인가구들은 혼밥생활자가 된 이유도, 그 이후 삶의 모습도 제각각 달랐다. 이혼 후 혼자 살게 된 김승범 씨는 외로움을 손님이라고 말한다. (가족과 함께 살아도 혼자와 다름없이 혼밥을 한다는 숱한 동지들에 대해서는 굳이 언급하진 않겠다.) 그는 혼자 잘 사는 사람들이 많아져서 혼자가 서툰 사람들과 더불어 서로를 챙겨주는 그런 커뮤니티를 꿈꾼다고 말한다. 또 칠십여 년을 가족에 둘러싸여 살다가 남편의 사별로 그제야 혼자가 되었다는 김춘화 할머니. 그녀는 언제든 생애 어떤 순간에는 혼자

가 된다고 말하며 자신의 손녀딸에게 능력 있으면 굳이 (일찍) 결혼할 필요 없다고 눈을 찡긋했다.

《망원동 에코 하우스》의 저자인 고금숙 씨는 자신의 삶의 가치를 담은 멋진 집을 카우치 서핑하며 즐거운 비혼 생활을 누리고 있었다. 그런가 하면 사업 부도로 안타깝게 가족들과 흩어져 혼자 살고 있는 윤용주 씨도 만났다. 그를 통해 개인이 아닌 '가족'을 단위로 한 우리 사회의 안전망이 얼마나 많은 사각지대를 만들고 있는지 다시금 실감할 수 있었다. 그는 당뇨병 합병증으로 다리를 절단하여 일을 할 수 없는 기초생활수급자였다. 그런데 학생이었던 아들이 졸업을 하고 직장을 갖게 되어 수심이 깊었다. 가족들이 모두 흩어진 이후 아들과도 연락을 주고받지 못했는데 비교적 근래에야 가끔 전화를 주고받게 되었다는 그는, 아들이 직장을 갖게 되자 수급이 끊길 상황에 놓여 괴로워했다. 하지만 차마 아들에게 자신의 상황을 말할 수 없다고 여러 번 되뇌었다.

이렇게 다양한 이유로, 다양한 방식으로 일인가구가 될 수 있음에도 불구하고 우리는 왜 혼자 살아가는 삶을 마치 남에게만 일어나는 일인 양 이에 아무런 마음의 준비도, 관계의 준비도 하지 않는 걸까? 사회는 변하고 있지만 여전히 우리 안에 존재하는 혼자에 대한 공포는 '고독 혐오 신드롬' 혹은 '런치메이트 증후군'을 만들어내기도 한다. 런치메이트 증후군은 점심을 같이 먹을 친구가 없다는 것에 두려움을 느끼는 심리적 상태를 말한다. 다큐멘터리를 제작하며 이 단어를 만든 일본 정신과 의사, 마치자와 시즈오 교수를 직접 만났다.

> 우리는 모두 살아가기 위해 필요한 '관계의 양'이 있거든요. 우리는 누군가와 연결되고, 그 연결을 증명받고 싶어 합니다. 자기가 어떤 생각을 하는지, 어떤 것들을 좋아하는지, 나는 어떤 사람인지. 이런 걸 혼자 생각하고 마는 게 아니라 누군가와 말하고 싶어 하는 거죠. 이제 이 관계를 혈연가족이 아닌 다른 인간관계가 대체하고 있습니다. 중요한 것은 이것을 어떻게 풍성한 관계로 만들 것인가 입니다.

> _〈혼밥생활자의 추석〉 중 정신과 의사 마치자와 시즈오의 인터뷰 일부

마치자와 시즈오 교수가 말한 것처럼 우리에겐 모두 필요한 관계의 양이 있다. 이 양은 모두가 균등하지 않고 저마다 다르다. 자신에게 필요한 관계의 양이 채워지지 않으면 누구나 존재의 뿌리가 흔들린다. 그럴 때는 누군가가 이것을 채워주길 기다리거나 자신을 비하하기보다는 스스로 그것을 채우기 위해 들

판으로 나가야 한다. 다만, 중요한 것은 이것이 내 삶을 '풍성하게' 만들어주는 방향이어야 한다는 것이다. 그저 혼자가 싫다는 이유만으로 자신을 해치는 관계를 억지로 붙잡고 있는 것은 도리어 개인을 무너뜨린다. 그렇기 때문에 신중한 선택을 위해 혼자 설 수 있는 체력을 키워야 하고 나 자신을 객관적으로 바라볼 수 있어야 한다.

관계라는 포획물을 수렵하고 채집하는 것이 어색한 현대인들이다. 하지만 반가운 소식이 있다. 일인가구가 늘어나면서 같은 필요를 느끼는 사람들이 그만큼 많아졌다는 사실이다. 그만큼 관계의 양을 늘릴 수 있는 기회를 찾는 것이 훨씬 수월해졌다. 이런 만남의 꾸러미들을 프랑스 사회학자 미셸 마페졸리는 "부족"이라고 표현했다. 그는 자신의 책 《부족의 시대》에서 신부족 시대를 살아가는 "영원한 아이"들에 대해서 말한다. 이들은 근대의 주체였던 합리적 개인이 아닌 야만으로 돌아온 부족원들이다. 이들은 창조적이고 활기찬 '느낌의 공동체'를 만들어간다. 삼삼오오 모여 자신들의 부족을 늘려가는 이들을 통해 도시는 새로운 얼굴을 갖게 된다. 이것은 도시에 활력을 불어넣고 단절과 고립 대신 연대와 공존이라는 가능성을 말하게 한다. 도시는 그렇게 부족원들의 놀이터가 된다.

현실 속 '느낌의 공동체'를 찾아가 보았다. 마포의료생협을 비롯한 여러 지역 단체들이 주최하는 일인가구들을 위한 "튼튼든든 독립생활인 안심프로젝트" 수업이었다. 방문한 날은 일인가구들을 위한 심폐소생술 워크숍이 열리고 있었다. 마포의료생협의 활동가 임상희 씨는 동네에 늘어나는 일인가구들과 마을의 한 구성원으로서 어떻게 함께 소통하고 이야기 나눌 수 있을지 고민하다, 이 프로젝트가 만들어졌다고 했다. 세입자로 현명하게 사는 법부터 식생활 점검, 마음관리법, 마을탐방 프로그램으로 채워진 이 프로젝트는 일인가구들의 든든한 관계의 거점, 삶의 거점으로서 그곳 마을을 건강한 서식지로 만들고 있었다.

　　삶을 영위하는 자신의 방법 그대로 그렇게 자연스럽게 살아가는 사막 생명체들. 그 부지런한 순환 덕분에 사막의 밤은 고요한 아름다움으로 채워진다. 우리가 살고 있는 이 도시도, 이 거대한 생태계도 각 개체들이 따로, 또 같이 존재하며 서로를 위한 생명의 조건이 되어줄 때 더 아름다울 수 있을 것이다. 메마르고 척박한 땅이 아닌 넘치도록 풍요로운 생명활동이 일어나는 땅으로 존재하기 위해, 우리 사회와 그 구성원들은 이제는 분명 '다른' 노력을 해야 한다.

나는 혼밥생활자들이, 이 독특한 아름다움을 가진 낯선 존재들이 신비로운 씨앗으로 사회에 존재하길 바란다. 이들이 아름다운 이유는, 수많은 가능성을 품고 있기 때문이다. 위험과 도전을 반복해 나아갈 것이기 때문이다. 치열하게 고민하며 마주치고 머물고 흩어질 것이기 때문이다. 그 마음이 내 마음과도 같아서, 이들이 체념하지 말고 전진하길 응원한다. 다른 누구에 의해서가 아니라, 내가 원해서 맺는 관계들을 통해 나 역시 그 어느 때보다 많은 성장의 순간들을 만났다. 또한 자발적으로 선택한 삶의 방식을 단단히 하며 그 어느 때보다 나 자신에 대해 많이 알게 되었다. 그래서 그 관계와 방식들을 포기하고 싶은 때가 오더라도 스스로 아주 깊게 되물으며 답을 구할 수 있었다. 내 결정의 근거가 무엇인지 나는 알고 있었고 그것을 지속해야 할 이유와 그 방법 역시 찾아낼 수 있는 판단의 주인이었기 때문이다.

우리 사회가 일인가구를 포함한 다양한 개인들이 더 안전하고, 더 행복하게 살아갈 수 있는 멋진 서식지가 될 수 있을까? 아직 빈칸인 답안지를 바라보며 연필 말고 알록달록한 색연필을 집어 들어 답을 채워나갈 준비를 해본다. 그런데… 앗, 우리 부족원들이 나를 부르는 소리가 들린다. 이런. 어느덧 시간이! 글의 마무리는 다음에 해야겠다.

나는 문을 향해 외친다. '영원한 아이'의 목소리로.

"어, 금방 나갈게! 잠깐만!"

한 입
두 잎
혼자라도
봄나물

—

혼저옵서예, 안 읽던 계간지 같이 모여 읽지, 한 입 두 잎 혼자라도 봄나물, 없는 도서관, 오픈 세미나: 혁명의 계절, 생태는 생활태도다, 라운드테이블: 모두 하고 있습니까? 노동, 굴뚝토론회, 하루채식

〈혼밥〉도 몇 번의 오프라인 만남을 가졌다. 일관성 없어 보이는 저 이름들이 그 행사의 제목들이다. 삼 년간 아홉 번. 그래도 평균으로 따지면 일 년에 세 번은 한 셈이니 적은 횟수는 아니다. 특별히 부지런하지도 않은 주제에 예상외로 잦은 만남에 오히려 의아함과 경계심(재밌게 놀고 집에 갈 때 옥매트 하나씩 사가라고 한 거 아냐?)을 불러일으킬지도 모르겠다. 사실 이렇게

행사를 할 수 있는 이유는 따로 있다. 비법이랄 것도 꿀팁이랄 것도 없지만 알아두면 쓸모 있는 상식이라 한 번쯤 누군가와 공유하고 싶은 내용이다.

공개방송이나 토크쇼 형식으로 여타 팟캐스트 프로그램에서 오프라인 행사를 개최하곤 한다. 백여 명의 청취자들이 큰 홀을 꽉 채운다. 박수와 함께 방송 진행자와 게스트들이 무대 위에 나타난다. 즐겁고 화기애애하게 방송 에피소드와 그 뒷이야기도 소개하고, 청취자들과 방송에 관해 묻고 답하는 시간을 갖는다. 그렇게 서로 지지하고 응원하며 추억을 쌓아 귀가한다. 프로그램 게시판엔 그날의 리뷰도 올라온다.

하지만 저 아홉 번의 행사가 진행되는 동안 우렁찬 박수와 환호, "팬이에요" 같은 말은 단 한 번도 등장하지 않았다. 백여 명의 청취자? 뜨거운 리뷰? 이것 역시 마찬가지. 우리의 만남은 매우 소박했고 몹시 사사로웠으며 느슨하고 자유로웠다. 세미나나 라운드테이블, 토론회 형식이었던 세 번의 행사 빼고는 열 댓 명 안팎으로 참여자 수를 제한했다. 만났어도 〈혼밥〉 방송에 대해서는 별로 얘길 나눈 기억이 없다. 그저 행사의 목적에 매우 충실했는데 실제로 호스트인 듯 호스트 아닌 나의 뒤꽁무니 빼기 실력이 탁월했기 때문이었다고 자찬해본다. (하하)

사실 행사를 했던 이유가 그랬다. 그냥 슬리퍼 끌고 집 앞 슈퍼 가는 마음가짐이면 충분할 것 같았고 게릴라전처럼 가볍게 치고 빠지는 민첩성을 단련하면 좋겠단 생각이었다. 가장 중요한 키워드는 언제나 '자립'이었다. "공공기관의 예산이나 후원금 없이 가능한 모임은 어떤 형태일까? 한 명의 전문가에게 배우는 게 아니라 각자 가진 생활의 기술을 나누면 어떨까? 많은 사람들이 자신의 관심사를 모임으로 기획하는 능력을 갖게 된다면 어떨까?"

사실 다단계 맞다. 옥매트는 아니지만 '이런 모임이라면 나도 친구들과 한번 해볼 수 있겠는데?' 하는 가벼운 호기심과 불온한 반자본주의를 적절하게 퍼트리는 게 영업 목표다. 경제적으로 좀 더 자립적인 모임, 관계에 있어 좀 더 개방적인 모임, 주제에 있어 좀 더 창의적인 모임. 독립생활자들이 이런 '별의별' 모임을 자꾸 벌려 곳곳엔 아지트가 생기고 다양한 삶의 예술들이 창조된다면 얼마나 유쾌할 것인가!

카페와 살롱과 술집이 밀집해 있어 사람들이 모이기 좋은 워싱턴 스퀘어파크를 중심으로 펼쳐진 그리니치의 공간적 환경은 개인적 실험을 위한 사생활을 보장하는 동시에 자기표현과 노출에 안성맞춤이었다. … 발 디딜 틈 없이 북적이는 다양한 사

회적 환경에서 낯선 사람들이 만나고, 무대와 거리의 구분이
모호해지고, 새로운 공적 지형이 구축된다.

_에릭 클라이넨버그, 《고잉 솔로》

이 만남들은 실패해도 되는 실험이다. 매 실험에 지나치게
무거운 의미를 부여하지 않는다. 즉, 결과를 성공과 실패로 분
류하지 않는다. 다만 실험 참가자들에 대해서는 생각한다. 그들
이 얼마나 이 실험에 주도권을 가지고 있었는지에 따라 그들의
귀갓길 마음이 달랐을 것임을 떠올린다. 하지만 그들 마음의 결
과에 대해서 지나치게 상상하며 매달리는 것은 금물이다. 그들
모두를 내가 기쁘게 해줬어야 했다는 생각에도 빠지지 않도록
경계한다. 내가 할 수 있는 것과 할 수 없는 것이 명확히 존재함
을 인정한다. 그저 할 수 있는 것에 조금 더 노력한다.

생각해보면 첫 모임이었던 '혼저옵서예'를 아주 무난하게,
꽤 좋은 기억으로 마칠 수 있었던 것이 이후 모임을 이어가는
데 큰 힘이 되었다. 비 내리는 월요일 저녁이라는 매우 우울한
조건이었음에도 불구하고 약속을 지켜준 고마운 이들 덕분에
문래동에서의 그 밤은 꽤 근사한 기억으로 남았다. 도란도란 모
여 삼삼한 시간을 보냈다. 맛있고 소박한 것을 먹었으며 이야기
가 깊어진 무렵엔 귀여운 프로그램도 진행했다. 무라카미 하루

키의 《색채가 없는 다자키 쓰쿠루와 그가 순례를 떠난 해》의 일부를 읽고 그 뒷이야기를 자기만의 방식으로 완성해 작은 책을 만드는 것이었다. 일명 '혼자출판사'의 첫 책 만들기! 망설이고 골몰하던 표정에 잠깐 빛이 스치면 저마다 조심스럽게 자신의 감정을 펼쳐 종이 위에 새겼다. 책의 표지도 그리고 종이의 앞 뒷면 곳곳에도 그림 자국이 얼룩처럼 여백을 채웠다.

한 번의 돌이킬 수 없는 크나큰 상실로 다자키 쓰쿠루는 소멸되었고 색채를 잃었다. 그런 그에게 일상의 일부를 나누는 유일한 존재는 '하이다'이다. 그런 그마저 어느 날 갑자기 쓰쿠루의 눈앞에서 사라진다. 영영 사라져버린다. 다자키 쓰쿠루는 다시 완벽하게 혼자가 되었다. 하지만 이미 너무 큰 상실을 경험했기 때문일까? 그는 이전처럼 모래알로 산산이 부서지지 않는다. 그저 조용히 흐른다. 그리고 아주 천천히 하이다에 대해서 생각한다.

그곳의 우리는 자신이 겪었던 상실의 기억, 또 혼자의 시간을 떠올리며 뒷이야기를 이어갔다. 누군가는 비 오는 창밖을, 누군가는 이리저리 이어진 긴 선들을, 누군가는 종이의 중간을 큰 구멍으로 오려냈고, 누군가는 글을 남겼다.

하지만 그립다거나 보고 싶다거나 하는 이야기는 하지 않으려 한다. 내가 그를 설사 낙담시켰다고 해도 더 이상의 설명은 필요하지 않다. 그것은 누구의 잘못도 아니다. 그저 생각지도 못한 이별이었다. 진짜 혼자가 되었을 때조차 자신을 상처 주지 말자 다독인다. 이별도 그래야만 할 때가 되었기 때문에 일어난 것이다.

_'혼저옵서예', ○○○ 씨의 글

모임공간 한 쪽 작은 책장 위에 그들의 책이 한 권씩 모아 올려졌다. '혼저옵서예'에 놀러왔던 한 청취자의 말이 이후에도 오래 기억에 남았다. "처음 보는 사람들을 만난 건데도 〈혼밥〉 방송을 듣는다는 이유로 어딘가 친숙한 느낌이 들었다. 비슷한 사람일 것 같은 느낌이랄까? 서로 공통적인 걸 공유하고 있는 사람 같았다."

그런 느슨한 연결의 한 고리쯤에, 서로의 존재를 확인하는 멀리 떨어진 하나의 불빛 중에 〈혼밥〉이 존재하길 바랐다. 물론 그들의 일상에 이 방송은 아주 잠시 머물렀다 어둠 속으로 사라지는 것에 불과할지도 모른다. 아쉽지만 그래도 괜찮다. 그저 둥글고 부드러운 순간의 기억들이 마음 어딘가에 남았다가 '멈출까' 하는 순간에 한 번쯤 머릿속을 스치길, 그래서 어느 날엔

한 발짝 더 나아갈 수 있는 기운이 되어줄 수 있기를 (꽤 큰 꿈이
지만) 소망할 따름이다.

매번 행사는 늘 어떤 책과 연결되어 있었다. 다른 프로젝트
팀이나 다른 주최들과 협업하며 만든 행사라 해도 어딘가 한쪽
에는 책의 망령이 (소금을 뿌려도 없어지지 않는다!) 그림자처럼
어른거렸다. 하다못해 '요즘 읽고 있는 책과 ○○ 할 때 추천하고
싶은 책'을 가져오라고 참가자들을 협박한 적도 있음을 겸허히
시인한다. 책이라는 매개는 때로는 어떤 자기소개보다 함께 모
인 사람들을 편하게 이어준다. 특히 자신이 좋아하는 책에 관해
말하는 순간이라면 상대에 대한 경계를 풀고 절로 적극적인 수
다쟁이가 되고들 한다.

그런 의미로 보면 책모임 꾸리기는 누구에게나 권하고 싶
은 모임이다. 〈혼밥〉에서도 계간지에 나오는 단편 소설과 시를
소리 내어 읽는 낭독모임 '안 읽던 계간지 같이 모여 읽지'와 환
경 도서들을 집중 겨냥했던 '생태는 생활태도다'의 책모임을 청
취자들 그리고 우연히 SNS에서 모집 포스터를 봤다는 노마드
들과 함께 하였다. (책모임은 한 그룹의 인원을 일곱 명으로 제한해,
두 그룹에 맞게 신청자를 받았다.)

각 그룹에서 한 명이 1, 2회 정도 매니저 역할을 했다. 함께

읽을 책 목록을 준비하고(책 선정에 관해서는 그때마다 유연하게 운영했다), 원활한 모임 유지를 위한 초반 작업을 했다. 하지만 그 뒤부터는 모두가 동등한 멤버가 된다. 이런 여백들은 참가자를 적극적인 플레이어가 되도록 유도하기도 하고 참가자를 미꾸라지로 만들기도 한다. (하하) 만족스러웠든 불만족스러웠든 다음 책모임을 만들 때, 참고할 경험이 쌓이는 것은 분명하다.

　나 역시 다른 이들이 던지는 좋은 질문을 만날 수 있었던 시간이었다. 뭐랄까, 친구들 뚜쟁이 하는 걸 눈치 없이 좋아하는 편이라 '이 사람, ○○랑 친구 하면 되게 잘 맞을 것 같다. 서로 소개해주고 싶다' 하고서는 혼자 계략을 짜거나 '저 사람이랑 다음에 이거 같이 하면 좋겠다' 싶으면 오지랖을 부리며 연락하기도 하고, 재미있는 행사 소식이 있으면 공유하기도 하면서 모임 후에도 작은 인연들을 이어갔다. 다만 이런 소모임의 마지막에 대단히 거창한 것이 있어야 해피엔딩이라고 생각지 않으면 좋겠다. 희미한 가능성을 하나라도 더 늘렸다면 아주 좋았다고 자평하는 정신승리가 큰 도움이 된다. 이 어렴풋한 것을 얼마나 더 구체적으로 만들어갈지는 각자의 몫이다. 내가 못하면 할 줄 아는 친구 옆에서 놀아야 한다는 교훈도 잊지 말자.

앞으로도 일관성과 통일성 따윈 없는 오프라인 모임을 종종 열 계획이다. 동네 책모임이 될 수도 있고 해변 청소나 앞산 청소가 될 수도 있고, 오픈 세미나나 특정 이슈의 연대 모임이 될 수도 있다. 혹은 지금은 생각의 범위에도 들어와 있지 않은 낯선 성격의 것이 될지도 모른다. 하지만 한 명의 리더가 모임을 끌어가는 '효율성'은 이 모임들에 없을 것이다. 지불능력이 있는 사람들만 참가할 수 있는 '검증'도 없을 것이다. 많이들 모여 세를 서로 확인하는 일도, '우리가 남이가' 같은 것도 없을 것이다.

그저 책을 통해 연결된 사람들이라면 모두가 도달하게 되는 그런 평범한 만남들이 있을 것이다. 꿈꾸는 것을 소리 내어 말하고 그것을 귀담아듣는 사람들은 결국 어떤 모습으로 닮아갈까? "경청은 타자가 진실을 말할 수 있도록 충분히 기다리는 것"이라는 미셸 푸코의 말을 떠올린다(미셸 푸코, 《담론과 진실》).

나는 당신을 기다린다. 당신을 만난 후에도 다시 당신을 기다린다. 우리는 개와 늑대의 시간을 지새운다. 고요한 가운데 내일은 더디게 온다. 우리는 모두 기다림을 배운다. 시공간을 뛰어넘어 수백 년을 건너온 아름다운 작품이 있다. 그것을 통해서 우리는 현재를 넘어선 영원의 존재를 실감한다. 함께 책을 읽는 이들은 바로 그 영원의 시간을 나누는 동지다. 해가 뜬다. 아침이 온다. 수천 년 인류를 비추어온 뜨거운 불이다.

사회적
개인주의자의
공중 곡예

—

작은 독립서점에 갔다가 책장에 꽂힌 《박완서의 말》이라는
책에 눈이 갔다. 책의 부제인 "소박한 개인주의자의 인터뷰"라
는 문장이 마음에 들었기 때문이었다.

> "어떻게 보면 난 좋은 의미의 개인주의자라고 생각해요. 내가
> 중하니까 남도 중한 거지. 사람이 사람을 억압하는 사회가 싫
> 은 거죠."
>
> _박완서, 《박완서의 말》

'소박한' 개인주의자? 어쩐지 아기자기하면서도 강단 있는
느낌이다. 박완서 선생님의 글에서 자주 마주한 인상과도 닮았

다. 그런데 문득 개인주의자라는 말이 우리 사회에 친숙한 개념인가 되묻게 된다. 나 역시 이 단어를 종종 사용하긴 했지만 그 뜻을 정확히 알지 못한단 생각이 든다. 이기주의와 거리를 두며 그저 두루뭉술하게 "아니, 그 오른쪽으로 돌면 큰 건물 있는 거기 있잖아, 거기"라는 식으로 써왔달까. 하지만 바로 이런 이유로, 이 단어는 아직 덜 오염되고 덜 변질된 채로 남아 있다. (아직 대중적인 단어가 아니라는 증거는 '개인주의자'라는 단어를 전면에 내세운 책이 별로 없다는 데서도 찾을 수 있는 듯하다.) 즉, 이 단어가 앞으로 어떤 생명력을 가지게 될지는 이 말을 쓰는 우리에 의해 좌우될 수 있다는 것이다. 집단주의와 이기주의, 그 사이 어딘가를 맴돌며 한국 사회에서 개인주의자로 살아간다는 것은 어떤 의미일까? 구체적으로 이 단어의 의미를 체감해보고 싶어진다. 소박한 혹은 건강한 개인주의자로 살아가고자 하는 혼밥생활자들이라면 한번쯤은 생각해볼 만한 주제다.

개인주의자라는 단어를 들으면 혹자는 문유석 판사의 책 《개인주의자 선언》을 자연스럽게 떠올릴지 모르겠다. 그중 개인주의자의 특성을 소개한 이런 문단은 이 단어의 뜻을 직관적으로 이해하는 데 도움이 된다.

이때의 개인은 한 명의 시민으로서 자신의 권리와 의무를 합리
적으로 수행하는 자이다. 또한 개인의 자유와 행복을 추구하기
위해, 타인도 역시 나와 똑같이 그러함을 인정한다. 서로의 입
장과 영역을 존중할 줄 안다. 그러나 군대 문화, 가족주의 문화
가 만연한 한국사회에서 이러한 개인주의자는 별종 취급을 받
거나, 때로는 사회적 질타를 받기도 한다.

_문유석, 《개인주의자 선언》

"우리가 남이가"라는 말에 "네. 남이죠. 그러니까 서로 존중
하며 예의를 지켰으면 좋겠습니다"라고 답한다거나 '또 하나의
가족'이라는 친밀성의 가면 뒤에 숨은 일상화된 착취와 충성심
테스트를 거부하는 사람들. 하지만 위의 인용 문장이 지적한 것
처럼 이런 개인들은 대개 '싸가지가 없는' 혹은 '자기는 조금도
손해를 안 보려고 하는, 공동체를 위한 희생과 헌신을 모르는
요즘 것들'로 낙인찍히곤 한다. 특히 기득권을 가진 집단일수록
더욱더 완고하다. 자신들의 스카이캐슬을 지키는 것이 내 자식
의, 내 후배의 지상목표가 되어야 한다는 데 의심의 여지가 없
다. 하지만 그렇게 개인을 생략시키며 유지하려고 했던 '우리'
라는 이름의 지옥이 얼마나 많은 허위와 거짓의 탈을 쓰고 있었
는지, 또 그것이 얼마나 많은 부정의를 은폐해왔는지 한국 사회

는 조금씩 알아가고 있다. 그러면서 개인들은 이제 버티는 삶이 아닌 삶다운 삶을 살고 싶다는 열망을 키워간다.

"한국인은 어떤 삶을 원하는가"라는 조사에 20~34세 청년 중 사십일 퍼센트가 "붕괴, 새로운 시작"을 원한다고 답했다. 부모보다 더 많은 부를 쌓고 더 잘 살 수 있을 거란 기대를 갖기 어려운 최초의 세대. 중산층 신화는 고사하고 지옥고(반지하, 옥탑방, 고시원) 탈출이 희망이 된 세대. 발을 딛고 서 있는 현실은 잔인할 만큼 뜨거운데 뛰어올라 도망칠 곳이 없어 더 경쟁적으로 해야 하는 세대. 이 암울한 터널 안에서 현 세대들은 서서히 다른 방식의 삶의 방향을 모색하고 있다. 기존의 집단주의 체제가 만들어놓은 행복론을 붕괴시키고, 새로운 시작을 꿈꾸는 이들은 이제 행복에 대한 자기만의 기준을 찾기 시작한다. 그렇게 소확행의 시대가 열렸다. 장은수 편집문화실험실 대표는 이를 대단히 긍정적으로 분석하며 소확행은 "좌절의 경제학"이 작동한 "자기보호의 기술"이라고 설명한다.

우리나라 386 세대 삶의 가치관을 조금 짚어 보죠. 여태 우리 나라에서 사회 문제를 해결하는 가장 쉬운 방법은 제도를 바꾸거나 국가를 바꾸는 방식이었습니다. 체제가 바뀌면 개인이 그에 맞춰 행복의 조건을 가진다는 경험이 있었죠. … 그런데, 이제 제도만 바꾼다고 과연 내가 행복해지느냐는 물음이 나옵니다. … 그렇다면, 그 사이 우리가 행복할 방법은 무엇일까요? 내 삶의 본질을 지키려는 자세가 소확행의 본질임을 짚어야 합니다. … 더 큰 힘에 의존하지 않고 내 일상을 바꿀 수 있다는 뜻입니다. 일종의 생활 혁명이라고 볼 수 있습니다.

_〈프레시안〉 2018년 3월, "소확행, 촛불 이후를 이야기하는 새로운 이데올로기"

현재 소확행이 대중에게 소비되는 방식과 장은수 대표가 분석한 소확행의 양상에는 다소 거리가 있어 보인다. 장 대표는 소확행의 '작은'의 스케일을 다소 크게 상상하고 있지 않나 싶기도 한데 그는 개인들의 환경 운동, 동물권 운동을 포함해 대량생산, 대량소비 체제를 벗어나려는 독립출판, 귀촌, 마을공동체 만들기 등을 소확행의 사례로 말하고 있어 다소 독창적으로 느껴진다. (내가 생각하는 소확행은 세계맥주를 마시거나 원데이클래스를 듣거나 넷플릭스를 정주행하는 것이다. 이렇게 말하고 보니 어쩌면 사람마다 꽤 다양한 '작은'을 상상하며 저마다 다른 뜻으로 소확행이라는 단어를 쓰고 있다는 생각도 든다.)

물론 나 역시 동의한다. 거시적이고 이상적인 담론이 아닌 내 삶의 반경을 구체적인 방식으로 변화시키려 하는 '작음'의 가치는 분명 재발견되고 재평가되어야 할 것이다. 〈혼밥〉 역시 바로 이런 작은 변화를 꿈꾸는 개인주의자들에게 응원을 보내고, 또 함께 가자 말하는 데 존재의 이유를 두고 있기 때문이다.

〈혼밥〉이 문을 연 지 삼여 년이 지난 2019년 2월 2일. 몇 명의 사람들이 방송을 녹음하기 위해 스튜디오에 모였다. 이제 와 생각해보면 이날의 방송은 세 살이 된 〈혼밥〉에게 준, 내가 줄 수 있는 최선의 선물이었다. 하지만 이날 방송은 기존처럼 책을 읽고 이야기를 나눈 것이 아니었기 때문에 청취자들에겐 조금 낯설게 들렸을 수도 있을 것이다. 게다가 속칭 '여성 이슈'라고 불리는 특정한 사안에 대해 '여성으로서' 목소리를 내는 형식을 띠고 있기도 했다. 지난해부터 한국 사회, 아니 전 세계를 흔든 미투 운동에 대해서 이야기를 나누었고 특히 정치적으로도 가장 첨예한 사안의 2심 판결을 두고 그 의미를 짚어보는 시간이었다.

이 방송을 하게 된 것은 어쩌면 삼 년간 함께 책을 읽어온 사람들의 자연스러운 운명이었다는 생각도 든다. "독서 공동체는 삶을 함께 나누는 시민 공동체다. 독서 공동체는 책을 통해 일터와 삶터의 여러 문제들을 함께 성찰하고, 깊이 있게 논의함으로써 '깨어 있는 시민 되기'를 추구한다. 정치적, 경제적, 사회적 권력이 송출하는 정보들을 일방적으로 수용하기보다는, 그 장단점을 꼼꼼히 따지고 살펴서 공동체에 바람직한 대안을 마련해서 제시하는 일을" 요구받는다. 그리고 미투 운동이야말로 강인한 개인주의자가 어떻게 사회를 더 성숙하고 건강하게 바꿔 가는지를 보여주는 확실한 사건이었다(장은수,《같이 읽고 함께 살다》).

미투의 주역들은 집단주의라는 맹신에 자기 삶을 걸고 (앞으로는 피해자들이 피해 사실을 고발하며 자기 삶을 걸지 않을 수 있길 바란다) 틈새를 만든 이들이다. 이들은 권력 집단이 만들어 놓은 침묵의 카르텔을 깨뜨렸다. 피해자보다 더 보호받아야 하는 양 정당화된 '극단을 위해, 영화를 위해, 한국의 금메달을 위해, 회사의 명예를 위해, 앞날이 창창한 남성의 미래를 위해'라는 명분들을 차분히 바라본다. 이런 괴물들이 살고 있는 세상은 누구든 맞서야 하는 것이 아닌지 되묻는다. 그리고 〈혼밥〉을 듣고 있는 이들이라면, 그런 낮은 목소리의 가치를 아는 이들이라면 기꺼이 이 이야기에 귀 기울여줄 것임을 믿었다.

이날 방송에 한국성폭력상담소의 김혜정 부소장과 여성학자 손희정 박사, 〈혼밥〉의 오랜 게스트인 서은영 기자가 함께했다. 방송을 정리하며 마지막 한마디를 부탁하니 김 부소장은 피해자의 이야기를 하였다. 그녀가 다른 피해자들을 아주 많이 생각하고 있다는 것이었다. 그 말에 나는 문득 사내 성희롱 사건이 벌어졌을 때 피해자였던 한 아나운서가 자신의 피해 사실을 밝혔던 일을 떠올렸다. 사실 그녀는 논란이 불거진 성희롱 사건의 직접적인 피해자가 아니었다. 그때의 피해당사자는 프리랜서 작가였다. 이 사건이 수면 위로 올라오자 회사 차원의 대응이 있었다. 그리고 얼마 지나지 않아 그 아나운서는 자신 역시 같은 가해자로부터 성희롱을 당한 적이 있다고 고백했고, 그 싸움에 동참하였다. 그녀가 했던 말을 기억한다. "주위 사람들이 날 어떻게 생각할까 두려워서 피해를 당하고도 말하지 못했었다. 그런데 그때 내가 침묵했기 때문에 나보다 어리고, 더 약한 위치에 있는 누군가가 같은 피해를 당한 것이다. 더는 이런 일이 반복돼서는 안 된다."

아주 드물게 외부에서 인터뷰 요청을 받을 때가 있다. 근래에 했던 인터뷰는 속칭 '여성잡지' 인터뷰였는데 여러 개의 책 팟캐스트를 소개하는 지면이었다. 나중에 기사가 나온 것을 보고 깜짝 놀랐던 것이 기억에 남는다. 그 기사의 제목은 "사회적인 개인주의자들의 독서"였고 이것은 〈혼밥〉 방송을 소개하는

문장이었다. 나는 '오, 좋은 타이틀이군'이라고 생각하며 인터
뷰 내용을 읽었는데 거기에 이런 문답이 있었다.

Q 책을 통해 독거 노인과 치매 노인 문제 등을 다루다 보면
   결국 시스템에 대한 이야기로 귀결될 수밖에 없다. 책 관련
   팟캐스트에서는 흔히 듣지 못할 마무리다.

A 맞다. 제도가 바뀌어야 한다는 말로 자주 끝이 난다. 혼밥
   생활자라는 콘셉트가 중요한 게 우리는 사회 안에서 개인
   이라는 유닛으로 존재하지 않나. 사회적인 개인주의자가
   되는 것이 중요하다. 우리 스스로는 아무 힘없는 개체일 뿐
   이라고 생각하지만, 그럼에도 개인의 확장성에 대한 희망
   을 이야기하고 싶다. 혼자 잘 살기 위해서 우리는 서로에
   게 어떤 존재가 돼줘야 할까. 최근 책《함부로 대하는 사람
   들에게 조용히 갚아주는 법》을 다뤘는데, 직장 내에서 불
   합리한 일이 벌어졌을 때 "내가 뭘 할 수 있겠어, 내가 무
   슨 힘이 있겠어"라고 하기보다 내가 사람들이 흔히 말하는
   "쟤 왜 저래"의 '쟤'가 돼보자는 이야기를 나눈 적이 있다.
   무언가에 대해 발언하고, 바꿀 수 있다는 나에 대한 긍정,
   그걸 계속 중요하게 여기며 가져가고 싶다.

_〈마리끌레르〉 2019년 1월호

내 입으로 내가 '사회적인 개인주의자'라는 단어를 썼다니. 오, 나의 기억력이여. 이때의 인터뷰에서 가장 인상적이었던 것은 질문하던 기자가 책의 목차에 몹시 주목했다는 점이었다. 방송의 제목을 보고, 뭔가 사변적이고 아기자기한 이야기를 하는 방송일 거라고 생각했는데 사회적인 이슈들을 꽤 많이 다룬 것이 인상적이었다고 했다. 언급한 인터뷰를 할 때 《마음은 굴뚝같지만》이라는 책이 〈혼밥〉 방송의 가장 마지막 에피소드였는데, 이 책은 목동 열병합발전소 위에서 고공농성을 하고 있는 노동자들을 다룬 책이었다. 어쩌면 이 때문에 더 그런 인상을 받았을지도 모르겠단 추측도 든다. 사실, 생각해보면 그렇다. 첫 방송을 준비할 때 나는 우리 사회의 책맥 문화에 대해 다뤄보고 싶다고 게스트들에게 말했었다. 책이라는 것의 의미에 대해, 그리고 지금 소비시장에서 묘한 방식으로 소비되는 책 문화에 대해. 하지만 어느 순간 조금씩 누군가의 눈에 다소 생소한 책의 목록들이 쌓여갔는지 모르겠다.

하지만 삼 년에 걸쳐 이 방송을 만들며 명징하게 알게 된 한 가지가 있다. 책의 여정을 걸으며 혼밥생활자의 자취를 쌓아가며 그러다 스치는 질문들의 소매 한 자락을 잡아 말을 걸며 알게 되는 것은 결국 우리 사회가 더 건강하고 따뜻해지지 않으면 한 명의 개인주의자로서 독립생활자로서 우리가 잘 살아갈 수 없다는 것이다.

삶이란 생과 죽음 사이의 매달리기이다. 관건은 균형 잡기이다. 사회와 개인 사이의 매달리기에서도 중요한 것은 균형 잡기이다. 혼자이면서도 함께인 삶. 개인이면서도 공동체를 이루는 삶. 단독자임과 동시에 연결자로서의 균형 잡기. 그렇게 중력을 거스르며 우리 각자가 공중에서 멋들어진 곡예를 펼치길 꿈꿔본다.

이 순간을
기억하자

—

　개다리소반 위에 두꺼운 검은 뿔테의 안경과 원고가 놓여
있다. 턱을 괸 문단의 거목은 그것을 앞에 두고 깊은 고민에 빠
졌다. 그는 무슨 생각을 하고 있을까? 멋스러운 눈썹 아래에 길
고 가는 눈이 그의 상념을 말해주는 듯하다. 사진작가 육명심이
찍은 시인 박두진이다. 백민 시리즈로도 유명한 육명심 작가의
《문인의 초상》에는 칠십여 명의 문인들이 소탈하고 자유로운
모습으로 독자에게 자신들을 내보인다. 한복을 입고 쪼그리고
앉은 미당 서정주의 뒤엔 기세 좋은 산이 우뚝 솟아 있다. 목이
늘어난 셔츠차림으로 마루에 앉은 박목월 옆에는 두 마리의 개
가 친근하게 섰다. 휘어진 그의 두 눈이 소탈한 웃음을 머금고
있다. 동백림사건으로 지독한 고문을 당하고 생의 기운을 다 잃

은 듯한 천상병의 얼굴은 어떤가. 시대의 아픔이 한 시인의 굴곡진 두 뺨 위에 어둠으로 흐른다.

사진을 찍는다는 것은 시간을 응집하는 행위다. 멈춰 세울 수 없는 것이 시간의 본질이지만 이 절대적인 흐름은 카메라의 '찰칵'하는 소리와 함께 포박된다. 우리는 누군가의 사진을 본다. 사진 속 사물은 이제 우리가 풀 수 없는 수수께끼로 남게 되었다. 이것은 가닿을 수 없는 시간의 저편에 존재하지만 동시에 현재에 존재한다. 과거와 현재가 미학적으로 연결되며 '초월'을 그러쥘 때 우리는 그것을 예술이라고 부른다.

나는 특히 사람을 찍은 사진들을 좋아한다. 여행지에 가도 풍경보단 그곳에 살고 있는 사람들의 모습을 담아온다. 줄지어 선 병아리 같은 아이들, 동료와 도시락을 먹으며 관광객을 구경하는 요리사들, 고개를 파묻고 시계를 고치고 있는 아름다운 청년, 헤드폰을 끼고 광장의 사람들을 그리고 있는 학생. 발자크는 "얼굴은 인간의 풍경이며 한 권의 책"이라고 말했다. 이들은 모두 일상의 증인이자 도시의 얼굴이다. 사람은 세 가지 틈께에서 산다. 시간, 공간, 그리고 인간. 이 틈들은 계속해서 꿈틀대고 충돌하고 뒤흔들리며 에너지를 만든다. 그렇다. 사람과 사람 사이에는 이런 온갖 종류의 뒤섞임이 일어나야 한다.

두 사람이 크게 서로를 안는다. 한 사람은 백의를 입은 야윈 얼굴이다. 한 사람은 웃는 듯 우는 듯 일그러진 얼굴이다. 두 얼굴은 한 장의 사진 안에서 서로 마주 보며 섰다. 2019년 1월 11일 어느 평범한 금요일 아침이다. 나는 그 사진을 한참 바라보다 비로소 깊게 안도한다. 마침내 426일간 굴뚝 위에 살던 어떤 이들이 땅으로 내려오게 되었다. 33일간 곡기를 끊었던 이 야윈 얼굴의 남자에게도 부드럽고 따뜻한 먹을 것이 허락되었다. 나는 그날 그 아침을 평생 잊지 않길 기도했다. 굴뚝 아래 천막집이 사라지던 날, 이제 빈자리가 된 인도를 카메라에 담았다. 그 겨울의 투쟁은 이제 몇 장의 사진으로 남았다. 하지만 사진 속 모습들은 굳어버린 과거가 아닌 유동하는 기억으로 살아 있다. 이것의 오르내리는 들숨과 날숨이, 진동하며 울리는 낮은 심장박동이 나의 2018년의 시간도 살아 있게 만든다. 그 일에 대해서 말하려 한다. 그 일이 만든 뒤섞임에 대해서 말하려 한다. 그것을 위해 그날의 방송부터 말하려 한다.

스튜디오에 혼자 앉은 나는 여전히 갈팡질팡하고 있었다. 6월의 어느 날. 여름은 막 시작되었지만 내 마음은 이미 어딘가로 내달리고 있었다. 마이크 앞에 앉았건만 어떤 정리된 말도, 써 내려간 원고도 없었다. 언제나 게스트와 함께였지만 그날만은 혼자였다. 머뭇거려졌다. 민망하거나 수줍어서는 아니었다. 잘하고 싶은데 잘하지 못할까봐 망설여졌다. 하지만 결국은 하고 말 일. 나는 녹음 버튼을 눌렀다. 시그널 음악과 함께 여느 때와 같은 오프닝 멘트로 방송을 시작했다. "게으르고 우아한 삶의 취향을 책을 통해 이야기하는 팟캐스트, 혼밥생활자의 책장."

> 김다은: 문득 그런 생각이 든 적이 있었습니다. 이백 일이 지났을 때쯤인데요. 그날 아침에 이상한 생각이 자꾸 드는 겁니다. 혹시라도 두 사람 중 누군가가, 그럴 일은 없겠지만, '너무 힘든 나머지 극단적인 선택을 하면 어떻게 하지?' 하는 생각. '어느 날 자고 일어났는데 둘 중 누군가 죽음을 선택했다는 기사를 보게 된다면?' 하는 생각. 내가 감당할 수 없겠더라고요. 절대로. 이 굴뚝 농성은 마냥 시간이 가는 동안 우리가 눈 감고 있어도 되는 게 아니라는 절박함이 있어요. 저런 위험한 상상이 저를 이렇게 절박하게 만드는 것 같습니다.
>
> _〈혼밥생활자의 책장〉 101화

어떤 여러 가지 우연들이 나를 파인텍 굴뚝 농성과 연결시켰다. 겨울이 너무 추웠기 때문에, 그들이 다섯 명밖에 되지 않았기 때문에, 자기들만을 위해 싸우고 있지 않았기 때문에. 이유는 참 많다. 권력도 뭣도 없지만 그러니까 뭐라도 해봐야겠다는 마음으로 지인과 나는 몇 달간 준비 끝에 '마음은 굴뚝같지만'이라는 이름의 텀블벅 프로젝트를 시작하게 되었다. 시민들이 굴뚝 위로 편지를 보내 그들이 고립감을 느끼지 않도록 응원하는 프로젝트였다. 너무 높아서 눈이 닿지 않는 곳에, 수가 너무 적어서 눈에 보이지 않는 사람들이 목숨을 걸고 '하늘 집'에서 수백 일을 살고 있었다. 나는 이 이야기를 청취자들에게 전해야겠다고 생각했다.

이날 방송에 이런 댓글이 달렸다.

아… 101화 이거 왜 이리 절박한 겁니까…? 인류가 소멸해가는 시점에, 어딘가에 발신하는 모르스 신호 같아요.

_gorokke00 씨

이런 메일도 받았다.

오랜만에 팟캐스트 피드가 올라와서 내려받아 놓고, 오늘 들었어요. 좀 전에. 사실을 듣고 너무나 늦게 알아서 마음이 아픕니다. 또 어떤 방식으로든 함께 힘을 보태고 싶습니다. 텀블벅 후원 마감되고 굿즈 포장 일손이 필요하시면 마음으로 함께 하겠습니다. 제 업무 중 하나가 택배 운송장 뽑고 포장하는 일이라 꼼꼼하게 도울 수 있어요. 모두 덜 힘들고 덜 아프셨으면 좋겠습니다. 노동력, 사람의 가치를 존중하는 사회가 되었으면 간절히 바라요. 힘드시겠지만 그럼에도 기운 내시길 응원하겠습니다.

_김지해 씨

고맙고 기뻤다. (김지해 씨는 실제로 연인과 함께 택배 포장을 위해 달려와 주었고 이후에도 종종 응원의 문자를 보내주었다.)

농성장 앞에서 '모두 하고 있습니까? 노동'이라는 이름의 라운드테이블을 열었다. 청취자들을 초대했고 그 초대에 응해준 이들이 있었다. 해남에서 농사를 짓는 농부부터 조교를 하는 대학원생, 출판 편집자, 요가 선생님, 비정규직 교사와 음악가. 그뿐이랴. 지나가다 궁금해서 와봤다는 동네 주민, 어서 시골에 가고 싶다는 전직 금속노조원, 장애가 있어 제대로 된 일자리를 구하기 어렵다는 시민과 콜트콜텍 장기해고 노동자. 우리는 해가 뉘엿뉘엿 질 때까지 길 위에서 목욕탕 의자에 몸을 굽히고 앉아 자신들의 이야기를 털어놓았다. 서로 마주칠 일도, 마주쳐도 특별히 말 섞을 일도 없어 보이는 이 각양각색의 인물들이 배기가스와 먼지가 뒤범벅된 농성장 앞에 모여 연대라는 이름의 작은 울타리를 만들었다. 주동자도 없고 구호도 없고 화염병도 없었다. 그저 비슷한 마음을 가진 사람들의 웅성거림이 작은 깃발이 되어 나부낄 뿐이었다.

> 농성장은 낮익은 동료들의 믿음직한 연대 못지않게 낮선 시민들의 동조와 격려, 하다못해 우호적인 시선 한 줄기에도 뜨겁게 감응하는 공간이다. 벅찬 희망과 바닥 모를 절망감이 잔인하게 맥놀이하는 공간이자 자본 권력 공권력과의 대치의 긴장이 상존하는 전선이기도 하다.
>
> _최윤필, 《겹겹의 공간들》

지금도 그런 생각을 한다. 내가 금속노조 조끼를 입고 있는 아저씨들과 친구가 되고 크리스마스에 농성장을 꾸밀 움막을 만들고, 12월 31일 종소리를 그들과 함께 듣게 될 줄은 몰랐다고. 완전히 타인인 어떤 이들이 밥을 먹고 가족을 만나고 따뜻한 이불을 덮고 잘 수 있다는 것 때문에 '아, 정말 살 것 같다'고 느낄 수 있다는 것도 정말 몰랐다고. 그래서 나는 묻게 된다. 왜 학교에선 지금까지 이런 걸 가르쳐주지 않았던 걸까? 내신 성적을 올리고, 대입에 성공하기 위한 방법들은 혈안이 되어 가르치면서 왜 사람을 조금이라도 더 이해할 방법은, 사회의 문제를 고발하고 싸우는 방법은, 연대하고 주장하는 방법은 가르쳐주지 않았던 것일까?

하지만 역시 필요는 발명의 어머니다. 교육과 훈련의 빈자리를 시민들은 자신들의 방식으로, 새로운 언어로 채워나가고 있다. 소위 운동권도, 노조 집행부도 아닌 이들의 기발한 저항 방식들이 소중한 유산으로 하나씩 쌓이고 있다. 몇 년 전 태국에서 일어난 일이다. 군사 쿠데타가 일어난 이후 태국 시민들에겐 좀 난감한 명령이 내려졌다. 행복하라는 것이다. 행복하지 않으면 태도 교정이라는 명목으로 군부로 끌려가는 상황이 됐다. 태국 시민들이 선택한 방법은 조지 오웰의 《1984》 같은 책을 읽으며 길가에서 샌드위치를 먹는 것이었다. 군부정권은 이 시위를 '민주주의 도시락'이라고 불렀다. 그런가 하면 어느 해 독일에서는 G8 정상회담을 앞두고 광대들이 도로를 점령하는 초유의 사태가 벌어지기도 했다. 회담장을 지키고 선 경찰 기동대 줄 뒤에 근엄한 얼굴을 한 광대가 같은 포즈로 서 있는가 하면 경찰의 방패에 키스해 립스틱 자국을 남기고 기마 경찰이 타고 있는 말 앞에서 당근을 흔들고 엉덩이를 흔들기도 했다. "불손함은 자유를 쟁취하는 길"이라는 마크 트웨인의 말을 그대로 보여주는 듯하다.

　이런 불손하고 재치 있는 시위자들을 향해 정부는, 언론은 묻는다. "주동자가 누구냐?" 하지만 그들이 색출하고 싶은 주동자는 없다. 이곳에는 그저 '잡종'의 사람들이 모여 있을 뿐이다. 이들은 이슈에 따라 흩어졌다 모이기를 반복한다. 이들은 자발적으로 결합하고 개인으로 연대한다. 이들은 조직이 아니라 플랫폼을 기반으로 한 시민 게릴라들이다. 그 결과 싸움터는 훨씬 다채롭고 풍성한 기획으로 채워지고 있다. 기존의 치열하고 땀내 나는 투쟁의 역사 위에 소속 없는 개인들이 농성장에 모여들어 새로운 서사를 만드는 것이다. 누구는 기타를 들고, 누구는 찌개와 밥을 들고, 누구는 노트북을 들고 이 일상의 것들을 무기 삼아 이곳으로 찾아온다. 계급도 다르고 연령도 다르고 노는 곳도 다를 것 같은 이들이 한데 어우러져 같이 밥숟갈을 들고 같은 걱정을 하며 서로를 신뢰하는 법을 배우게 된다. 파인텍 투쟁에서도 이런 발랄한 연대들이 어려운 고비 때마다 작은 쉼표가 되어주었다.

　자발적으로 스토리펀딩을 진행해 더 많은 시민들이 이 사안을 알도록 도왔던 '그냥' 대학원생 김현수 씨. 입이 떡 벌어지게 정성 가득한 밥상을 매번 굴뚝과 농성장에 준비해준 '그냥' 주부 김주휘 씨. 건강검진을 위해 매번 굴뚝 위로 오르고 한약과 침으로 이들의 건강을 챙겼던 '그냥' 한의사 오춘상 씨. 그 외에 일일이 말할 수도 없을 만큼 멋진 개인들이 이곳에 모여들었다. 무기한 연대 단식에 함께해 이십여 일이 넘도록 같이 배를 곯은 '인권재단 사람'의 박래군 소장, 송경동 시인, 나승구 신부, 박승렬 목사 등은 또 어떤가. 이들이 연대 단식을 선언하며 홀로 농성장을 지키던 차광호 파인텍지회장의 옆자리를 채웠을 때, 그 안심되던 기분은 잊을 수 없다. '어른들이 왔구나.' 든든했다.

이런 재미있는 풍경도 있다. 농성장에 누가 오면 온 사람이나 앉아 있던 사람이나 서로가 집주인처럼 서로에게 고맙다고 인사한다. 다들 주어 자리에 있는 '나'를 '파인텍 노동자들'로 바꾼 지 오래다. 서로가 내 투쟁에 응원 와주어 고맙다는 태세다. 도로 위의 작은 비닐 농성장은 이렇게 사랑방이자 작은 학교가 되어주었다.

일그러진 사회를 고발하는 목소리가 없다면 우리가 살아가는 세상은 TV 화면 속 '아름다운' 세상으로만 포장되고 만다. 그 매끈하고 깨끗한 세계는 우리를 마비시킨다. 그렇기에 굴뚝이라는 '끝'에 서서 "여기에 문제가 있다"고 외치는 이들에 감사한다. … 이들의 저항이 동시대를 살아가는 우리에게 '선물'인 이유다. (공동체를 뜻하는 community라는 단어에서 muni는 선물을 뜻한다.) 아무것도 하지 않은 공동체 안의 이웃에게 거저로 '미래'의 조각을 건네준다. 그렇다면, 우리도 무언가를 아무 조건 없이 그들에게 선물할 수 있을까?

_마음은 굴뚝같지만 팀, 《마음은 굴뚝같지만》

나는 〈혼밥생활자의 책장〉 청취자들과 이런 순간순간들을 더 많이 나누고 싶었다. 이쯤 되면 방송이 너무 사사롭다고 해도 반박할 말을 잃게 된다. 하지만 고작 다섯 명만 남았던 소규모 장기투쟁장이 일여 년이 넘는 굴뚝 농성 끝에 합의를 이뤄낸 것은 우리 사회가 오래 기억해야 할 승리의 기록임은 분명하다. (물론 그 합의 수준이 만족스러운가에 대한 이견이 존재함을 밝힌다.) 놀랍도록 인기 없는 노동투쟁. 공장 이름이 여러 번 바뀌어서 몇 번을 들어도 헷갈리는 장기투쟁. 이런 악조건에도 불구하고 끝이 날 것 같지 않았던 이 싸움은 마침내 끝이 났다. 그리고 시민들은 다시 일상으로, 또 다른 낮은 곳으로 저마다 평범한 얼굴을 하고 되돌아갔다.

다른 이들처럼 부지런하지도 않고 특출한 재능이 있지도 않은 나의 가장 든든한 뒷배는 〈혼밥생활자의 책장〉과 이것으로 연결된 사람들이었다. 조직 대신 내가 가진 유일한 플랫폼은 이 방송이었다. 몇 사람이 이 이야기를 듣고 반응했는지와는 상관 없이 나는 그저 이들에게 계속해서 말하고 싶었고 그래서 말을 했고, 말할 수 있다는 그 자체만으로도 자주 안도할 수 있었다. 내가 누구인지 말할 수 있다는 것이 그토록 힘이 되었다. 이 투쟁을 지켜보며 배운 것은 싸울 줄 아는 사람이 되어야 한다는 것이다. 나는 그런 것은 정말 아무것도 몰랐다. 주장하고자 하는 바에 따라 우리가 선택해야 하는 시위의 방식은 구체적으로 달라져야 한다. 거기에도 타이밍이란 게 있다. 사람을 효과적으로 모아야 한다. 정확한 타격을 위해 적의 급소를 찾아 그것을 공략하기 위한 다음 스텝을 밟아야 한다. 각각에 더 구체적이고 실질적인 방법들이 있었다. 이러한 방법들은 우리 사회에 더 많이 알려지고 공유되어야 한다. 답답한 게 있다면 허공에 헛발질이라도 한 번은 할 수 있어야 할 것 아닌가? 그렇게 오래 무기력했는데도 이런 헛발질조차 한 번 할 줄 몰랐다.

나는 이제 알게 되었다. 나는 더 이상 "어른들이 잘못해서 우리 사회가 이렇게 되었다"고 말할 수 없는 세대가 되어 버렸다. 더는 기성세대를 탓하고 원망할 순 없는 나이가 되었다. 우리는 이제 우리보다 더 어린 세대가 "당신들이 만든 사회에 책임을 지라"는 말을 들을 준비를 해야 한다. 원하지 않아도 어쩔수 없다. 우리는 조금이라도 덜 부끄러운 기성세대가 되도록 무언가를 해야 하는 위치에 서 있다.

마지막 사진은 이것이다. 병원의 침대에 네 사람이 앉아 있다. 두 사람은 천연덕스럽게 마냥 웃고 있다. 두 사람은 하얀 환자복을 입고 팔에 링거도 꽂고 있지만 편안해 보인다. 굴뚝 위두 사람이 내려오고 나와 '마음은 굴뚝같지만'을 함께 한 정소은 씨도 그들을 찾았다. 땅으로 내려온 홍기탁 전 지회장, 박준호 사무장. 일여 년을 알고 지냈지만 실제로 만난 것은 처음이었다. 까맣게 탄 얼굴에 야윈 모습이었지만 그들은 건강해 보였다. 넷이 기분 좋게 침대에 걸터앉아 사사롭고 소소한 것들에 대해서 말하며 괜히 타박했다. 얼굴 보니 좋은 거야 당연하니 굳이 입 밖에 내지 않았다. 그냥 건달처럼 시시껄렁한 소리만 하며 더 많이 웃을 이야기를 했다. 날이 풀리면 산에 가자고 했다. 홍기탁 전 지회장이 자기는 친구들과 갈 거라고 했다. 그래서 박준호 사무장을 꾀었다. 험한 산은 안 간다고 손사래를 치다 부추기니 알겠다고 한다. "에라, 그냥 다 같이 가면 되지!" 홍기탁 전 지회장이 투덜거리다 그러마 한다. 그 모습을 차광호 지회장이 찍었다. 그래서 다들 웃고 있는 것이다. 곧 있으니 점심을 같이 먹기로 한 파인텍 노동자 김옥배, 조정기 씨가 병실 문을 열고 들어왔다. 바로 이 다섯 사람이 파인텍 노동자들이다. 그 많은 친구를 가진 사람들. 길 위에서 무수히 많은 시간을 보낸 사람들. 아주 많은 일을 겪었고 앞으로도 겪어나갈 사람들.

그들이 땅에 내려온 다음 날, 텀블벅으로 마음을 모아주었던 후원자들에게 메시지를 보냈다.

'마음은 굴뚝같지만' 후원자 여러분!
프로젝트가 시작됐던 여름을 보내고 이제 겨울의 한가운데 서 있습니다. 이 겨울이 시리도록 추운 많은 사람, 많은 아픔이, 많은 숙제가 있습니다. 이 모든 일에 함께할 순 없을 겁니다. 그 무거움에 차라리 눈을 감고 싶기도 합니다. 하지만, 모두가 아니라 단 하나면 충분할지 모릅니다. 아무것도 하지 않는 것보다 하나라도 한다면 충분할지 모릅니다. 내 마음에 호소하는 단 하나의 현장을 갖는 것. 그렇게 하나하나, 굴뚝같은 마음에 스스로 답할 수 있는 용기를 내 안에서 발견할 수 있길 바라봅니다.
우리는 예상치 못한 어떤 곳에서 다시 마주칠 것입니다. 서로

가 서로를 알아보지 못하더라도요. 그래서 마지막으로 다시 한
번 이 소식을 전합니다.

여러분, 우리가 이겼습니다.

이제 우리는 유순하게 순종하지만은 않을 것이다. 함께 고
민하고, 각자의 현장을 갖고, 싸우는 법을 배우고, 그것을 공유
할 것이다. 때로는 거칠게 주장하고 겁 없이 외칠 것이다. 우리
의 목소리는 담장 밖으로 넘어갈 것이다. 그럴 것이다. 우리는
아주 사나운 이방인이 될 것이다.

참고문헌

프롤로그

당신이 오니,
봄입니다

헤르만 헤세, 《정원에서 보내는 시간》, 웅진지식하우스, 2013년

1장

아주 오랫동안
나에게 올 문장들

필리파 피어스, 《아주 작은 개 치키티토》, 시공주니어, 2000년
베른트 하인리히, 《베른트 하인리히, 홀로 숲으로 가다》, 더숲, 2016년
헨리 데이비드 소로, 《월든》, 은행나무, 2011년
마크 라이스-옥슬리, 《마흔통》, 북인더갭, 2016년
한나 아렌트, 《전체주의의 기원》, 한길사, 2006년
김혜진, 《딸에 대하여》, 민음사, 2017년
록산 게이, 《헝거》, 사이행성, 2108년

캐롤라인 냅, 《드링킹, 그 치명적 유혹》, 나무처럼, 2017년

베른트 브루너, 《눕기의 기술》, 현암사, 2015년

트린 주안 투안, 《마우나케아의 어떤 밤》, 파우제, 2018년

이성복, 《호랑가시나무의 기억》, 문학과지성사, 2000년

김한민, 《아무튼 비건》, 위고, 2018년

한승태, 《고기로 태어나서》, 시대의창, 2018년

오드리 니페네거, 《심야 이동도서관》, 이숲, 2016년

사사키 아타루, 《잘라라, 기도하는 그 손을》, 자음과모음, 2012년

2장

**사랑하고, 헤어지고,
다시 사랑하는 동안**

모리스 블랑쇼, 《문학의 공간》, 그린비, 2010년

황지우, 《뼈아픈 후회》, 문학사상, 1999년

우치다 타츠루, 《레비나스와 사랑의 현상학》, 갈라파고스, 2013년

욥, 《욥의 노래》, 민음사, 2017년

다우어 드라이스마, 《망각》, 에코리브르, 2015년

고미숙, 《고전과 인생 그리고 봄여름가을겨울》, 작은길, 2017년

목수정, 《파리의 생활 좌파들》, 생각정원, 2015년

헤르만 헤세, 《데미안》, 심야책방, 2015년

김애란, 《바깥은 여름》, 〈침묵의 미래〉, 문학동네, 2017년

3장

유쾌한
혼밥생활자의 책장

무라카미 류, 《69》, 작가정신, 2004년

조르조 아감벤, 《불과 글》, 책세상, 2016년

패트릭 네스, 《몬스터 콜스》, 웅진주니어, 2012년

허먼 멜빌, 《모비 딕》, 작가정신, 2011년

허먼 멜빌, 《필경사 바틀비》, 창비, 2010년

빅토르 위고, 《레미제라블》, 동서문화사, 2008년

박서련, 《체공녀 강주룡》, 한겨레출판, 2018년

알베르 까뮈, 《이방인》, 책세상, 2015년

에릭 클라이넨버그, 《고잉 솔로》, 더퀘스트, 2013년

미셸 푸코, 《담론과 진실》, 동녘, 2017년

박완서, 《박완서의 말》, 마음산책, 2018년

문유석, 《개인주의자 선언》, 문학동네, 2015년

장은수, 《같이 읽고 함께 살다》, 느티나무책방, 2018년

최윤필, 《겹겹의 공간들》, 을유문화사, 2014년

마음은 굴뚝같지만 팀, 《마음은 굴뚝같지만》, 나무야미안해, 2018년

혼자 산다는 것은 '나 자신과 함께 사는 것'이라는 문장에 밑줄을 긋고 오랫동안 들여다본다. 나 자신과의 평화롭고 아름다운 소통을 다정하고 따뜻한 통찰로 담아낸 이 책을 통해, 혼자 산다는 것은 외롭게 산다는 뜻이 아니라는 저자의 메시지를 다시 한 번 되새겨본다.

_공보경, 번역가

지금껏 당신이 남몰래 고민하고 갈등했던, 그리고 운명처럼 껴안고 살았던 불안에 대한 답을 원한다면 이 책은 적격이 아니다. 다만 이 책은 당신의 이야기를 유쾌하고 좀 다른 방식으로 들어줄 것이다. 매력적이지 않을 수 없다.

_노명우, 사회학자

하루하루가 어두운 바다에서 허우적대고 있는 것 같은 사람들에게 이 책은 작지만 튼튼한 배의 갑판 위로 올라설 수 있는 기회를 제공한다. 막연했던 두려움과 희망을 선명하게 드러내 보이는 문장들을 딛고 서면 끝도 없이 가라앉고 있다는 불안감은 조금씩 사라질 것이다. 대단히 정교한 글이다.

_한승태, 작가

불편한 사람들과 둘러앉아 있는 것보다 기꺼이 혼자 밥 먹는 것을 택할 나와 같은 사람들에게 김다은 피디는 '내가 나와 함께하는 시간'이 고립이나 외로움을 뜻하지 않는다는 것을 알려준다. 되려 더욱 건강하고 따뜻한 '나'로서 존재할 수 있다는 것을, 건강하고 따뜻한 개개인이 모여 공동체를 이루고 사회를 만들어나갈 수도 있다는 것을 우리는 이 책을 통해 배울 수 있다.

_박상영, 소설가

무엇보다 이 책은 나 자신과 대화하는 법을 알려준다. 나아가 지옥이 아닌 '타인'의 가능성을 엿볼 수 있고, 그들과 함께 상처가 아니라 용기를 주고받는 기회를 타진케 한다. 끊임없이 가혹해질 수밖에 없는 시절, 이 책이 곁에 있어 다행이다.

_송경동, 시인

김다은 피디는 씩씩하다. 혼자 씩씩하게, 그리고 같이 재미나게 사는 모습을 옆에서 기쁘게 보고 있다. 우리는 혼자 살든 같이 살든 어차피 연결될 수밖에 없는 많은 사람을 만난다. 그 가운데 이 책은 그동안 꺼내기 힘들었던 삶에 대한 이야기를 나눌 수 있도록 이끌 것이다.

_정관용, 시사평론가

홀로 식탁에 앉기란 때론 호젓하지만 많이 고독한 일이다. 원래 삶은 혼자라지만 반기고 반김 받는 행위 없이 늘 드는 숟가락이라면, 일용할 양식의 따뜻함조차 서글플 때가 있다. 그럴 때 필요한 또 하나의 양식이 있다. 홀로 봐야

보이는 것. 바로 책이다.　　　　　　　　　　　　　　　_김산하, 영장류학자

혼자가 좋으면서도 연결되고 싶은 이들의 맘을 간질여주는 책이 나타났다. 활
자와 음성을 매개로 김다은 피디는 수많은 개인주의자들에게 말을 건넨다. 그
기록을 읽다 보면, 독서는 지식의 축적이 아닌 새로운 삶의 방식에 눈 뜨는 것
이라는 사실을 새삼 깨닫게 된다.　　　　　　　　　　_김은지, 〈시사IN〉 기자

홀로 살아가면서 함께 생각해야 한다는 것을 보여주는 책. 하루하루 살아가면
서 무의미하게 보이는 일상이 덧없을 때 펼쳐봐야 할 책. 곁에 이 사람이 있어
행복하다는 생각이 들 것이다.　　　　　　　　　　　_이택광, 경희대 교수

혼밥생활자의 책장

1판 1쇄 발행 2019년 3월 25일
지은이 김다은
발행인 오영진 김진갑
발행처 나무의철학
책임편집 김율리
기획편집 이다희 박은화
디자인팀 안윤민 김현주
마케팅 박시현 신하은 박준서
경영지원 이혜선
출판등록 2006년 1월 11일 제313-2006-15호
주소 서울시 마포구 월드컵북로5가길 12 서교빌딩 2층
전화 02-332-3310 **팩스** 02-332-7741
블로그 blog.naver.com/midnightbookstore
페이스북 www.facebook.com/tornadobook
ISBN 979-11-5851-128-9 03810

• 잘못되거나 파손된 책은 구입하신 서점에서 교환해드립니다.
• 책값은 뒤표지에 있습니다.
• 이 도서의 국립중앙도서관 출판예정도서목록(CIP)은 서지정보유통지원시스템 홈페이지
  (http://seoji.nl.go.kr)와 국가자료공동목록시스템(http://www.nl.go.kr/kolisnet)에서
  이용하실 수 있습니다.(CIP제어번호: CIP2019007466)